世界の果てのこどもたち

中脇初枝

講談社

目次

世界の果てのこどもたち……5

解説　梯　久美子　466

世界の果てのこどもたち

真っ白だった。

珠子(たまこ)はその白さをおぼえている。

見渡す限り、白いすすきの穂(ほ)が揺れていた。

珠子が吐(は)いた息も白かった。

風が揺らしたすすきの穂の間に、ちらりと草葺(くさぶ)きの屋根が見えた。その屋根のはるかかなたに、砂煙にかすんで、山とは言えないほどのなだらかな稜線(りょうせん)が見えた。

「着いたぞ！」

叫んだのは珠子の父だった。トラックの荷台に乗った人間たちは、その叫びにつられ、歓声を上げた。

「やっと着いたがやね」

珠子の母は、腕の中で眠る光子(みつこ)を抱き直しながらつぶやいた。故郷を離れて一週間がたっていた。

「ほら、珠子、見てんた」

父が珠子の肩を抱いて、すすきの穂に見え隠れする草屋根を指さした。

「珠子の新しいうちぞ」

その笑顔を、珠子はふりかえって見たはずだった。父に頷いて、わらいあったはずだった。

けれども、珠子はおぼえていない。

珠子がおぼえているのは、ただ、真っ白に波打つ、すすきの海原だけだった。

一

一面のすすき野原の行き詰まりに、てっぺんに鉄条網を巡らせた、土の壁がそびえたっていた。さっきまで坂の上から見えていた草葺き屋根はすべて、その壁の中にあった。

大きな木の扉が左右に開き、珠子の乗ったトラックは、そのまま、扉の中に入っていった。壁の中には、煙突のある草葺き屋根の住居が、整列したようにきれいに並んで建てられていた。

　一軒の家ごとに入り口は真ん中に二つあり、左右に分かれて二家族が入る。珠子の家族は、同じ部落から来た八重子の家族と同じ屋根の下に暮らすことになった。八重子の家は七十歳を超す祖母と両親、それに八重子と四人の兄弟の八人家族だった。珠子は喜んで八重子に言った。

「やえちゃん、おんなし家やね」

「たまちゃんが右ね。うちが左。ええ？　まちがえたらいかんで。お箸持つほうがたまちゃんの家で」

　珠子よりひとつ年上の八重子は念を押した。兄の晴彦がわらった。

「おまえやち、この前やっとおぼえたがやに」

　国民学校に上がった八重子は、右左を習ったばかりだったのだ。

　珠子は右の扉を開けて、中に入った。入ったところは土間で、かまどがあり、すでに火が焚かれていた。

　珠子の母は光子を抱いたまま、かまどの前にしゃがみこんだ。珠子はかまわず、奥へ入った。奥の部屋はひとつきりで、窓際の床がコの字形に一段高くなっており、板ではなく目の細かい筵が敷いてあった。珠子が靴を脱いで上がると、筵はなま温かかった。珠子はおどろいて、土間に飛びおりた。

「かあさん、筵がぬくいで」

珠子は母を急かした。

「早う、ここ、すわって」

母が入ってきて筵に腰を下ろすと、珠子も並んですわった。

「ほんまにぬくいねえ、オンドルはええねえ」

「オンドル？」

「筵がぬくいがやのうて、この下がぬくいがよ。オンドルいうてねえ、あっちのかまどで焚いた煙がねえ、この床下をぬくめるがよ。先に来た人らあが焚いちょいてくれたがやねえ」

母は光子を筵の上に寝かした。

「これも筵いわんと、満洲ではアンペラいうがと」

光子は小さな唇をわずかに開いて、よく眠っていた。

「みっちゃん、ぬくいねえ。よかったねえ」

珠子はその寝顔にそっとささやいた。光子が生まれて、珠子は姉になったばかりだった。

尻のぬくもりを感じながら、珠子は部屋を見回した。土と草で作られた壁は厚く、小さな窓には二重に紙が張られ、締め切りになっていた。引き戸でどこもかしこも開け放しになる故郷の家とはずいぶんな違いで、目に映るのは、土とアンペラの褐色ばかり。薄暗い洞穴の中に入ったように珠子には思えた。

「芋穴みたいなにゃあ」

布団を担いで後から入ってきた珠子の父は、わらって言った。

「けんどもう芋は食わんですむがぞ」

田の少ない故郷では、だれもが芋で食いつないでいた。満洲に来れば、芋とも黍の粥ともおさらばできるはずだった。

入り口の扉がまた開いて、八重子が顔を出した。

「たまちゃん、遊びにいこうよ」

珠子は母をふりかえった。

「行ってもかまん？」

「かまんよ」

「城壁の中ばあぞ」

母の言葉にかぶせるように、父が言った。その言葉も珠子は初めて聞く言葉だった。故郷の村にはなかったものばかりだったが、今度の言葉は訊ねなくとも意味がわかった。

珠子は頷き、八重子と手をつないで飛びだした。外には八重子の兄の晴彦と福二、それに妹の明子が待っていた。下の妹の良子はまだ小さいので、いつも祖母の松が面倒を見ていた。

城壁と呼ばれた土の壁に守られて、同じ大きさで同じ形の真新しい家が、東西に走る道路に沿って並んでいた。

道に出たとたん、だれからともなく、こどもたちはみな駆けだした。

「運動場みたいなねー」

八重子が叫んだ。

「ほんまやねー」

故郷の村は、山の中にあった。家々を結ぶ道はすべて坂になっており、平らな場所は国民学校の運動場くらいだった。その運動場も田畑も家も、石垣を築いて、わずかな広さを確保していた。

そんな村から来たこどもたちには、平らな広い地面がなによりもめずらしかった。

ただ真っ平らだというだけじゃない。村では一掬いの土さえあればはびこるはずの草が、城壁の中には一本も生えていなかった。

だれもが両腕をひろげ、甲高い声を上げて走りまわった。

「たまちゃん鬼やけんねー」

八重子がふりかえって言ったので、珠子は八重子を追いかけた。茶色い砂煙が上がる。わらいながら逃げる八重子は、前を歩いていた人にぶつかった。

「ごめんなさい」

八重子は、ぶつかったおばあさんに謝った。おばあさんは八重子に頷いてから、珠子のほうへ歩いてきた。珠子は思わず後ずさった。おばあさんの歩き方はおかしかった。まるで赤ん坊のようによちよちと歩いてきて、今にも転びそうだった。その靴の先が見たこともないくらいに小さかった。この中に足が入っているとは信じられないほどだった。

　おばあさんは珠子を見てなにか言った。珠子にも、ほかのこどもたちにもその意味がわからず、お互いの顔を見合って、うつむいた。そもそも、山間のこどもたちは人見知りが激しかった。

　おばあさんはふんと言って、珠子たちの横を通りすぎ、また両腕を振って均衡をとりながら、よちよちと歩いていった。

「たまげたね」

「なしあんなに足がこまいがやろうね」

珠子と八重子は顔を見合わせ、そっと話しあった。

珠子が、父と母とその年に生まれた妹光子と四人で、満洲国吉林省樺甸県白林村大樺樹屯の温日木頭部落にやってきたのは、昭和十八年の九月も終わりのころだった。

故郷の村は高知県西部の千畑村だった。千川の中流域の山間に部落が点在し、それらの部落をつなぐ道は峠を越えて、愛媛との県境へ通じている。かつては流刑の地であった土佐でも、島流しで千川以西と出たら死を選ぶものもいたと言われるほどの、最果ての地だ。

太陽がやっと出たかと思うと、すぐに山の端に隠れてしまうような山村で、耕地面積は少なく、殆どの家は五反歩も持っていなかった。しかも傾斜地が多いので、水田は畑の三割もない。したがって、七割転落百姓といい、七割もの家が自給できず、他から食糧を買わなくては生きていけなかった。山仕事も現金収入にはなったが、その山さえ持たない家も多く、養蚕と紙すきでなんとか食いつないでいた。

このような貧村は、村の一部を満洲へ開拓民として移住させることで、母村の一軒当たりの耕地面積を増やし、村を存続させることができるとされ、満洲開拓分村が奨励(しょうれい)された。国が選んだ全国十三ヵ所の分村候補の中には、すでに国の経済更生指定村となっていた千畑村も含まれていた。高知県ではこれを元に、千畑村に開拓分村を強く迫った。

　村長は、村で初めて帝国大学を卒業し、選挙では満票を得て県会議員も兼任しているほどの人物だった。県とのつながりを持つ村長はじめ、村会議員など村の有力者たちは、村四百戸のうち二百戸送出を計画した。村の半分がいなくなれば、残りの家の耕地面積は倍になる。

　村長も議員も部落の常会にまで足を運び、主に二反歩以下しか耕地を持たない家に満洲へ行くようすすめ、これまでろくに村さえ出たことのないような人たちを脅(おど)したり賺(すか)したりしながら、すでに百戸近くの家を満洲に送りこんでいた。山を持たず、猫の額(ひたい)ほどの田畑しかない珠子の家も、そのうちの一戸だった。

　千畑村には電気も電話もなく、新聞さえ一日遅れで配達される。殆どの情報は、ラジオと世間話の中から得ていた。その精一杯の知識では、満洲は珠子たちにとってよその国ではなかった。外国に行くという気構えもなく、珠子たちはやってきていた。

　大樺樹屯にも電気も電話も通っておらず、ラジオと一日遅れの新聞さえなかった。

大豆油を節約するため、日が暮れたら早々に明かりを消し、オンドルのアンペラの上に日本から持ってきた布団を敷いて眠った。

城壁の外は荒野が広がり、はるかかなたにぼんやりと灰色の山並みが見えた。満洲と、今や日本の一地方となった朝鮮との国境をなす長白山脈（ちょうはくさんみゃく）だった。

遠くの山から狼（おおかみ）の鳴き声が聞こえてきた。珠子はこわくなって、光子を抱いて寝る母親の背中にしがみついた。けれども母親は眠りつづけていた。珠子は父親の眠る布団にもぐりこんだ。

父親の背中は広くてあたたかかった。珠子はその背中にくっついて眠った。

樺甸県は松花江（しょうかこう）の上流に位置し、大樺樹屯はその最奥地の長白山脈の山裾（やますそ）にあった。県庁のある樺甸までは西に二十五里、東にはもう部落はなく、満洲林産公社の伐採所が山の中にあるということだった。

部落の南を東より西にむかって流れる、幅二十尋（ひろ）ほどの木箕河（ムーチへ）は、はるかに下って松花江に注ぎこむ。

故郷の村と同じ、最果ての地で、珠子たちの新しい生活が始まった。

冬はもうすぐそこまでやってきていた。

二

茉莉は海を見るのがすきだった。

横浜の三春台の家の二階からも見えたが、関東学院の運動場に下りる階段から見るほうがすきだった。

東京急行湘南線のむこうに海がひろがり、軍艦が入ってくるのが見えた。空の青と海の青が溶けあって、自分がその中に落ちていくように思え、いつも自分の腰かけている階段をしっかりつかんでいた。

父親は横浜港で貿易の仕事をしていた。茉莉の履く赤い靴も外国のおみやげも海からやってくる。茉莉は海のむこうにはなんでもあると思っていた。

茉莉は海を眺めるのに飽きると、家には入らず、斜めむかいの家に行った。ちょうど、玄関脇の紅白の梅の盆栽が花盛りだった。茉莉は梅の花びらで白いごはんとお赤飯を作ることにした。梅の白い花びらを小さな指先で一枚一枚むしって、アルマイトのままごとのお釜に入れた。出入りの大工さんが作ってくれた小さな飯びつには、赤い花びらをむしって入れた。茉莉の頭に梅の花びらがぱらぱらと降りかかったが、茉莉は気づかなかった。

庭には大きくて平たい阿波青石が置いてあった。徳島から取り寄せたという主自慢の庭石だった。茉莉はこの石をテーブルにして、ままごとの皿に梅の花びらをよそい、家の人たちを呼んだ。

「みんなーごはんですよー」

朝ごはん前だったが、茉莉の声に、この家の息子たちが出てきた。関東学院に通う次男の勝士が一番に出てきて、石の上を見て言葉を失った。

「茉莉ちゃん……」

三男の清三は大声を上げた。

「うわあ、茉莉ってば、大変なことしちゃったなあ」

勝士は清三にしっと言った。

実の祖父母ではないが、茉莉が朝比奈のおばあちゃまとおじいちゃまと呼ぶ、この家の主夫婦が出てくると、茉莉は言った。

「今日はお祝いですよ。お赤飯ですよ」

朝比奈の父は花びらのごはんを見て顔色を失ったが、母のほうはにこにこわらった。

「茉莉、お赤飯おいしそうね。なんのお祝い？」

「シンガポール陥落(かんらく)のお祝いよ」

茉莉が初めての提灯(ちょうちん)行列に連れていってもらったのは、ほんの数日前のことだった。

「おばあちゃまはここにすわって」

茉莉に促され、朝比奈の母と勝士と清三は阿波青石の周りにしゃがんだ。朝比奈の父は梅の盆栽を見にいき、しばらくそこで肩を落としていた。

「おいしい？　かっちゃん」

茉莉は勝士に訊(き)いた。

「おいしいよ」

「おなかいっぱいめしあがれ」

茉莉がいつも自分の母親に言われていることを言うと、三人はわらい、食べるふりをした。

勝士は花びらの赤飯を食べおわると、茉莉の頭に落ちた白い花びらを取ってやりながら、そっと言った。

「おなかいっぱいになったからね、もう作らなくていいよ」

　朝比奈の家には息子ばかり三人で娘がおらず、朝比奈の父と母は茉莉を溺愛していた。かわいがるあまり、朝比奈の父も母もしょっちゅう茉莉を肩車したりおんぶしたりしていた。朝比奈の母は、でかけるときに茉莉が「あーん」と嘘泣きをすれば、「茉莉が泣くから」と引き返してくれるほどだった。

　朝比奈の母は庭に畑を作り、鶏を育てていたが、料理は苦手だったので、茉莉の母が朝比奈の家に行っては、朝比奈の家の野菜や卵を使って料理をふるまっていた。

「おふくろの料理はおいしいなあ」

「おふくろ、今度はコロッケを作ってよ」

　勝士も清三も、茉莉の母をおふくろと呼んでいた。茉莉の母は料理がうまく、茉莉は母の作るアップルパイがだいすきだった。母はよく、まだ箸をうまく持てない茉莉のために、カレーライスやビーフシチューを作ってくれた。

　戦争の影が濃くなる中、朝比奈家とともに茉莉の家では、これまで通りの生活を続けていた。茉莉のエナメルの赤い靴は、元町の店でドイツから取り寄せて履かせていたし、ちょうちん袖のワンピースの上には、洗濯しなくていいからと、白いフリルのついたエプロンを着せていた。

　夜になると、雨戸を閉めて戸締まりをし、蓄音機でオペラやクラシックのレコードをかけて聞いていた。茉莉は頭に赤いリボンを結んでもらい、ワルツに合わせ、くるくる回って踊った。大人たちはいつも、茉莉に惜しみない拍手を贈ってくれた。

三

美子（ミジャ）はものごころついたときから、暗いところにいた。

薄暗いところに置いておけば、おとなしく遊んでくれるだろうという母親の思惑だったのかもしれない。あるいは願望か。

母はよく働いた。美子が目をさますときにはもう寝床におらず、夜になって美子が布団にもぐりこむときは、藁（わら）を打ったり縄（なわ）をなったりしていた。薄暗闇に母親の白いチマチョゴリがぼおっと浮かぶのを見ながら、美子は、母は寝なくても平気なのだと思っていた。

二人が暮らす家には何家族かが一緒に暮らしていたが、その中でも母親が一番働いていることは、幼い美子にもわかった。美子は、母と自分にあてがわれた、天井が低く、オンドルの温まらない部屋や、軒下（のきした）の藁と土埃（つちぼこり）の中で、いつもひとりで遊んでいた。従兄（いとこ）だという同じ家のほかのこどもたちとは、遊んではいけないように思っていた。

朝鮮中部の開城(ケソン)近くの平花里(ピョンファリ)は、地味が肥え、美田の広がる農村だった。同じ村の美子の父の家はもともと豊かな農家だったが、父がまだ幼いころ、代々耕(たがや)してきた農地を朝鮮総督府に奪われた。

美子の祖父が麦を蒔(ま)いていたとき、日本人が朝鮮人の役人とともにやってきたという。通訳の朝鮮人は祖父に訊いた。

「ここはおまえの土地か。どこが境界だ」

祖父がここだと指さしたところには、隣りの土地との境だとわかるように、ねぎが植えてあった。

「杭(くい)はないのか」

「ねぎがしるしだ」

祖父は言ったが、日本人は認めなかった。

「ねぎなんか植えてたってだめだ。食ったらなくなるだろう」

通訳は非情に言い、測量が始まった。その後、土地調査が終了し土地の所有者と境界が画定したから、不服があるなら高等土地調査委員会に申し立てよと言われたが、どう画定したかもわからないまま、申し立ての期限が過ぎたと多くの土地を奪われた。抗議した祖父と村の人たちは、笞で打たれて帰された。

奪われた土地には日本人がやってきて、祖父は間もなく死んだ。その無念を、美子の父は妻に幾度も嘆いた。祖父亡きあと、残されたわずかな土地にしがみついて暮らし、妻を娶ってからも、一向に暮らしは楽にならなかった。

警察も役場である面事務所も、日本人や親日派の朝鮮人が多数を占めるようになった。収穫できた米は供出させられ、あとには満洲から輸入した粟が配給された。もうすぐ刈り取りになる麦を倒され、綿を植えさせられた。火薬の原料になるのだという。

粟粥さえ満足に食べられなくなり、草の根や木の皮を取ってきて食いつないでいたが、初めての子を身ごもっていた妻の腹はちっとも大きくならなかった。たとえ子が生まれても、乳も出ないのではないかとおそれた父親は、妻をその実家に預け、仕事を求めて単身満洲に渡った。できたばかりの満洲という国では、朝鮮人でも米が食えるようになるという噂が広がっていた。

妻の実家は親日派で、その父も兄も面事務所の役人をしていたため、土地を奪われることもなく、むしろ裕福だった。両親は亡くなって兄の代になっており、身を寄せた妻の肩身は狭かった。美子の父親はすぐに職を得て妻子を呼び寄せるつもりだったが、満洲では中国人の小作となって働くしかなく、自分ひとりが食べていくのに精一杯で、何年たっても故郷に帰ることすらできなかった。

　妻は、なんとか実家で女の子を生みおとしたものの、栄養不足だったためか難産で、生死の境をさまよった。一命はとりとめたものの、産婆が、もうこどもは生めないだろうと言った。

　字の読み書きができない母親は、女の子が生まれたことを知らせる手紙を満洲の夫に書くよう、兄に代筆を頼んだ。しばらくして、兄から、夫からの知らせがあったと伝えられ、生まれてきたか細い赤ん坊は美子と名づけられた。

　それでも美子は母ひとりに見守られてすくすくと育った。背の高い母に似て年上の従兄よりも大きくなり、「粟粥だけでよくそんなに大きくなるもの」と従兄の母親たちにわらわれた。美子と母は、稗（ひえ）や粟の粥を食べていた。米は、年に一度の収穫の後、母親とともに田んぼに落ち穂を拾いにいったときだけ、食べることができた。

「すまないねえ」

　布をかぶり顔を隠して落ち穂を拾う母親は、ともに拾う美子に謝った。美子はなぜ母が謝るのかわからなかった。米の粥は夢に見るほどにおいしくて、そのためならなんでもできた。二人で分けあって食べた椀の最後のひとさじを、母は美子の口に入れてくれた。

美子は六歳になると、母親の兄である伯父に母屋(おもや)に呼ばれ、明日から学校へ行くようにと言われた。伯母は真っ白なポソンという足袋(たび)とコムシンというゴム靴を美子にくれた。おどろく美子に伯父は言った。

「うちは朴(パク)じゃなくて、もう富田(とみた)なんだから、明日から、おまえは富田美子(よしこ)という名前になるんだよ。いいね」

美子にはどういうことだかわからなかった。ただ、自分がトミタヨシコという名前になったことを知った。部屋に戻り、母親にポソンとコムシンを見せたが、母の顔は浮かなかった。

翌朝、従兄たちと一緒に、ポソンとコムシンを履(は)いて、歩いて学校へ行った。いつもわらじかはだしで暮らしていた美子は、ポソンもコムシンも履いたことがなかった。窮屈(きゅうくつ)で歩きにくく、美子は従兄たちのずっと後からついていった。

一年生の教室に入ると、先生はこどもたちの名前を呼んだ。美子は「トミタヨシコ」と呼ばれた。

「朝鮮人も日本人になったので、日本の名前をもらったんです」

朝鮮人の先生が説明してくれた。美子は畑から戻ってきた母親にさっそく伝えた。

その後、吐きだすように言った。

「あたし、日本人になったんだって」

母親は美子の顔をまじまじと見て、その後、吐きだすように言った。

「だから学校になんか行かせたくなかったのに」

その怨嗟の声は伯父一家にむけられていた。日本式の教育をする普通学校にはやりたくないと訴えた母親は、日本人の目があるので、学齢期のこどもを家に置いておくわけにはいかないと伯父に説得されていた。美子はなぜ母親が怒ったのかわからなかった。自分は日本人になれてよかったと思っていた。

学校では国語といって日本語を習った。毎朝、東にむかって宮城遥拝をし、皇国臣民の誓いと国語常用の誓いを暗唱してから授業が始まった。

授業も日本語で、こどもたちも日本語しかしゃべってはいけなかった。木の札を十枚持たされ、朝鮮語をしゃべったら、その札を渡さないといけないという決まりだった。試験でいくらいい点を取っても、その札がないと減点された。美子は負けず嫌いだったので、そうなると意地でも日本語しかしゃべらなかった。

「いちわたくしどもはだいにっぽんていこくのしんみんでありますにわたくしどもはこころをあわせててんのうへいかにちゅうぎをつくします」

はじめは自分たちがなにを言っているのかわからなかった皇国臣民の誓いも、日本語ができるようになるにつれて、その意味がわかるようになった。

　この誓いは大人用の誓詞もあり、暗唱できなかった人が切符を売ってもらえず、汽車に乗れないということもあったので、大人でも多くの人がおぼえていた。けれども美子の母親はおぼえようとはしなかった。

　美子の成績がよくなると、従兄たちは、美子を学校へ行かせまいと教科書を隠した。それでも美子は教科書を持たずに登校し、授業中に指されると空(そら)で読んだ。教科書では困らないとわかると、従兄たちはコムシンを隠した。美子はコムシンを探して遅くなっても登校し、一日も休まなかった。

　稲の刈り入れもすんだある朝、どうしてもコムシンがみつからなかった。美子はしかたなく、ポソンだけで学校へ行った。学校から帰るときにはポソンは土にまみれ、茶色くなっていた。母親が小川へ持っていって叩いて洗ってくれるポソンは、いつも真っ白だったのに。

「お嬢ちゃん、コムシンはどうしたの？」

　後ろから声をかけられ、美子はおどろいてふりかえった。駐在所の警察官のような格好(かっこう)をした男が、にこにこして立っていた。

「足が痛いだろう。大丈夫かい」

「大丈夫です」

美子は日本語できっぱりと言った。男はわらいだした。

「わたしは日本人じゃないよ」

そう言われてみれば、はじめからこの男は朝鮮語をしゃべっていた。サーベルも下げていない。

「こんな格好をしてるからかな。まあ日本人にもらった服だからしかたないね。お嬢ちゃんは日本語が上手(じょうず)だね。どこで習ったの？」

「学校です」

男は美子の前に背中をむけてしゃがんだ。

「家はどこだい？　おじさんがおぶってあげよう」

「いいです」

美子は断ったが、男は並んで歩いてくれた。家のそばまで来たところで、柴(しば)を頭にのせて山から戻ってきた母と行きあった。

「あなた」

母は男に叫び、柴を落とした。男は、七年ぶりに帰ってきた美子の父親だった。日本人の満洲開拓団村で農事指導員という職を得て、美子たちを迎えにきたのだった。

けれどもその夜、母親は父親をなじった。

「もとはといえば、日本のせいで土地を取られてこんな生活をしているんじゃないか。あなたは無念のうちに亡くなられたお父様に申し訳がないと思わないのか」

母親の声は厳しかった。

「それなのに、チョッパリのところで働くなんてとんでもない」

美子は父親がうなだれているのを見ていたが、日本人のところで働くことがなぜわるいのか、よくわからなかった。そもそも、なぜ父親が満洲に行っているのか、なぜ自分たちが父親と離れて親戚の家で小さくなって暮らしているのか、それさえよくわかっていなかったのだ。

父親は低い声で言った。

「満洲へ行って、日本人のもとで働けば、米が食える。美子だって、いじめられないですむ。かわいそうに、ポソンを泥だらけにして歩いてたんだよ。こんなによくできるのに」

美子が学校からもらった成績表の評定はすべて甲だった。

「日本語なんて、わたしよりうまいくらいだ」

「日本人は日本語をしゃべればいい。朝鮮人は朝鮮語をしゃべる」

いくら父親が言っても、母親は納得しなかった。

数日後、やっと米の供出が終わったと安堵する間もなく、今度は金属製食器の供出が始まった。朝鮮の食器は金属製なので、出してしまうと朝晩の食事にも困ってしまう。

それでも美子の伯父は、愛国班の班長でもあり、同じ班の家々を回って回収をすすめた。駐在所からも日本人の警察官が来て、伯父は美子の父親まで回収に行かせた。回収した食器は飛行機になり、国のためになるということだったが、米の供出のときと同じく隠して出さない家もあったので、予定ほどは集まらなかった。

美子の従兄の同級生の家を回ったとき、業を煮やした日本人は、美子の父たちに庭の土を掘らせた。すると、種籾と普段使いの真鍮の食器と小さなコムシンが出てきた。種籾と食器は持っていかれたが、コムシンは投げ捨てられた。

それは美子のコムシンだった。従兄が同級生に頼んで、美子のコムシンを隠させていたのだ。

美子の母親もこの日から考えをかえた。食器は回収され、米ばかりでなく綿も麻も持っていかれ、着るものにも事欠くありさまだった。今の蓄えでは、親子三人、とてもこの冬を越せそうにない。

満洲へ行くと言うと、伯父一家は厄介者がいなくなると喜んだ。けれども、荷物や道具を持っていくことを許さないばかりか、これまで面倒を見てきた分の金までせびってきた。

美子たち家族三人は、着の身着のまま、満洲にむかった。

四

満洲では、九月に霜が降りると間もなく、草という草が枯れ果て、十月に入ると早くも雪が降った。

雪とともに、故郷で近所に住んでいたおじさんやおばさんやこどもたちが新しくやってきた。どんどんにぎやかになっていくのが珠子にはうれしかった。そこがどこであろうが、親がいて、近所の友達がいれば、珠子には故郷とかわらなかった。

開拓団村では日本の内地以上に軍隊式の生活が営まれた。朝は広場に日の丸の旗が掲げられ、起床ラッパが鳴らされた。昼には食事ラッパ、夜には就寝ラッパが鳴った。

珠子はこの起床ラッパがすきで、まだ暗いうちからラッパの音がすると出ていって聞いていた。ラッパ手の青年は別の部落から満洲に来ていたらしく、珠子は知らなかった。

「早起きさんやにゃあ」

ある朝、ラッパを吹きおわった青年が言った。

「ラッパすきか」

珠子は頷いて、一歩後ずさった。青年は父親よりも大きかったので、本当はちょっとこわかったのだ。

「吹いてみるか」

珠子はおどおどと頷いた。

青年は武(たけし)といった。国民学校の高等科を出たばかりで、父と母と弟と一緒に来ていた。兄がひとりいたが、満蒙開拓青少年義勇軍で別の開拓団に行っていた。武の家も狭い耕地しか持たず、もう義勇軍に出ている息子がいるのだからと、常会で満洲行きを無理強いされた家だった。

武は珠子の口にラッパをあてがって教えたが、なんの音も鳴らなかった。

「難しいがやね」

「そりゃあそうよ。おれは特訓されたもん」

「なにいう歌なが？」

「歌？」

「ラッパの歌」

武はわらった。

「ラッパの歌か。そうやにゃあ、起きんか起きんか、夜が明けたー、班長さんも新兵さんもみな起きたーって歌かにゃあ」

珠子もわらった。

それから、珠子は武のことを武兄さんと呼ぶようになった。

珠子には兄と姉がいたが、二人は故郷の祖父母の家に残っていた。武は兄の純一と同級で、姉の京子も知っていた。

ある朝、珠子がラッパの音で目をさまし、入り口の扉を開けてみると、外は真っ白になっていた。白くないものは、掲げられたばかりの日の丸の赤だけだった。

雪は春が来るまで溶けないという。猛烈な寒さがやってきた。満洲拓殖公社からは、開拓団員ひとりずつに、肌着、綿の入った服、綿の入った手袋、綿が入った上にうさぎの毛のついた帽子が支給された。靴にまで綿が入っていた。零下三十度の寒さは、寒いというより痛かった。

川は凍りついた。真っ白な山裾では雉がたくさん遊んでいた。中国人は鉄砲を持たず、猟をしないので、雉は人間をこわがらず、いくらでも獲れた。猪や、ノロと呼ばれる鹿も獲れた。珠子の父親も八重子の父親も山へ出かけては、日本から持ってきた猟銃で雉やノロを獲ってきた。

猪を獲ってきたとき、珠子の父と八重子の父は土間で猪を解体し、みんなで一緒に食べた。内地では砂糖は切符制の配給で、いつもちびちびとしか使えなかったのに、珠子の母親は肉に白い砂糖をかけた。しょうゆもたっぷりとかけ、じりじりと香ばしく焼けた肉をよそって珠子にくれた。

「足るばあ食べたや」

珠子はすき焼きを初めて食べた。こんなにおいしいものがこの世にあるのかと思った。足るばあ食べたやと言われたこともなかった。足りるだけ食べることが故郷の村では許されなかった。

八重子の祖母の松は、肉は四つ足だからと言って食べず、白いごはんが盛られた茶碗を両手で包みこんで、ため息をついた。

「ばあちゃん、どうしたぞ」

八重子の父が訊いた。松はごはんから上がる湯気に包まれながら、真っ白に輝くごはんをじっとみつめて、つぶやいた。

「こんなぜいたくをしてええがかねえ。罰(ばち)が当たりそうな」

「ばあちゃんはおおげさななあ、早う食べんと、飯が凍るぞ」

八重子の父はおどけてわらった。みんなもわらった。松はわらわれても、もったいながって、なかなか箸をつけなかった。

「ほんまに、満洲へ来てよかったねえ」

八重子の母が、姑(しゅうとめ)の気持に寄り添うようにしみじみと言い、やっと松は箸を上げた。

故郷では、玉蜀黍(とうもろこし)や麦を炊(た)いたものに塩やみそをかけて食べていた。芋ですませることも多かった。満洲に来て初めて、おなかいっぱい白いごはんを食べられるようになったのだった。

食事がすむと、部落ごとにひとつしかない風呂に入りにいった。五右衛門風呂なので、男の人が先に入り、珠子や八重子は後から入った。湯は汚れてぬるくなっていたが、晴彦が熱くしてくれた。温まって風呂から出ると、珠子も八重子も家まで走ったが、後ろになびいた形のまま髪の毛が凍った。

「家ん中やに、えらい風に吹かれちょるねや」

帰ってきた珠子を見て、珠子の父はそう言ってはわらった。

便所も共同だった。寒さのあまり、ひとりが用を足すごとに大小便が落としたはしから凍りつき、やがて塔のようにそびえたつ。先がとんがって危ないので、はじめのうちはつるはしで叩いては折って捨てていたが、そのうち、つるはしで叩いてもきかなくなり、建物だけを担ぎあげ、新しく掘った穴の上に移動させた。

大小便の尖塔はそのまま残された。雪解けまでありとあらゆるものが凍りつき、決して溶けない。臭いさえ凍りついた。

川が凍っても、便所が凍っても、温日木頭の井戸の水は凍らなかった。ただ、水を汲みあげるたびにしずくがこぼれて、それが一瞬で凍った。やがて井戸は鎧を纏ったように固い氷で覆われた。

部落の中で暮らす通訳や作業員の中国人は、日本人の水の使い方にあきれていた。もっと水を大事に使うようにと冬になる前から言われていた。千川の流れに守られ、山から湧きだす豊富な谷水で暮らしていた千畑村の人間には、水を大事に使うという考えがなかった。代々、米はなくとも、土地はなくとも、水だけはふんだんにあったのだ。

やがて、水を汲むたびに日本人が散らしたしずくが厚く凍りつき、井戸の口を塞いだ。水が汲めなくなった。

「井戸掘りに行くぞ。珠子も来るか」

父親に誘われ、珠子は、防寒着はもちろん、ありったけの服を着せてもらい、綿の入った靴を履いて川へ行った。みんな同じ国防色の防寒着を着たので、珠子にはだれがだれだか区別がつかなくなった。

木箕河（ムーチへ）の流れは真っ白に凍りついていた。川のどこを掘れば水が出るか知っている中国人の後について、珠子の父と八重子の父はショーレンという鉄の棒を担ぎ、どんどん川面（かわも）を歩いていく。その後から晴彦たちこどももついていく。こわがりな珠子は、八重子が氷の上を歩いていっても、なかなか足を出せなかった。八重子は、靴のままでつうつうとすべって歓声を上げた。

「たまちゃん、早（は）よ来たや」

八重子が叫んだ。

「たまちゃんはびったれやのう」

さっきやっと川面に立てるようになったばかりの福二はわらった。

それでも珠子が川岸でぐずぐずしていると、凍りついた川の上をトラックが走ってきた。荷台には荷物と一緒に何人もの人間が乗っていた。珠子はびっくりしたが、それを見てやっとこわくなくなり、凍った川面に足を踏みだした。

すべりながら鬼ごっこをしていると、いつの間にか、知らない女の子がそばをすべっていることに気づいた。八重子よりも背が高かった。珠子が見ていることに気づくと、女の子はにこっとわらった。珠子はあわてて目をそらせた。

「井戸掘りするぞう。のいちょれよう」

大きな声が響いた。こどもたちが岸に戻ると、大人たちはショーレンで川面を割りはじめた。のいちょれと言われても見てみたくて、珠子たちはちょっとずつ近づいていった。武が気づいてこどもたちを抱きあげ、氷の穴を覗かせてくれた。

穴の中はまだかちかちに凍っていたが、まわりの白い川面とちがい、ぼんやりと青色になっていた。

「きれいなねえ」

思わず珠子はつぶやいた。吸いこまれてしまいたくなるほどに清らかな青色だった。

「色がかわったろう。もう水のそばまで来ちょる」

「ほら、のいちょれ。危ないぞ」

こどもたちはまた岸に戻った。珠子の父親は紐をつけたショーレンを穴に投げこんだ。

　そのとたん、珠子の父親の背よりもはるかに高く、川の水が柱となって吹きだした。水と一緒に、きらきら光る魚も飛びだした。

　珠子の父親は、間一髪で走って逃げた。水をかぶったら人間でも一瞬で凍りついてしまう。川から飛びだした魚たちは、はねた形のまま凍りついて、川面にかんかんと落ちた。

　こどもたちは歓声を上げ、魚を拾い集めた。

「ほら、おもしろいもんを見せちゃるけんねや」

　武が水桶を持ってきて、割ったばかりの氷の穴から水を汲んだ。こどもたちは水桶と武の周りに集まった。

「ように見よれよ」

　武が桶に張った水の中に、ぴんと曲がって凍ったままのはやを入れると、つーっと水底まで沈んでいった。

　と、そのとたん、はやは生き返って、すうっと泳ぎだした。

　こどもたちはわあっと声を上げた。

　珠子は桶のむこう側に、さっきの女の子がいることに気がついた。女の子も珠子に気づいて、またにこっとわらった。

珠子はおずおずとわらいかえした。

女の子は、千畑村にはめずらしく、色の白いこどもだった。

「あれ、おまえ、どこの子ぞ」

晴彦が女の子に気づいて訊いた。

「今のトラックで来たがか。名前は？」

武が訊くと、女の子は口を開いた。

「よしこ」

はっきりして、よく響く声だった。美子の真っ白い息は風に飛ばされ、見渡す限りの雪原に消えた。

五

茉莉はいつも父親と風呂に入った。真っ白いタイルが貼られた風呂は、茉莉のお気に入りの場所だった。

茉莉は石鹸（せっけん）で白い泡をたてて遊ぶのがすきだった。父親のひげにたっぷりと泡をつけ、歌う。

「むかし　むかし　うらしまは

たすけたかめに　つれられて」

茉莉が「たちまち　たろうは　おじいさん」まで歌いおわらないと、父親は動くこともしゃべることもできないのだった。

歌いおわると、父親のひげに、すくった水をかけては、ひげからぽたりぽたりとしずくが落ちるのを手に受けて遊んだ。

たっぷりとしたひげを鼻の下に蓄(たくわ)えた父親はおしゃれで、茉莉は、くすんだ色の国民服を着た父の姿を見たことがないことがうれしかった。

浦島太郎ごっこの間はなすがままにされている父親だったが、その後は厳しかった。来年は国民学校に上がる茉莉に湯の中で数を数えさせるのだ。どんなに茉莉が甘えても、百まで数えないと出してもらえない。でも、数えおわると、飛行機だと言って茉莉の体を高く持ちあげ、湯から出してくれた。

茉莉が真っ赤になって風呂から出ると、母親は、いちごのへたを取って四つに切り、白砂糖と牛乳をかけて待っていてくれた。母親に髪の毛を拭いてもらい、自分で寝巻に着替えていると、母親が匙(さじ)の背でいちごをつぶしてくれた。白い牛乳と砂糖にいちごの果汁がピンク色に溶けだす。その色の美しさに、茉莉はうっとりした。

「茉莉、どうぞめしあがれ」

茉莉は、母親に声をかけられるまで、いつもぼうっとみとれてしまう。茉莉が我に返って、小さな匙ですくって食べるのを、母親はうれしそうに見守っていた。

月になんべんか、茉莉の家には乞食(こじき)が来た。茉莉がござをひろげてままごとをしていると、髪はぼさぼさで歯は真っ黄色、指先は真っ黒な男がやってきて、にいーっとわらう。乞食が来たと茉莉が言いにいくと、母親は厳しい顔で叱(しか)った。

「茉莉、おこじきさんだってすきでしてるんじゃないんだよ。おこじきさんって言いなさい」

「はい」

茉莉は頷いた。

「ごめんなさい」

「ごめんなさいじゃすみません。もう一度やり直しなさい」

茉莉はもう一度、玄関に走っていき、そこから奥に叫んだ。

「おこじきさんが来たよー」

母親は、おひつに残っていたごはんをにぎって、二つの大きなおむすびを作った。

竹の皮でおむすびを包むと、紙でひねった小銭とともに茉莉に渡した。茉莉はそれを乞食に渡した。

茉莉は、大人になって商売を始めてからも、店に乞食が来ると、どれだけ忙しくても必ず小銭を渡した。

六

年が明けてしばらくすると、学校が始まった。

千畑村大樺樹在満国民学校といういかめしい名前ではあったが、生徒は十八人、先生はひとりというささやかな学校だった。川下の肚帽児（ドウマオエ）部落に校舎と寄宿舎を建てていたが、完成するまでは、温日木頭（ウエンリームートウ）の仮校舎で勉強をすることになっていた。

八重子も八重子の兄の晴彦と福二も学校に通いはじめた。内地の国民学校で使っていた教科書や学用品を風呂敷に包み、朝から出かけていく。珠子は遊び相手がいなくなり、とたんに毎日をもてあますようになった。妹の光子も八重子の妹の明子と良子も小さくて、一緒に遊んでもつまらない。急に自分が一番年嵩（としかさ）になり、なにをしても妹たちに譲らなくてはいけないのもいやだった。

ある日、珠子は、八重子が帰ってくるのを待ちかねて、ひとりで学校に行ってみた。

運動場は雪に覆われてだれもいなかった。学校といっても、珠子の住む家とさしてかわらない造りの建物だった。窓も、ほかの家と同じように格子が組まれ紙が張られているので、中の様子はわからない。ただ、こどもたちの声だけが雪景色の中に響いていた。

「朕惟うに我が皇祖皇宗」

珠子は教育勅語を知っていた。内地の学校でも教わっていたので、兄や姉が家でよく暗唱していたのだ。

「以て天壌無窮の皇運を扶翼すべし」

故郷の祖父母の家に残った兄と姉を思いだしながら、珠子は耳をすませた。

「明治二十三年十月三十日　御名御璽」

声が途切れたとき、そばに人が立っていることに気づいた。

美子だった。

「学校行けないの？」

美子が言った。珠子は聞き慣れない言葉におずおずと頷いた。千畑村の言葉ではないし、発音もところどころおかしかった。

「あたしも行けないの。ほんとはあたし一年生なのに。教育勅語だっておぼえてるんだよ」

美子は胸を張った。

「あんた、名前は？」

珠子はささやくような声でやっと言った。

「たまこ」

「たまこちゃんね」

珠子は首を振った。

「たまちゃんってみんな言う」

珠子が小さい声で言うと、美子はわらった。

「たまちゃん、一緒に遊ぼう」

珠子は美子にくるりと背をむけ、走って逃げた。人見知りの激しい珠子には、そう言われてもどうしていいかわからなかったのだ。

しばらくすると、八重子や晴彦が学校から帰ってきた。凍った川へ出て、みんなですべりながら鬼ごっこをしていると、美子がやってきた。

「いーれーて」

美子が大きな声で叫んだ。

「いーいーよ」

晴彦も福二もすぐに入れてやったが、八重子だけはいいよと言わず、美子を避けた。自分が鬼になっても、美子だけは追いかけない。

「あの子、へんなしゃべり方しよるね」

八重子は珠子の耳にささやいた。美子の切れ長の目も白い肌も、千畑村のこどもたちとはちがっていた。

それでも、八重子たちが学校へ行ってしまうと、珠子は時間をもてあました。ひとりで川へ行ってみると、美子がすでに来ており、川面をひとりですべっていた。珠子は引き返そうとして、凍った地面に足をすべらせ、転んで尻餅(しりもち)をついた。

「たまちゃん」

美子は珠子に気づき、川面をすべってそばまでやってきた。

「大丈夫？」

着膨(きぶく)れていた珠子は起きあがることができず、美子の手を借りた。

「なしそんなへんなしゃべり方するが？」

ようやく立ちあがると、珠子は美子に訊いた。

「へん？　前の学校のしゃべり方よ」

「へん」

「でも、たまちゃんのしゃべり方のほうがへんよ。あたしのしゃべり方は教科書と同じなんだから」

「そうなが？」

「そうよ。あたし学校に行ってたもの」

「けんど、おんなししゃべり方したら、やえちゃんも一緒に遊んでくれるに」

珠子は、八重子が美子を避けることを残念に思っていた。

「じゃあ、教えてよ。たまちゃんのしゃべり方」

「よって言わん。やって言うが」

「教えてや？」

「そう」

「へんなの」

「のって言わん。がって言うが」

「がっていうが、だって」

美子はけらけらとわらった。あらためて美子に言われてみると、いつもしゃべっていることなのに、なぜかおかしかった。珠子も美子と一緒にわらった。

それから、珠子は美子をよっちゃんと呼び、一緒に遊ぶようになった。体は大きいが、美子は珠子よりひとつ年上なだけだった。雪が降る日は外で遊べないので、お互いの家を行き来した。

美子の家は、父親と母親と三人家族だった。美子の父親も母親もいつも笑顔で迎えてくれたが、殆ど珠子には口をきかず、お互いは珠子のわからない言葉でしゃべっていた。

美子の母はいつもアンペラの上に炒った未熟米を広げて、粒を選り分け、焼き米を作っていた。香ばしい焼き米を、珠子はときどきもらって食べた。

美子の母は白い着物を着ており、胸の下から長く、裾まで広がるスカートを穿いていた。珠子はそれがとてもきれいだと思った。温日木頭部落には同じ格好をした女が他にも何人かいたが、殆どの女は珠子の母親と同じ、地味な着物地で作ったもんぺを穿いていた。

珠子は母親にねだった。

「かあさん。かあさんもよっちゃんのかあさんみたいなが着いてや」

珠子の母親はわらった。

「かあさんは朝鮮人の格好はできんよ」

珠子はそのとき初めて、美子が朝鮮人だと知った。けれども、珠子はそもそも自分が日本人だということを知らなかった。

「ほしたら、たまこは何人？」

珠子の問いに、母親も父親も手を打ってわらいころげた。

三月になっても、雪景色はなにもかわっていないように見えたが、ある日の昼下がり、けたたましく大きな音をたて、川を覆っていた氷が割れた。珠子たち家族はいよいよ空襲かと怯えたが、先遣隊で一昨年から来ていた団員はわらった。

「満洲に春が来た音じゃ」

夜になってもばりばりという音は断続的に響いていた。

やがて、井戸も溶け、水がまた汲めるようになった。地面の雪が溶けはじめると、福寿草が顔を出し、やがて一面が黄色くそまった。

こどもは城壁から外へ出てはいけなかったが、美子は大胆だった。

「たまちゃん、行くで」

門のそばで珠子と一緒に遊んでいた美子は、そう一言言うなり、珠子の返事も待たず、日中は開いている大きな扉を走り抜けた。珠子は置いていかれるのがいやで、必死で美子の後を追いかけた。ちょうど二人を見とがめるものはいなかった。

外は見渡す限り、福寿草の黄色い花で覆われていた。

珠子と美子は二人で手をつないで、壁の外をぐるっと回ってみた。一つ目の角のところに、大人の背よりもはるかに高い白樺(しらかば)の墓標(ぼひょう)が立っていた。

珠子と美子には読めなかったが、それは、ある陸軍上等兵がここで戦死したということを伝えていた。昭和十五年一月十五日十三時十五分。ほんの四年前のことだった。

大樺樹屯(だいかじゅとん)は、樺甸(かでん)県の最奥地で朝鮮との境に近い山岳地帯だった。頻繁(ひんぱん)に出没するという匪賊(ひぞく)に襲われたのか、思うような収穫が得られなかったのか、一度は開墾(かいこん)されたあとがあったが、打ち捨てられて、かなりの年月がたっていた。そういう土地を二荒地といい、大樺樹は二荒地と原野ばかりだった。ほかの多くの開拓団の入植地のように、中国人の耕地を奪って入植したわけではなかった。

それほどの奥地でも、長白山脈の豊富な木材と、満洲と朝鮮の境をおさえるという目的で軍用道路が敷かれ、満洲林産公社が置かれ、幾抱えもある大きな木が伐(き)りだされて、トラックで運ばれていた。

四年前のその日、日本人からは共産匪とおそれられる東北抗日聯軍第一路軍の騎馬隊が、この木材集積所を襲った。連絡を受けた関東軍は現場に急行したが、西に二十五里も離れた樺甸からむかうため、間に合わなかった。それでも、ちょうど大樺樹の三叉路まで来たところで、襲撃を終えて引き返してくる共産軍と鉢合わせした。このときの戦闘で墓標に名を記された陸軍上等兵がひとり死んだ。

それからは共産軍の攻撃もなくなり、山には大勢の中国人労務者が投入され、木の伐採が続き、この土地は表向きは落ち着いたように見えていた。

そのようなことは千畑村の入植者たちには全く知らされていなかった。とにかく満洲に行きさえすれば、二十町歩の大百姓になれるということだけが強調された。戦争にも取られない。法外な国債を割り当てられて買わされるということもなくなる。鍬持つ兵士という使命はだれも言葉では理解していたが、本当にわかっていたわけではなかった。入植してこの墓標を見て、とんでもないところに来てしまったと悔やんだ大人も多かった。自分たちがここに来て、ただ開拓をするということは、自らと自らの家族によって国境地帯の治安を維持するということだった。それは命を代償にするかもしれない行為だということを、白樺の墓標は伝えていた。

珠子と美子は福寿草を摘んで墓標に供えた。字が読めなくても、だれかの墓だと思ったのだ。それから、家に持ち帰るために福寿草を一株掘り返し、城壁をぐるりと一周すると、また大人の目を盗んで、城壁の扉を駆け抜けた。

珠子は持って帰った福寿草を庭に植えた。まだしゃべれず、歩けない光子は、庭に咲いた小さな黄色い花を見て、ああ、ああと言い、小さな手をのばしてちぎりそうになった。母親が慌てて抱きとめた。

「みっちゃん、喜びよるね。珠子、ありがとうね」

母親が言った。珠子はくすぐったそうにわらった。光子に早く大きくなってほしかった。せめて八重子の妹の明子くらいに。そうすれば一緒に遊べる。かごめかごめも鬼ごっこもできる。

父親と母親は珠子が城壁から出たことを知ったが、叱らなかった。

「城壁出るがやったら、晴ちゃんらあと一緒に行かんといかんで」

そう言っただけだった。珠子は、どうして両親が城壁を出たことを知ったのかわからず、親に隠しごとはできないと思った。

七

春を迎え、茉莉は国民学校に入学することになった。

入学式の朝、母親は茉莉に紺色のワンピースを着せ、頭には白いリボンを結び、学校へ連れていった。戦時下ということで女性はみなもんぺを穿くようになっていた。国民学校の入学式といえども同じで、新入生の女の子たちも上半身こそセーラー服を着ているものもいたが、下半身はもんぺだった。

「非国民」とささやく声は茉莉の耳にも届いた。それは当時、ひどい悪口だった。それよりひどい悪口は、「国賊」と、このごろさかんに言われるようになった「鬼畜米英」しかない。うつむいた茉莉に、母親はそっとささやいた。

「茉莉、きれいな服を着ているときは、前をむいて、胸を張っていなさい」

学校は堅苦しくて、茉莉はすぐにだいきらいになった。

鬼ごっこをしていて、校庭の隅の奉安殿の前を走り抜けたら、竹槍（たけやり）を持った先生に怒鳴（どな）られた。奉安殿の前を通るときには、どんなときでも足を止め、帽子を脱いで最敬礼する決まりだった。茉莉は、真っ赤な顔をした先生よりも竹槍の先が尖っているのがおそろしく、それからは奉安殿の前で必ずおじぎをするようになった。

朝は必ず、授業の前に歴代天皇百二十四代を暗唱しなくてはいけない。黒板の上には、長い紙に百二十四代の天皇の名前が書いて貼ってある。記憶力のよい茉莉はすぐにおぼえてしまったが、毎朝同じことをくりかえすのにはうんざりした。

授業中も、先生が「おそれおおくも」と言ったら、なにをしていてもぱっとやめ、前をむき、ぴんと背筋を伸ばして、不動の姿勢を取らなくてはならない。立っていたら、その場で気をつけをする。その言葉の後には必ず、天皇陛下と続けるからだった。

茉莉にとっては幸いなことに、戦争が激しくなるにつれ勉強どころではなくなり、先生が召集されていなくなり、上級生は勤労奉仕に動員され、農家の畑仕事の手伝いや軍需工場へ行かされるようになった。低学年のこどもたちは役に立たないので、しょっちゅう学校が休みになった。茉莉はそのたびにござを抱えて朝比奈の家の庭や運動場に出かけ、ままごとをして遊んだ。

茉莉の母親は待望の第二子を妊娠し、床に伏せることが多くなった。雨の日、茉莉は母親の枕元（まくらもと）で遊びながら、妹ができることが楽しみでたまらなかった。

八

川下にある肚帽児（ドウマオエ）部落に、煉瓦（れんが）造りの校舎と寄宿舎ができた。そのころには、千畑村開拓分村の部落は入植者の増加により三部落になっていた。一から開拓して家を建てた温日木頭（ウエンリームートウ）、肚帽児の部落とは異なり、三つ目の黄田（ホワンテイエン）部落は、すでに中国人が暮らしていた部落の中に日本人が交じって移り住むことで開拓団村となった。部落の東側、全体の三割ほどの家に日本人は入居した。

三つの部落は木箕河（ムーチへ）に沿ってそれぞれ二里近く離れており、部落の周りだけは田畑となっていたが、あとは手つかずの荒れ地だった。軍用道路を一歩外れると、密林か谷地坊主（やちぼうず）の繁茂する湿地帯だった。こどもの足で毎日、学校のある肚帽児部落まで歩いて通うことはできず、他の部落のこどもたちは、学校と並んで建てられた寄宿舎に入り、土曜日の午後ごとに家に帰り、また日曜日の午後に寄宿舎に行くという生活を送ることになった。

珠子は六歳になり、美子とともに国民学校に通いはじめた。日曜日の午後、教科書と帳面と筆箱と着替えの入った風呂敷包みを持ち、同じ部落のこどもたちと一緒に二時間もかけて歩いていった。八重子の兄の晴彦と福二、八重子と珠子と美子、それから武の弟の一年生の仁と、一夫という晴彦と同じ五年生の七人だった。

美子は、冬の間中、珠子と遊んでいるうちに、すっかり千畑村の言葉が身についており、しゃべり方がおかしいと避けていた八重子も、美子と打ち解けるようになっていた。

ところが、新しくやってきた田辺校長は、一年生の中で美子が一番できることを知ると、怒鳴った。

「富田は朝鮮人なのに、よくがんばっている。みんなは日本人なんだから、やれば富田よりずっとできるはずだ。できないのは努力が足りないからだ」

朝は南東にむかって宮城遥拝してから君が代を歌い、教育勅語を唱えてから授業を始めた。

先生がひとりしかいないので、ひとつの教室でこどもたちは二学年ごとの三組にわかれ、一組が先生に教えてもらっている間、残りの二組は自習をした。一、二年は授業がすんだら帰ってもよいということになっていた。美子はあんなに楽しみにしていた学校をいやがるようになり、いつも率先して教室を出ていった。珠子も後を追うので、二人は二時間ほど勉強したら寄宿舎に戻っていた。勉強はちっともすすまなかった。

春が来ると、野焼きをするのか、荒野に火がついて一面が燃えた。だれも火を止めなかったが、それでも草が焼き尽くされるとやがて火は小さくなった。雨が降っても何日かはくすぶっていて、あちこちで黒い煙が上がっていた。

日曜日の午後、いつものように温日木頭部落を出て、珠子たち七人は、寄宿舎にむかって歩いていた。

道程（みちのり）は遠い。途中に家の一軒もない。畑もすぐに尽きて、あとはいつまで歩いても景色のかわらない荒野がひたすら続く。

トラックも馬車もめったに通らなかった。まれに、木箕河の上流の山から、太い木材を山のように積んで走ってくる満洲林産公社のトラックに追い越されることはあった。開拓団の馬車なら乗せてもらえることがあるが、満林のトラックは、いくらわあわあ騒いでも乗せてはくれない。

道路だけが白く、両脇の草原は一面の焼け野原で真っ黒になっていた。朝からよく晴れた日だったので暖かかったが、歩く端から土煙が上がって口の中まで砂っぽくなった。一番体の小さい珠子はだんだん遅れてくる。並んで歩く美子も一緒に遅れた。

棒切れを振りまわしながら先頭を歩いていた一夫は、それに気づくと珠子の風呂敷包みを取って叫んだ。

「ようし、じゃんけんじゃ。負けたらみんなの荷物持つがぞ！」

五年の一夫と晴彦、三年の福二、二年の八重子、一年でも兄の武に似たのか体の大きな仁が、わあっと歓声を上げて、じゃんけんを始めた。すると美子が駆けていって、じゃんけんに加わった。

「美子はええに」

「あたしも持てるけん」

福二が負けた。一夫は持っていた棒に、みんなの風呂敷包みの結び目を通し、並べてぶらさげた。

「棒が折れそうな」

そうわらいあっているうちに、珠子は元気を取り戻し、また七人で固まって歩きはじめた。

「美子は元気じゃのう。教室ではぎっちり立たされよるに」

晴彦がわらいながら言った。学校には、美子を合わせて朝鮮人のこどもが三人いた。学校では朝鮮語をしゃべってはいけないことになっており、しゃべると教室の後ろに立たされた。美子以外の朝鮮人のこどもたちは満洲で生まれ育っていたため、中国語はできても日本語はあまりわからなかった。日本語の指示に戸惑う朝鮮人のこどもたちに、美子が朝鮮語で通訳してやるたびに、田辺先生は美子を後ろに立たせた。

「田辺先生きらいじゃ」

美子がぽつりと言った。

「わしもきらいじゃ」

すぐに福二も言った。福二は教育勅語をまちがえるたびに立たされていた。そのためにますますおぼえるのが遅れていた。つっかえると、横から妹の八重子が教えてやるほどだった。

「じきにしばくしのう」

「前の先生がええのう」

晴彦も一夫も言った。吉林に転勤した鈴木先生は、こどもを立たせたり、たたいたりはしなかった。朝鮮人だったので時々日本語をまちがえることがあり、こどもたちがわらうと頭をかいて一緒にわらった。こどもたちに直してもらうと、きまって「先生も一生勉強します。きみたちと勝負します」と言った。大人に教えられることがあることも、勝負の相手と認めてもらえたこともうれしくて、晴彦たちは熱心に勉強した。

「けんど皇国臣民の誓いと国語常用の誓いを言わんでええけん、楽じゃ」

美子が明るく言った。

「なんじゃそれ」

「朝鮮の学校ではみんな言わんといかんかったがじゃ。教育勅語みたいなやつ。教育勅語は難しいておぼえんでよかったけんど、ようみんなで替え歌しよった」

「替え歌？　どんなが？」

「朝鮮語やけん、わからんと思うけんど、チンハルモニ」

「チンハルモニ！」

一瞬、こどもたちは目を見合わせた。教育勅語を唱えているときは、洟（はな）をすすりあげることも咳（せき）をすることも許されなかったのに、替え歌なんかしていいんだろうか。でも、意味もわからない言葉の響きのおかしさが、そんな戸惑いを越えた。こどもたちは吹きだし、腹を抱えてわらった。

そのとたん、福二の担いでいた棒が折れ、風呂敷包みがどさどさと地面に落ちた。ひとつの包みの中から筆箱が飛びだし、鉛筆や消しゴムが散らばった。

「わあ、わるい」

福二はしゃがんで筆記具を拾おうとした。そのとき、今まで気に留めていなかった焼け野原に、白いものが見えた。

「あれ、なんじゃろ」

福二は鉛筆を拾って持ち主の八重子に渡すと、まだ幾筋かの煙がたなびく、黒い焼け野原に入っていった。

こどもたちも、風呂敷包みを道路に置いたまま、福二の後を追った。突っ立ったまま黒く炭化した細い木や太い草の茎(くき)の間を抜けて、真っ黒になった草原を踏んでいく。炭と化した草が足の下でさくさくと砕けた。

「うわあっ」

福二が悲鳴を上げた。こどもたちが駆けよると、福二は黒い地面に尻餅(しりもち)をついていた。

福二の前には、人間の白骨が横たわっていた。

こどもたちが人間の骨を見たのは生まれて初めてだったが、なぜか、それが人間の骨だということはわかった。

「なぜこんなところに」

「逃げ遅れて焼け死んだがやろうか」

こどもたちは口々に話した。晴彦がまわりを見て、別の場所を指さした。

「あっちにもある」

少し離れたところに、白い骨が散らばっているのが見えた。

「あれもそうやないか」

肚帽児部落のある方角を眺めると、黒い焼け野原に白いものがぽつんぽつんと点在していた。

「これ、葬式のあとやないか」

一夫が言った。

「骨に土がかかっちょる。浅うにしか埋めんかったけん、むき出しになったがや」

「ほしたらこれは満人の骨か」

福二はまだ尻餅をついたままだった。

中国人は、だれかが死ぬと木の棺(ひつぎ)に死者を寝かせ、葬式がすむと荒野に担いでいってそのまま置いてきたり、土を少しかぶせただけで済ませたりした。棺を買えるのは金持ちで、金のない家では死者をアンペラで巻いただけで弔(とむら)っていた。先祖代々の墓や共同墓地はなく、遺体が自然に還(かえ)っていくのにまかせていた。それが野焼きで燃えて、骨だけが焼け野原に残されたのだった。

晴彦はきょろきょろ見回していたが、やがてわらいだした。そして足許(あしもと)のしゃれこうべを両手で持ちあげた。こどもたちはみなおどろいたが、晴彦は平気だった。

「重たいなあ。これ、男かなあ、女かなあ」

「ばちん当たるぞ」

そう言った一夫にむかって、晴彦はしゃれこうべを投げた。一夫は思わず両手で受けとめた。

「ほんまや、意外と重たいなあ」

そう聞くと、こどもたちはみな、しゃれこうべを持ってみたくてたまらなくなった。一夫の後は美子、美子の後は八重子、八重子の後は仁、仁の後は珠子、最後におそるおそる福二が触った。

「これよう、集めて、ここ通るやつたまげらそうぜえ」

晴彦が言った。

「そりゃあ通るやつたまげるろうにゃあ」

一夫がわらった。

「しっこちびるかもしれんぞ」

福二もわらった。福二はだれにも言わなかったが、白骨をみつけたときに小便をもらしていた。

「拾いもって行こうぜえ」

晴彦が言った。

「だれが一番ようけ拾えるか、競争じゃ」

一夫も叫んだ。

こどもたちは道々、焼け野原に入っていっては、しゃれこうべを拾った。頭骨にはまだ歯が残っているものや、髪の毛が生えたままのものもあり、珠子は、はじめのうちこそ気色（きしょく）が悪いと思ったけれど、走りまわって探しているうちに、宝探しのように思えて、おもしろくなってきた。

「あたしの太いで」

美子が拾ってきたしゃれこうべを見て、珠子も負けずに言い返した。

「わたしのがのほうが太いもん」

晴彦が黒く焼けた木の枝やよもぎの茎を取ってきたので、その棒にしゃれこうべをさし、道路ばたにずうっと並べながら、こどもたちは歩いていった。

「ここは地獄の三丁目じゃ」

晴彦が言った。

「しっこちびらしちゃるぞ」

最後のしゃれこうべを立てて、福二が言った。

しゃれこうべを並べ終え、こどもたちが肚帽児の寄宿舎に着いたときにはもう、日が暮れかけていた。

「おまえら、今日はえらい遅かったねや。もうみな風呂も済んで、めしを食いよるぞ」

寄宿舎の扉を開けてこどもたちを出迎えた、体の大きい寮父が、いぶかしげに言った。

「道草してきたがやろう。顔が真っ黒じゃ」

こどもたちはみな手も顔も黒くなっていた。

「珠子が疲れたけん、負ぶうちゃらんといかんかったけん」

一夫と晴彦は、歩けなくなった珠子を交代しながら負ぶってきていた。珠子は一夫の背中で眠ってしまい、結局殆どの道程を一夫が負ぶうことになり、一夫はへとへとだった。晴彦もその分、自分の荷物の上に一夫と珠子の風呂敷包みも持たなくてはならず、こちらも疲れきっていた。

「おう、そりゃあえらかったねや」

寮父が珠子を一夫の背中から抱きとった。

「早よう風呂に入れよ」

寮父は珠子を抱いて奥へ入った。

「それにしても、えらい汚れたねや」

寮父は珠子の服の袖口が真っ黒になっているのを見て言った。寄宿舎に入って珠子を起こすと、温日木頭のこどもたちはみな風呂に入った。

寄宿舎には風呂も便所もあり、こどもたちは日曜の夜から土曜の午前中まで、ここで寮父に面倒を見てもらいながら、こどもたちだけで生活をしていた。

寮父は中年だったが結婚はしておらず、単身千畑村からやってきた人間だった。満洲へ行く若者の妻になる大陸の花嫁が大流行(はやり)しているにもかかわらず、この人にはだれもついてこなかったらしい。校長にはあごで使われているし、どうも大人たちには侮(あなど)られているような寮父だったが、こどもたちはみな慕(した)っていた。

一年生から六年生までのこどもたちなので寝小便をたれる子もいた。千畑村では夜のことをよ、小便のことをばりといい、小便をすることをばると言った。だから寝小便のことをようばりといい、寝小便垂れの子のことをようばりばりと呼んだ。朝になってこどもがそれを打ち明けると、実の親でも叱って布団を使わせなかったり、罰もかねてもぐさをすえたりするものだったが、寮父は「ようばりばりやのう」とか、「ようようばりをばるのう」と一言言うだけで、決して叱らなかった。そして、小便まみれの寝巻と布団を、鼻をつけて臭いをかぎ、汚れが落ちたかたしかめながら、きれいに洗うのだった。

珠子たちが風呂から出ると、そんな優しい寮父がかんかんに怒っていた。

「おまえらあ、ここ来る途中でなにしたがぞ！」

寮父が怒鳴ったのは初めてで、もう晩飯を済ませたほかの部落のこどもたちまでおどろいて集まってきた。

「満人の骨をいたずらしたろう！」

珠子たちのいたずらはすぐにばれた。トラックで通りかかった開拓団員がおどろいて、日本人のこどもの仕業(しわざ)だと察し、骨を元に戻してくれたという。

いつも叱らない寮父に怒鳴られて初めて、そんなに悪いことをしたのだとこどもたちは知った。珠子たちはちぢみあがった。

「おまえら今晩は飯抜きじゃあ！」

後にも先にも、寮父にこれだけ叱られたことはなかった。みなうつむいて立っていた。それでも結局、夜遅くなってから、寮父は取り分けておいた晩飯を珠子たちに食べさせてくれた。

翌日、学校に行ったら校長にも叱られると珠子たちは怯えていたが、校長はなぜか一言も叱らなかった。

九

満洲の夏は短い。

その短い夏の間に生長しようと、作物はみな、ぐんぐんのびた。のびていくのが目に見えるようだった。西瓜（すいか）や南瓜（かぼちゃ）は一日に三尺ものびた。

今年からは畑だけでなく、朝鮮人に教えられながら水田も作っていた。中国語や日本語ができる者が多かったので、開拓団にとって朝鮮人はなくてはならない存在だった。

美子の父も、美子と同じの家の清水（しみず）という朝鮮人も、開拓団員に満洲式の稲作を教えていた。大柄な父が片言で日本人に話し、率先して田んぼに出るのを見て、美子は誇らしく思った。

学校が夏休みになると、こどもたちはみな温日木頭（ウエンリームートウ）に戻り、畑の草取りを手伝った。

満洲の真っ黒く肥沃な土では、作物もよく育つが、雑草も負けじと育つ。雨もよく降り、そしてよく晴れてくれるので、水撒きの必要はない。秋の収穫までの間、草取りが殆ど唯一の畑仕事だった。

千畑村では飼ったこともない馬に除草機を曳かせ、畝の端を削り落として草取りをする。夏の満洲の太陽は強いので、削り落とされた雑草はすぐに枯れる。内地のように細かく鋤を入れ、手で摑んで草取りをするのとはちがって大雑把だった。

それにしても広すぎた。こどもたちは鋤を使って玉蜀黍畑の草取りをしたが、雑草は背丈ほどもあり、畝は気が遠くなるほどに長く、地平線まで続いていると珠子には思えた。朝、一本の畝をまかされて、端まで行って戻ってくると、もうお昼になるほどだった。

太陽に照りつけられ、むしむしとした玉蜀黍畑の中で草を取っていると、喉がすぐに渇く。珠子の父親は生っているまくわうりをひとつちぎって、親指を重ねてそのつけ根に力を入れ、ぱかんと真っ二つに割った。それを地面にむかって振ると、真ん中の種がみんな飛んでいく。父親はそれをひとつずつ、珠子と美子にくれた。

「ほら、喉が渇いたろう。メロンぞ」

真っ黄色いまくわうりは水気がたっぷりあって、甘かった。珠子の父親がいつもそう言うので、珠子も美子もまくわうりのことを黄色いメロンだとずっと思っていた。

草取りはまた、同じ姿勢でかがんでいるので、腰がめきめきと痛んでくる。指に豆はできるし、草で顔も切れるし、なにより暑くてたまらず、もうこれ以上草取りはできないとだれもが思うころに、満洲の広い真っ青な空に、もくもくと黒雲が湧いてくる。

顔に差す雲の影に、あれっと思って見上げたところへ、雷を伴い、滝のように雨が降ってくる。スコールと呼ぶこの雨は、暑い日の午後に必ず降った。ほんの一時間ほどで雲は去って、再び太陽が照りつけてくる。

大人たちはこのスコールで一息つき、珠子たちはこれで一日の作業が終わりになった。ずぶ濡れになりながら部落に戻り、こどもたちだけで遊んだ。

集落のそばを流れる木箕河（ムーチーへ）は清らかな流れだった。内地のように堤防を築くことはなく、川べりはなだらかな自然の土手になっていて、柳の木が川沿いに生えていた。中国人は井戸の水を大切にして、ここで食器や野菜や衣類を洗っていた。

故郷の千川に負けない美しさで、魚も多くいた。こどもも大人も釣り糸を垂れ、ますやなまずを釣った。千川の魚よりも大きなものが多かった。はやもいたが、千川でよく捕れるあゆはいなかった。

暑くなると、武や晴彦や一夫はヤスを使って、裸で川に潜って魚を捕った。珠子たちも泳ぎたかったが、さすがに部落のそばの川で裸にはなれない。こどもだけで遠出はできなかったので、珠子たちは、武が農作業に出るときに、部落から離れた玉蜀黍畑のそばの川へ連れていってもらった。

武が農機具を馬に曳かせながら歩いていく後ろから、珠子たちがぺちゃくちゃとしゃべりながら、ついていく。時々疲れたと騒いで農機具に乗っかっても、武は怒ったりしない。

武が川べりの畑で働いている間、珠子たちは裸になり、川に入って遊んだ。

「もう帰るよ」

武に川べりの柳の林のむこうから声をかけられると、高い声を上げて騒ぎながら、珠子たちは川から上がり、体を拭き、川べりに置いておいた着物を着て、林から出た。

「夕焼け小焼けで　日が暮れて
山のお寺の　鐘が鳴る
おててつないで　みな帰ろ

からすと一緒に　帰りましょう」

珠子たちは歌いながら、武の前になり、後ろになりしながら、温日木頭への道を辿る。

故郷の村では見たことがないくらい大きな夕日が、真っ赤に燃えながら落ちていった。

いつものようにスコールに打たれ、びしょぬれになって畑から戻ってきた珠子と美子は、広場に見慣れない人間がいることに気づいた。

温日木頭の区長が一緒だった。国民服ではなく、ぱりっとした背広を着て、鼻の下にひげをはやした男と、薄桃色のちょうちん袖のワンピースを着て、赤いエナメルの靴を履いた女の子だった。

珠子はそんな服を着たことはもちろん、見たこともなかった。学校に上がったときから、地味な木綿地のもんぺを穿いていた。

温日木頭の朝鮮人の女たちはこれまで通りチマチョゴリを着ていたが、まだ幼い美子はやはり珠子と同じもんぺ姿だった。

ぬれねずみの珠子と美子は、大人たちの陰から女の子を見た。女の子は珠子よりも背が低く、太っていた。女の子は珠子と美子に気づき、にこっとわらった。

珠子はさっと大人の陰に隠れたが、美子はわらい返した。

温日木頭の大人たちはささやきあった。

「開拓団で来ちょるがやないでねえ」

「区長さんの知り合いやと」

「区長さんは朝鮮で商売しよった言いよったけんど、ほしたら朝鮮人ながやろうか」

珠子の前に立っていた中年の女性が言った。

「今時えらい格好やねえ。非国民言われんがやろうか」

区長と一緒に男と女の子が役場に入ると、見に来ていた人たちも散っていった。

美子は珠子を誘い、役場に近寄った。役場は煉瓦作りで、窓には紙ではなくてガラスが嵌(はま)っていた。半分は大樺樹屯唯一の診療所として使われていた。美子と珠子はつま先立ちになって、役場の窓から覗いた。

女の子は診療所の先生の椅子にすわっていた。先生と他の大人たちはその部屋にはいなかった。女の子は大きな本を読んでいた。きれいな色のついた絵が描いてあった。

美子は窓ガラスをこんこんと叩いた。女の子ははっとして顔を上げた。珠子はさっとしゃがんで窓の下に隠れたが、美子は女の子にわらって見せた。

　女の子は本を閉じ、それを小脇に抱え、診療所から出てきた。美子は女の子に駆け寄って、朝鮮語で話しかけた。女の子は、ぬれそぼったみすぼらしい美子を見て、明らかに戸惑っていた。

「あなただれ？」

　女の子が言った。美子が、後を追ってきた珠子をふりかえって残念そうに言った。

「日本人やった。朝鮮人やなかった」

「あなたたちも日本人なの？」

　女の子が訊いた。美子の陰に立って、珠子が頷いた。美子は首を振った。

「あたしは朝鮮人」

「なんだ、満人かと思った。日本語わかるのね」

「わかるよ。あんたは日本から来たが？」

　女の子は頷いた。

「横浜から来たの。横浜知ってる？」

　美子は知らなかった。珠子なら知ってるかと思い、背中にしがみついている珠子を見た。珠子は小さく頷いた。

「満人を見てみたくておとうちゃまに連れてきてもらったの」

　女の子は高い声で切れ目なくしゃべった。珠子にはそれが、歌を歌っているように聞こえた。

「うちはね、赤ちゃんが生まれるのよ。もちろん妹よ。それで、おかあちゃまが大変だから、まりはおとうちゃまと一緒に来たの。あなたたち妹がいる？」

　美子がさっと首を振って、珠子はおずおずと頷いた。女の子はきゃらきゃらとわらった。

「あなたたち、へんなの。ひとりが頷いたら、もうひとりが首を振るのね。仲がいいの、わるいの、どっち？」

「仲ええよ」

　このときばかりは珠子と美子は同時にこたえて顔を見合わせた。女の子は吹きだしてわらった。甲高い笑い声は鳥の鳴き声のようだった。珠子も美子もそんなに高い声でわらう人に会ったことがなかった。美子は思わず耳を押さえた。

　女の子は珠子と美子に抱えていた本を開いて見せてくれた。珠子と美子はすぐにわかった。見開きいっぱいに色とりどりに描かれた絵。地平線まで続く畑の中に、木の柵で囲われた家々。馬、牛、黒い豚。それは、満洲だった。

「きれいでしょ。おとうちゃまが有隣堂で買ってきてくれるの」

「えらいきれいなね」

珠子は目を見張った。

絵の中のこどもたちは、中国人や朝鮮人のこどもたちと、なかよく凧揚げをして遊んでいる。

五族協和。

珠子は、何日か前に晴彦たち五、六年生が書いていた習字を思いだした。満洲では五族がそろってなかよく暮らしていると先生は言った。あのとき、先生は五族の意味も教えてくれた。日本人、満人、朝鮮人、そこまではおぼえていたが、あと二族が思いだせない。

三人で顔を寄せ合って一冊の本の上にかがみこむと、女の子の髪に結んであった赤いリボンの端が、美子の耳をくすぐった。

「こそばいい」

「ごめんね」

女の子は言って、リボンを手で押さえた。

「それなに？」

美子は女の子の胸に縫いつけられた名札を指さして訊いた。住所と名前、血液型が書いてある。珠子にはそれが、せっかくのきれいなワンピースに落ちたしみのように見えた。

「空襲のときにだれかわかるようにつけるのよ。あなたたちつけてないの？」

「やって満洲に空襲らあてないもん」

美子がこたえた。

「茉莉ー」

役場のほうから出てきた背広姿の男の人が、女の子を呼んだ。

「おとうちゃまよ。まりはもう行かなくちゃ」

女の子は絵本を閉じ、薄桃色のワンピースの裾を翻して走っていった。

翌日、朝ごはんを食べおわるころ、区長が珠子の家を訪ねてきた。内地から遊びにきている知り合いの娘を畑に連れていってほしいという。

「その子も国民学校の一年やけん、今日ばあ、娘さんに遊んじゃってもらえんろうか」

珠子の父も母も二つ返事で請けあった。珠子は美子を誘い、区長と一緒に内地から来たという女の子を迎えにいった。

区長の家には、昨日の背広のひげの男がいて、女の子を紹介してくれた。

「きみたち、この子をよろしく頼むよ。茉莉というんだ。国民学校の一年生だよ。満洲でお友達ができてよかった」

お友達と呼ばれたことなどなかったので、珠子は照れてもじもじした。茉莉は昨日と同じワンピースを着ていたが、頭にはリボンでなく白い帽子をかぶっていた。手には、区長の奥さんに作ってもらったおむすびの入った風呂敷包みを持っていた。

「はい、あたしはよしこです。この子はたまこ。あたしらあも一年です」

美子ははきはきとしゃべった。

「きみも一年生なの？　ずいぶん大きいんだね」

茉莉の父親は珠子の親にあいさつをすると言うので、珠子と美子は二人を珠子の家まで連れていった。

途中に中国人の家があり、足の小さいおばあさんが鶏にえさをやっていた。おばあさんは珠子と美子に気づくと、声をかけてきた。

「吃饭了吗（チーファンレマー）」

「吃了（チーレ）！」

珠子と美子がこたえると、おばあさんはにこりともせずに「ふん」と言った。

温日木頭に来たばかりのころは、なんと言ったのかわからなかったおばあさんの言葉だったが、日本語のわかる中国人に教えてもらって、こどもたちはおばあさんが古くからの中国のあいさつで、「ごはんを食べたか」と言って、自分たちにあいさつをしてくれていたことを知った。言われた方は「食べた」と答えるものだった。そして、「ふん」というのも意地悪なのではなくて、そういう返事をするものなのだとわかってきた。

「きみたちすごいねえ、満語がしゃべれるのかい」

茉莉の父親はおどろいた。

「満人って、足が小さいのね」

茉莉もおどろいていた。

「あれは纏足(てんそく)いうが」

珠子がささやくように言って、顔を赤らめた。你好(ニィハオ)さえ教えられずに満洲に来ていた珠子だったが、いつのまにか満洲のことを教えるほうになっていた。

珠子の家に着くと、茉莉の父親は珠子の両親に頭を下げた。

「内地で暮らしているものですから、勉強のために、満洲開拓団のみなさんの生活を見せてやりたいと思います。足手まといでしょうが、連れていってやってくださいますか」

聞いたこともないほど丁寧にあいさつされ、珠子の父親は太い腕を振って恐縮した。

「いやあ、わしら土佐の芋食いですけん、なんの勉強にもならんです」

「いえいえ、満洲開拓のご苦労は内地でも評判です」

「いやあ、おたくさんはなんのご商売をされとるの？」

「運輸関係の仕事をしております。横浜港には満洲からも船が来ております。五族協和、まことに結構ですなあ」

茉莉の父親は胸ポケットから扇子(せんす)を出してひろげて、ぱたぱたと自分の笑顔を扇(あお)いだ。そんな仕草を見たのは初めてだったので、珠子は手品みたいだと思った。

「内地では空襲だ、海では機雷だと騒いでおりますが、こちらは平和そのものですなあ」

「ほんまに来てみてたまげました。まことに王道楽土です」

「まったくですなあ」

美子は茉莉に言った。

「まりちゃん、あたしはよしこ。長いけん、よっちゃんって呼んでかまんよ」

珠子が恥ずかしがってうつむくと、美子がかわりに言った。

「この子はたまこ。たまちゃんって呼ぶがで」

「たまちゃんとよっちゃんね」

茉莉は頷いた。

父親同士が話しこんでいる間に、珠子の母親は中国風の黒い布靴を持ってきた。

「その靴やったら畑には入れんけんね、こっちに履きかえたや」

茉莉は白い靴下と赤いエナメルの靴を脱いで、黒い布靴を履いた。

「やだわ」

茉莉は自分の足を見下ろし、はっきりと言った。

「男の子みたい」

「ほんでもその靴やないと、足が痛うなるけんね」

珠子の母はそう言うと、負ぶっていた光子を隣りの家の松に預けにいった。

「やだわ」

茉莉はもう一度くりかえした。

「黒い靴なんて男のよ。女の子は赤い靴じゃないと」

珠子も美子も、再生布を使った、同じように黒い靴を履いていた。

「あなたたちも男の子みたいよ」

茉莉は高い声できゃらきゃらとわらいだした。その笑い声が美子の耳に障（さわ）った。美子はむっとして言った。

「非国民やね」

美子も珠子も、赤い靴を履いたことなど一度もなかった。

「ほんならまりちゃんは赤い靴履いてきたらええやん」

美子はきつく言うと、茉莉に背をむけた。

「たまちゃん、行こう」

美子は珠子の背中を押して、先に歩きだした。茉莉は黒い靴を履いたまま、ついてきた。

「今日は遊んできたちかまんで」

道の途中で珠子の母親が言った。

「内地の子に草取りは無理やけん」

「川行て遊んでこいや」

父親も言って、水田のそばの川のほうを指さした。

美子と珠子は玉蜀黍畑に入っていく珠子の両親と離れ、川へ降りていった。後から茉莉もついてきていた。

途中で美子は足を止め、きょろきょろとあたりを見回し、人影がないことをたしかめると、珠子にささやいた。

「ねえ、お寺行ってみん？」

珠子にはなんのことかわからなかった。美子は珠子の記憶を呼びおこすように言った。

「黄田（ホワンテイエン）の下（しも）の川んところに、お寺があるいうて言いよったやんか。この前、遠足で学校で行ったに、あたしらあ一年生はまだこまいけんいうて置いていかれたやん」

「ああ、やえちゃんも晴ちゃんも行ったがね」

「そうそう、真っ青な仁王（におう）さまがおるいうて、やえちゃんが言いよったやん」

「言いよった言いよった」

「今日らしまだ朝早いし、おむすびも作ってもろうちょるし、草取りせんちえいがやけん、行ってみろうよ」

「けんど遠いぜ。学校よりまだ先ながやけん」

「大丈夫よう。やってもう、たまちゃん疲れんで肚帽児（ドウマオエ）まで行くようになったやいか。今から行ったら、お昼には絶対お寺に着くけん」

道のりの遠さにためらう珠子に、美子はなおも言った。

「福ちゃん言いよったやいか。仁王さんはぎらぎら光る槍を持っちょって、福ちゃんが触ったら、仁王さんの目がぐるっと回ったいうて」

「すごい。早く行こうよ」

茉莉が言った。いつの間にか、茉莉は美子と珠子のすぐ後ろまで追いついてきていた。

「まりも行くわ」

茉莉はくりくりした目をきらきらさせた。

美子は珠子の腕を掴み、走りだした。

「なせ走るが」

「あんな子置いていこう」

けれども、美子と珠子の後ろから、茉莉はずっとついてきた。

まだ、太陽は山の端に近かった。

寺は遠かった。温日木頭の部落から、川沿いの道を下って、肚帽児、黄田を過ぎた先にあるという。温日木頭から寄宿舎のある肚帽児まで歩いて二時間近くかかるのだから、黄田までは三時間以上かかるはずだった。しかも、言いだした美子さえ寺に行ったことはなかった。

　夏休み前の遠足で国民学校の二年生以上が出かけた日、寮父が教室で一年生の面倒を見てくれた。紙を折って鶴（つる）や奴（やっこ）や飛行機を作った。満洲では紙は貴重品で、絵も習字も一枚の紙を使って上へ上へと重ねて書く。珠子はヒノマルの上にキミガヨを書き、三年の福二は少年兵の上に軍用犬と書いていた。そのあたりがよくわかっていない寮父は、新しい紙を正方形に切ってこどもたちに折らせたものだから、戻ってきた校長にひどく叱られていた。

「時局がわかっちょらん」

　最近の大人は、なにかにつけてこう言うということに美子は気がついていた。美子の両親と同じ家に住む清水一家の大人たちは言わなかったが、そのかわり、朝鮮人の大人たちはこのごろ朝鮮語でひそひそと話しこむことが増えた。

　寮父のおかげで、一年生は遠足に行けなくてもそれなりに楽しい、のびのびとした一日を過ごせたが、美子は寺に行けなかったのが残念でならなかった。帰ってきた福二が留守組に気兼ねもせず、自慢げにいかに楽しかったかを話すのを聞いて、その思いはますます募った。

けれども、満洲には熊や猪だけではなくて、まだ見たことのない虎や狼がいるという。さすがの美子もひとりで行く気にはなれなかった。

仁王さんの目が動くのがこわくなった珠子は、それでも弱虫と思われたくなくて、黙って歩いたが、足はちっともはかどらなかった。美子は珠子が疲れたのだと思い、自分の風呂敷に珠子のおむすびもまとめて包み、斜めに掛けて、珠子の手を引いてやった。後からついてくる茉莉に追いつかれそうになると、美子は珠子の手を引いて、先へ急いだ。

「よっちゃん、待ってよ」

茉莉はそのたびに大きな声を出した。美子はふりかえらずに珠子を急かした。

茉莉は珠子よりも背が低かったが、ころころと肥えていた。夏を迎えて日焼けした美子や、もともと高知の田舎で育った珠子とはくらべものにならないほど色が白かった。まるで透き通るようなのだ。それでいてふっくらした頰は赤く、くりくりとした大きな茶色い目をして、髪の毛の色もいくらか薄かった。薄桃色のワンピースをひらひらさせて歩く姿は西洋人形のようだった。

美子は、途中でいやになって引き返すかと思ったが、茉莉は平気でずっとついてくる。

「むかし　むかし　うらしまは
たすけたかめに　つれられて」

茉莉の歌声が風にのって、後ろから聞こえてきた。その澄んだ声につられ、珠子も歌いだした。

「りゅうぐうじょうへ　きてみれば
えにもかけない　うつくしさ」

茉莉が追いついたとき、美子は訊いた。

「なせ平気でついてくるが？」

「だって、まりも行きたいんだもの」

「そんな格好して、非国民言われん？」

珠子が訊いた。茉莉はわらった。

「言われたわ。入学式のときにね。おかあちゃまはきれいなお洋服がすきだから。非国民ねえって聞こえたの。でも、おかあちゃまがね、きれいな服を着たときは、胸を張って、前をむいていなさいって言っててね、まりは前をむいていたの」

茉莉は珠子と美子をみつめた。

「だからね、まりはいつでも、胸を張って、前をむいているのよ」

美子は、茉莉を、自分と珠子の間に入れた。

「さっき、非国民言うて、ごめんね」

美子の言葉に、茉莉は首を振った。

「まりは平気よ」

三人で並んで歩きだすと、珠子が言った。

「まりちゃんって、お人形さんみたいなねえ」

「ほんま。横浜の子はみんなまりちゃんみたいなが？」

美子も言った。

「たしかにあなたたちは黒いわね」

茉莉はまた、遠慮なく言った。

「横浜にはあなたたちほど黒い子はいないわよ。満洲の子はみんな黒いの？」

「みんな黒いよ。やってこんなに日が照るもん」

珠子は麦わら帽子の陰から言った。美子も同じ帽子だったが、茉莉だけはふちがくるんと反った白い帽子をかぶっていた。

「それに、あなたたちって、おもしろいしゃべり方するのねえ」

茉莉はわらった。

「満洲の子はみんなそうなの？」

美子も珠子も思わずむっとしたが、茉莉がおかしそうにわらっているのを見ているうちに、つられて一緒にわらいだしてしまった。

「あたしも最初、へんやと思うたがよね」

美子は言った。

「教科書と全然ちがうがやもん」

柔らかい布靴のおかげか茉莉は足を痛がりもせず、どんどん歩いていった。歩いていてもわからないほどだが、ずっと下り坂だったのもよかったのかもしれない。それでも、美子は茉莉の分のおむすびも一緒に持ってやった。

三人は、道々、歌いながら歩いた。けれども、田畑や肚帽児部落に近づくと、声を聞かれないよう、美子が歌うのをやめさせた。温日木頭のこどもたちがこんなところを歩いていると見とがめられることをおそれ、川原へ降りたり玉蜀黍畑の畝の間を歩いたりした。

喉が渇くと川の水を飲み、汗と砂埃にまみれて白くなった顔や手足を洗い、水筒の水を入れかえ、また歩いていった。

最後の黄田の部落に近づくころには、もう太陽は中天に来ていた。

寺は、福二たちの話通り、黄田部落のずっと下の川べりに立っていた。川には木の橋が架かっており、その橋を渡ったむこう側にあった。このへんでは全く見られない瓦葺(かわらぶ)きの堂々とした造りで、軒が日本では見かけたことがない形に反り返っていた。壁も柱も赤く塗られており、屋根瓦は強い日差しを照り返して光っていた。

三人はすぐに駆けだしたかったが、橋の下では黄田のこどもたちが水遊びをしていた。見られると親に伝えられるかもしれない。電気はもちろん、電話も通っていない部落同士、いながらにして連絡を取る方法はなかったが、馬を走らせたりトラックを出したりして、意外に早く情報は伝わるものだった。

しばらくの間、川べりの柳の陰に身を潜めていた美子たちだったが、こどもたちの頭が、橋の下で水に潜ったように見えた瞬間、美子の合図で橋を走って渡った。

美子たちは見られていないとばかり思っていたが、黄田のこどもたちは、ぎしぎしいう音に橋を渡ったものがあることに気づき、顔を上げて、どうしても遅れてしまう珠子の後ろ姿を見ていた。

「あいつ、温日木頭のやつやん」

「なし、こんなとこにおるがやろ」

黄田のこどもたちはふしぎそうにつぶやいた。

寺に着いたら弁当を食べるということに決めて、道々ずっとがまんしてきた珠子たちだったが、両開きの大きな門扉の中に入ったとたん、空腹を忘れた。

瓦葺きの塀の中は庭園になっており、巨大な像がいくつも立っていた。日本の仁王像にそっくりで、半裸で筋骨隆々とした体つきをしており、槍や山刀を持っていた。野ざらしで色はいくらか落ちていたが、体に巻きつけた布の色が鮮やかに青かった。持っている槍や山刀の刃は、まるで本物のようにぎらぎらと銀色に光っており、刃の元は赤布を巻いているように赤く塗ってあった。背丈は美子たちの二倍はあり、はるかに高いところから大きな群青色のぎょろりとした目玉で、美子たちを見下ろしていた。

珠子は声もなく、美子の後ろに隠れながら美子と茉莉についていった。赤い布を体に巻きつけた像もあった。しんとした寺に人気はなく、はじめはさすがの美子もためらっていたが、川から黄田のこどもたちの水遊びをする声が風にのって聞こえてきたこともあって、思い切って像の槍を両手でぐっと押してみた。

珠子も茉莉も、美子のその剛胆さにおどろきながら、像を見上げた。

しかし、像の目玉はぴくりとも動かなかった。珠子たちを見下ろしているだけだった。

「なんぞ」

美子が寺に入ってから初めて口を開いた。

「いごかんやいか」

「目ん玉ぐるぐる回るいうて言いよったに」

珠子も言った。

「ほかの仁王さまが動くんじゃないかしら」

茉莉が言い、三人でひとつずつ像の槍を押したり引いたりしてみた。黄色や白色の着物を着たものもいたが、いずれも内地の寺で見たこともないほど鮮やかな色に塗ってあった。

そのうち、珠子もこわがらなくなり、槍を引っ張ってみたりしたが、目玉がぐるぐる回るものはなかった。

「なんぞ。福二嘘つきじゃ」

そう言った美子の顔が暗くなった。三人が空を見上げると、真っ黒な雲が寺の瓦屋根から湧きあがってきていた。

「スコールじゃ」

思う間もなく、ざあっと雨が降ってきた。三人は寺の中に駆けこんだ。中にも像があったが、これは外のものよりもいくらか小さく、色はより鮮やかだった。寺は屋根と壁だけのがらんとした建物で、この像のほかには殆どなにもなかった。

雨は激しくなる一方だった。雷も光りはじめた。珠子たちは土の床にすわりこんだ。床はひんやりしており、ずっと歩いてきて、ほてったこどもたちの体を冷やしてくれた。

「満洲ってすごいのねえ」

茉莉が言った。

「毎日こんなに雨が降ったら、大変ねえ」

「雷こわあないが？」

さすがにもう慣れたが、夏のはじめのころ、満洲の雷の大きさに怯えて泣いていた珠子は、平気な顔をして空を見上げている茉莉におどろいた。

「だってあれ、電気よ。鉄のものを持ってなければ、落ちてこないのよ」

茉莉はそう言ってわらった。珠子も美子も茉莉の言うことがよくわからなかったが、都会の子は物知りだということはわかった。

「よっちゃん、もうお弁当食べてええでねえ」

珠子が訊いた。

「ええよ」

「やっとや。早よ食べろう」

珠子は、せっかちに美子の背中の風呂敷包みを引っ張った。

「いかんいかん。そんなにひっぱったち、こっちがほどけてないがやけん」

三人は土の床に尻をついて並んですわり、外の雨を見ながら、持ってきたおむすびを食べた。

雨は激しくなる一方だった。どうせ雨音にかきけされるので、だれもしゃべらない。

すだれのように降る雨をぼんやり見ながら、三人はそれぞれのおむすびを食べた。美子は三つ持たせてもらったおむすびのうち、二つしか食べられなかった。一番張り切っていたからか、おむすびを食べているうちに、どっと疲れが襲ってきて、珠子にもたれ、居眠りを始めた。珠子は自分の膝（ひざ）を枕にさせてやった。おむすびを食べおわると、茉莉も床に横たわった。茉莉が赤い唇を半分開いて眠るのを見ていると、珠子も眠くなってきた。膝の上の美子の頭をそっと床に下ろし、茉莉と美子の間に横になった。

雨に降りこまれた寺の床に横たわり、三人は深い眠りに落ちた。

その雨を、だれもがいつものスコールだと思っていた。田んぼや畑では、草取りをしていた人たちが日除けの笠をかぶったまま、あるいは柳の下や馬の陰でやりすごし、雨がやむのを待っていた。水遊びをしていたこどもたちは橋の下に入って、空を見上げていた。

しかし、雨は、一時間たっても二時間たってもやまなかった。草取りをしていた人たちは、これでは仕事にならないと部落に引きあげた。橋の下で雨宿りをしていたこどもたちはもっと早く引きあげた。透き通っていた川が濁り、水位がみるみる上がってきはじめたのだ。

いつもなら遠くに薄い稜線を見せているはずの山並みが雨で見えなくなっていた。木箕河の源流の長白山脈にも、雨は降り注いでいるらしい。

雨がなかなかやまないので、珠子の母親は川に娘たちを迎えにいった。水田のそばの川にはだれもいなかった。てっきり母親は、娘たちは先に温日木頭に戻ったものと思い、父親と二人で後片付けをして畑を引きあげた。

ところが、家に帰っても珠子は戻っていなかった。留守を守ってくれていた八重子の祖母の松も、珠子は戻ってこなかったと言う。美子も家に戻っておらず、茉莉も区長の家にいなかった。珠子の父親は、川に娘たちを探しにいった。

珠子たち三人の娘がまだ戻っていないということで、美子の父親や茉莉の父親はもちろん、区長も、畑から戻ってきた大人たちも、部落の中のあちこちを探しはじめた。畑に探しに戻るものもいた。その大人たちの頭に、雨は降りつづけた。

やがて、珠子の父親がぬれそぼって戻ってきた。

「木箕河が増水しちょる」

娘たちを探しに行った彼が見たのは、故郷の千畑村の千川が大水になったときと同じ、真っ茶色に濁って逆巻(さかま)く川だった。

「大水になりそうな」

そこにいた人間はみな、ぞっとした。王道楽土であるべき満洲にも、故郷で散々苦しめられた大水があるとは、温日木頭のだれも思ってもみなかったことだった。

「ひょっとしたら、こどもらは流されたがかもしれん」

その言葉に、温日木頭は大騒ぎとなった。

トラックを出して川下の部落に知らせに行き、手伝ってもらって探すことになった。舗装もされていない道はすでにぬかるみと化していたので、馬も出された。武も黄田まで馬でむかうことになり、ほかの大人たちは手分けをして、田畑や川べりで珠子たちを探すことになった。

　道はあちこちが冠水していた。結局、トラックは一つ下の部落、肚帽児までも行くことができず、ぬかるみに動けなくなって早々に引き返した。

　馬に乗った武やほかの大人たちは、雨に打たれながら川下の部落にむかった。武にはその道程が果てしなく遠く感じた。

　三人はその騒ぎも知らず、眠りつづけていた。

　一番はじめに目をさましたのは、美子だった。

　あたりは薄暗かった。見回したが、自分がどこにいるのかわからず、隣りで眠っている珠子と茉莉を、しばらく呆然として眺めていた。

　やがて、はっと思いだし、大変なことになったと思った。

　もうすぐ日が暮れようとしていた。日が暮れたら、とても外は歩けない。これだけ暗くなっていたら温日木頭へ戻ることはできそうになかった。いや、一番近くの黄田にだって、辿りつくまでに日が暮れてしまうかもしれない。

　一刻も早く、ここを出て、せめて黄田まで行かなければ。

「たまちゃん、まりちゃん」

　その声が雨音にかきけされていることに気づき、美子は珠子と茉莉の体を揺さぶった。

「起きて。起きてちや」

珠子が目覚め、美子の顔を見て、つぶやいた。

「あれ、なせよっちゃんがここにおるが？」

家にいると勘違いしているらしい。美子はかまわず、茉莉の体を揺さぶった。

「まりちゃん。早よ起きて」

茉莉もやっと目覚めたが、自分がどこにいるのかまだわかっていないようだった。

「早よ帰らんと、日が暮れしまう」

美子は、おむすびの包みを入れて、風呂敷を包み直しながら言った。

「日が暮れたら、狼に食われしまう。早よ帰らんと」

美子は立ちあがって、風呂敷包みをななめに背負った。

「でも、雨が降ってるわよ」

茉莉がおっとりした声を出した。

「ええけん、早よう早よう」

美子が急かした。茉莉も美子のその勢いに押され、まだその緊迫さを理解はしないままに、立ちあがった。珠子も立ちあがり、三人は靴を履いて雨の庭に出ていった。

「せめて黄田まで行こう。黄田まで行たら、なんとかなる」

美子が言って、茉莉の手を引いた。

「まりちゃん、ちょっとぬれるけんど、ちょっとの辛抱やけんね」

美子を先頭に、茉莉、珠子の三人が瓦葺きの寺の門をくぐった。

三人は目を疑った。

風景は一変していた。あたり一面、見渡す限り、茶色い水に覆われていた。川べりの柳の枝が流されながら、かろうじて水面に浮かんでいて、川がそこにあったことがわかった。数時間前に渡った木の橋は、逆巻く茶色い水に押し流されていた。

十

庭に出ただけだったのに、三人はびしょびしょに濡れていた。締め切りになっている板戸を開けると一段高く、板の間になっていたので上がりこんだ。服を脱いで下着だけになり、服を絞って床に広げ、干した。

香炉の置かれた台の上にあった灯明皿に灯をともすと、火のついたところだけが、ぽうっと明るくなった。風にちらちら動く小さな光に照らされて初めて、珠子たちは、いかに暗くなっていたかを知った。

雨はやみそうになかった。美子も珠子も口にしなかったが、雨がやまなければ、この寺も沈むのだった。

瓦屋根の塀がめぐらされていたことは幸いだった。刻一刻と水位を増していく目の前の茶色い水を、だれも見ないですんだ。

「まりちゃんはさ」

黙っていると降りつづく雨に押しつぶされそうで、美子は口を開いた。

「横浜でなにして遊びよった?」

「おままごと」

茉莉は明るい声でこたえた。

「伊勢佐木町(いせざきちょう)に行くとね、必ずおかあちゃまが、おままごとの道具を買ってくれるの。ひとつだけねって言うんだけど、時々は二つ買ってくれる。だからおままごとの道具、まりはたくさん持ってるのよ」

「ええねえ」

珠子は茉莉が羨(うらや)ましかった。珠子のままごと道具は、欠けたお椀(わん)や、そのへんでちぎった葉っぱだった。茉莉が持っていると言うアルマイトのままごと道具など、山育ちの珠子は見たこともなかった。

「お釜が一番大きいんだけどね、それでごはんを炊くのよ。朝比奈のおばあちゃまのおうちでね、梅の花びらをむしってごはんを作ったの」

「そんなことして、怒られんかったが？」

美子が訊いた。

「おばあちゃまがね、おじいちゃまに言ってた。怒るんじゃないよって。それでね、まりがおじいちゃまのお膝に上がって、ごますりしたの。そしたら、おじいちゃまがね、朝ごはん食べていくかって言ってね、うんって言って。怒られなかったよ。まりは怒られたことないの」

「おばあちゃまってほんまのおばあちゃまじゃないの？」

「ほんとのおばあちゃまじゃないの。まりのほんとのおばあちゃまは白楽に住んでいるから。朝比奈のおばあちゃまのおうちにはね、進一お兄ちゃまと、かっちゃんとせいちゃんの兄弟がいるんだけど、そのおかあちゃまよ。まりはね、大きくなったら、せいちゃんのお嫁さんになるの」

珠子も美子も、自分たちと同じ一年生の女の子がそんなことを考えていることにおどろいた。

「せいちゃんって、一年生？」

「ううん、六年生よ。かっちゃんは関東学院の中学三年生。進一お兄ちゃまはね、慶應大学に行ってたんだけど、学徒出陣で、南方へ戦争に行ったのよ。だからもういないの」

茉莉はうつむいた。

「なんで戦争なんか行くのかしら。まりはね、進一お兄ちゃまがだいすきだったから、とっても悲しかったの。ゲートルなんか巻いちゃってね、とってもいやだったの。でもね、伊勢佐木町で提灯行列をしたの。悲しいのにね」

茉莉は顔を上げ、真っ暗な庭を見た。

「夜なのにね、提灯がいっぱい、とってもきれいだった。シンガポール陥落のときとおんなじ。伊勢佐木町はね、地面がタイルになってて、きれいな模様がいっぱいあって、とってもきれいなのよ。でもそこに馬のふんがいっぱい落ちてるの。まりは小さいでしょ。小さくて歩けなくて踏んじゃうからね、おかあちゃまとおばあちゃまがまりの手を両方からひっぱってね、持ちあげてくれたの。まりはあぶないからって、提灯じゃなくて日の丸の旗を振ったの。まり、ほんとは提灯がよかった」

唇をとがらせた茉莉に、美子も珠子も思わずわらった。

「わたしらあ、ここ来るときに、提灯やないけんど、日の丸を振ってもろうた」

珠子が言った。

「満洲行くがって名誉なことじゃって。役場の前で」

「すごいねえ。まりは振ってもらったことないわ」

「あたしも。へんやね。おんなしところに来ちょるがやに」

「ほんまやね。朝鮮出てくるときも振ってもらわんかったが？」

「振ってもらわんかった」

美子の顔がくもった。美子は朝鮮を出てきたときのことを思いだしていた。埋められていたコムシンは小さくなって、もう履けなかった。

珠子も茉莉も、薄暗かったので、美子の表情の変化には気づかなかった。

「ままごとのほかにはね」

茉莉は同じ調子で話した。

「歌がすきよ。まりは歌が上手なの。五月になる前に、五月人形を出すでしょ。うちは男の子がいないから、朝比奈のおばあちゃまの家に見にいくのね。そしたら、そこに、鍾馗（しょうき）さんがいるの。みんながわらってね、『ほらほら、まりが来たよ。今に鍾馗さんを見にいくぞ』って言ってね、どうしてかわからないけど、まりは鍾馗さんがこわかったの。だから鍾馗さんを見ないようにしようと思うんだけど、どうしても気になって、かえってじーっと見ちゃうのよ。そうしたらやっぱりこわくて、あーんって泣いて、おばあちゃまの膝にのるの。そしたら、おばあちゃまが、『ほんとにまりは歌が上手だねー』って言うの。おばあちゃまは、泣いたらだめなんて絶対言わなかった。いつ泣いてもね、言うの。『ほんとにまりは歌が上手だねー』って。泣くのやめなさいって言われたことない。だからね、まりは歌が上手なの」

珠子はその話を聞いて、自分の兄と姉を思いだしていた。故郷の村で、二人は今、なにをしているのだろう。

「わたしはお兄ちゃんに川に釣りに連れていってもろうたし、お姉ちゃんには山に柿取りに連れていってもろうた」

珠子は言っていた。

「お姉ちゃん、いっつもわたし連れてどこやち行ってくれた。けんど、柿取って帰りよって、道で転んで、ここ切ったことがある」

珠子は右眉を触ってみせた。

「ほしたらお姉ちゃんがよもぎを摘んできてくれて、血止めにしてくれた。お姉ちゃんもわたしに泣かれんって言わんかった。お姉ちゃん、家までおんぶしてくれた」

珠子はうつむいた。その姉に、満洲へ来てから一度も会っていない。

茉莉が珠子の横顔を見て、美子に言った。

「もう歌ってもいいんでしょ？」

美子は頷いた。

「まりが歌ってあげるね。まりが歌うとね、みんな、元気が出るのよ」

珠子は顔を上げた。茉莉は小さな口を開いて歌いだした。

「月の沙漠を　はるばると」

茉莉の声は、その肌と同じように透き通っていた。

「金と銀との　くらおいて」

降りこめる雨つぶにはねかえるのか、茉莉の歌声は大きく響いた。

「金のくらには　銀のかめ」

雨は降りつづき、月は見えなかったが、珠子と美子は、茉莉が歌っている間、自分たちのいる場所のことを忘れた。

茉莉は「月の沙漠」を最後まで歌うと、言った。

「まりはね、妹が生まれたら、妹にもいっぱい歌ってあげるつもりなの。まりが妹のお世話をするの」

「まだ生まれてないに、妹ってなしわかるが？」

美子が訊いた。茉莉はおどろいた顔をした。

「だって、まりは妹しか欲しくないもの。おかあちゃまに言ったの。妹を生んでねって。だから、まりにはね、戻ったら妹ができてるのよ」

当然のことのように茉莉は言った。それからぽつりとつぶやいた。

「おなかすいたね」

珠子も美子も、そう言われて初めて、自分たちが空腹だということに気づいた。

「そうよ、おむすび、残っちょった」

美子は風呂敷包みを開いた。珠子と茉莉はおむすびをみんな食べてしまっていたが、疲れて途中で眠ってしまった美子だけは、ひとつ食べ残していた。

「けんどそれ、よっちゃんのやろ」

珠子が言った。けれども言いながら、つばを飲んだ。

「かまんかまん。みんなで食べろう」

「おいしそうねえ。どうしてよっちゃんのおむすびはそんなに茶色いの？」

美子のおむすびは白くなかった。美子の母親は、わざとおこげができるように飯を炊いて、そのきつね色のおこげが外側になるように握り、食べやすく、傷(いた)みにくいようにしてくれていた。

「お母さんがね、おこげにしてくれるがよ」

美子はそれを三つに割って、一番大きいかたまりをまず茉莉に渡し、次に大きいのを珠子にくれた。

「ありがとう」

茉莉は言って、屈託（くったく）なくおむすびを受けとった。

「よっちゃん、ごめんね」

美子の手元をじっとみつめていた珠子は、謝りながら受けとった。

「けんど、ちょっとずつ食べんといかんで。これしかないがやけん、ようかんでね」

美子は、姉のような口ぶりで言い、手に残った一番小さなかたまりを食べた。

自分やったら、そんなことができるろうか。

珠子は考えていた。

自分のおむすびやに。

おむすびは、香ばしくて、かめばかむほど甘かった。珠子は一口ずつ、よくかんで、ゆっくりゆっくり食べた。なくなってしまうのが惜しかった。

美子は二人が食べるのをうれしそうに見ていたが、不意に言った。

「あたしね、ほんまの名前は美子やないがで」

美子は故郷の村で初めて学校に行った日のことを思いだしていた。

「ミジャっていうが」

美子は両脇にすわる二人の友達を見た。

「富田でものうてね、ほんまはキムミジャっていうが」

珠子と茉莉は美子をみつめた。

「別にかまんがやけんど、なんか、言うてみたかったけん」

美子ははずかしそうにわらい、自分の膝を両手で抱いた。

「ミジャっていうがや」

珠子はつぶやいた。

「知らんかった」

夜が更けて、珠子も美子も茉莉も身を寄せ合って眠った。その後まもなく、三人は知らなかったが、雨はようやくやんだ。

武は日が暮れる前に黄田部落に辿りついていた。黄田部落でも大水の危険に人々は怯えていた。黄田だけはもともと中国人の暮らしていた部落だったので、中国人が日本人にいろいろと言っていた。その中には「日本人が水を無駄にするから、水の神が怒ったのだ」というものがあった。というのも、このあたりでは、こんな大水は四十年間なかったという。

「日本人が来たからだ」

その言葉を武は聞き逃さなかった。武は部落の中の中国人と接するうちに、かなりの中国語を聞き取れるようになっていた。

武が温日木頭の三人の女の子がいなくなったことを告げると、黄田の大人たちも探してくれることになった。黄田の中国人と朝鮮人の警察官も出て、部落の中国人や朝鮮人の男たちもみなやってきてくれた。一向に弱まらない雨の中、大人たちが暗くなりかけた田畑に出て、手分けして探しはじめたとき、ひとりの父親が国民学校の生徒の息子を連れて出てきた。

「うちのが、温日木頭の珠子ちゃんいう子を見た言いよる。水遊びに川に行っちょったとき見たいうて。寺に行きよったいうて」

その言葉に、男たちは寺へむかった。寺に架かる橋があったところまで辿りついたときには、もう真っ暗になっていた。

橋が跡形もなく流されているのを見て、武も黄田の人間たちもみなぞっとしたが、寺は瓦屋根の塀もそのままだった。門の扉は閉まっていた。

みんなで、おおいおおいと呼んでみた。けれども、そもそもだれもいないのか、声が雨にかきけされてしまうのか、だれも出てこなかった。

武は川を渡って、寺の中を探したかったが、川に飛びこんだが最後、真っ暗な濁流に飲みこまれるのは、火を見るよりも明らかだった。

どうしていいかわからず、大人たちは濁流のそばに立ちつくして言葉を失っていた。

そのとき、風の向きがかわったのか、寺のほうからかすかな声が聞こえた。武だけでなく、ほかの大人たちも聞き逃さなかった。その甲高い声は、鳥の鳴き声のようでもあったが、女の子の声のようにも聞こえた。

「歌いよる」

黄田の区長がつぶやいた。

「日本語や」

武も言った。

「月の沙漠や」

大人たちはしばらく耳を澄まして、雨音に邪魔されて途切れ途切れになる、茉莉のかすかな歌声を聞いていたが、やがて、一斉に吹きだした。そして、お互いに肩をたたきあってわらった。

「大水になっちょるに、大物やのう」

「たいしたもんや」

中国人もわらっていた。

「她们真了不起（ターメンゼンリャオプーチイ）（たいした女の子だ）」

「ひとりは朝鮮の子だって？」

日本語のできる黄田の朝鮮人の警察官もわらった。

それから声を限りにおおいおおいと叫んでみたが、風向きのせいか、それとも大人の男たちの声が低すぎるのか、寺からはだれも出てこなかった。

しばらくすると、雨がやんだ。何度もおおいおおいと叫んでみたが、やはりだれも出てこない。男たちは火を焚いて、交代で様子を見守った。

夜が明けるころには、水が引きはじめていた。空も晴れ渡っていた。一睡もしなかった武が、声を限りに名前を呼んだ。

「珠子ー、美子ー」

ほかの大人たちも立ちあがって叫んだ。日本語のわからないはずの中国人まで一緒に叫んでくれた。

「たまこー、よしこー」

その声に、ようやく、目をさました珠子が気づいた。珠子は美子と茉莉を揺り起こし、寺の門の扉を開けた。

濁流のむこうには、武と、黄田の大人たちが立って、自分たちに手を振ってくれていた。

十一

初めての収穫を控えていた田んぼは全滅した。大樺樹屯（だいかじゅとん）の橋はすべて流された。ひとりの死者も出さなかったのが奇跡だった。

そのためか、茉莉はもちろん、珠子も、誘った美子さえも、だれからも責められなかった。生きていてくれてよかったというのが、一晩中、三人を探した大人たちの思いだった。

橋が落ち、道が冠水したことで、道路はあちこちで寸断されたが、翌日遅くなって、やっと茉莉の父親が黄田（ホワンテイエン）に迎えにきた。

茉莉の父親も美子と珠子を責めず、何度もお礼を言ってくれた。

「茉莉と一緒にいてくれてありがとう。本当にありがとう」

珠子と美子も、大人に頭を下げられて、どうしていいかわからなかった。

数日がたち、蛟河（こうが）までの道が復旧すると、茉莉は父親に連れられて日本に帰っていった。

美子と珠子はそれからまた一日たってから、迎えにきた珠子の父親と一緒に温日（ウエンリー）木頭（ムートウ）に戻った。

珠子は家に帰ると、オンドルの上がり口のところに、赤い靴と白い靴下が置いてあることに気づいた。

茉莉の靴と靴下だった。あの朝、温日木頭を出るときに、茉莉は珠子の家で布靴に履きかえたので、忘れていってしまったのだ。

「あの子、もう来ることもないいろうしねえ、あんたが履いたや」

珠子の母親が、珠子に言った。

茉莉はこの靴のことをペットンシューズと言っていた。甲のところがバンドになっていて、ぺっとんと留まるのだ。珠子は手に取って、バンドを外し、ぺっとんと留めてみた。

ころころと太っていた茉莉だったが、足は小さかったらしく、珠子の足にぴったりだった。けれども珠子は、一度もその靴を履いて外に出なかった。こんなにぴかぴかする赤い靴で出かける先なんて、開拓団村にはなかったのだ。赤い靴と白い靴下は、珠子の家の隅に置かれたままになった。

米の収穫こそなかったものの、この康徳十一年は、玉蜀黍、馬鈴薯、大豆、野菜などはよく穫れて、自給もできるほどだった。ただ、十町歩もの玉蜀黍畑が、猪のために一夜で全滅したことがあった。これまでにも猪の被害はあったが、このごろはなんでもかんでもまず軍へとのことで火薬類が不足し、駆除が追いつかなかったのだ。

七月にサイパンが玉砕したという知らせが伝わったころから、中国人や朝鮮人の態度が少しずつ大きくなってきた。それに伴い、支払う賃金も二倍に高騰した。このままでは開拓団村の経営に支障があるので、あらたな入植者を送ってくれるように、再三、母村である千畑村に要請しているにもかかわらず、四月の二十数名の入植を最後に新たな入植者はなかった。

しかも、満洲に行けば召集を免れるという触れ込みだったのに、三月、六月と召集がかかり、警備指導員までもが出征し、大事な働き手の多くが団を離れた。これまですっかり忘れていた、自らの国が戦争中であることを、開拓団民に否応なく思いださせた。

それでもささやかな収穫の喜びを嚙(か)みしめて間もなく、美子がいなくなった。家族で朝鮮に帰ったという。

美子と同じ家に暮らしていた朝鮮人の清水一家も一緒だった。珠子は美子の家に行ってみたが、もうだれもおらず、布団も道具もなくなって、家はがらんどうになっていた。

珠子が自分の家に戻ると、母親が紙包みを出した。

「戸口のとこに落ちちょったがやけんど、これ、よっちゃんがあんたに置いていったがやないかねえ」

美子の習字の紙だった。開くと、中から焼き米が出てきた。

上へ上へ重ねて書いて、もうなんと書いたのかわからないが、半紙の端に書かれた美子の名前だけは、はっきり読める。

珠子が焼き米を嚙むと、かりかりとよい音がした。

やがて、原野は女郎花(おみなえし)で真っ黄色に染まった。山には支那栗(しなぐり)と呼ぶ小さくて甘い栗がなり、山ぶどうが実った。

珠子は八重子や晴彦とともに山へ出かけ、支那栗を拾い、山ぶどうをもいで、口を赤く染めて味わった。

ここに美子がいれば、もっと楽しいのにと思いながら。

十二

満洲にいた朝鮮人の間では、日本は戦争に負けそうだという噂が広がっていた。もし日本が負けたら、日本人の手先として、朝鮮人が真っ先に攻撃されるだろうと、だれもがそのときをおそれていた。自分たちが中国人から「小日本人（シャオリーベンレン）」とか「二鬼子（エグエズ）」などと呼ばれ憎まれていることを、朝鮮人は知っていた。

美子たち家族はその噂を受け、同じ家で暮らしていた清水一家とともに大樺樹屯を出た。清水も創氏改名（そうしかいめい）前は金（キム）だった。清水家は故郷に帰らず日本へ渡るという。清水家もまた、生活の厳しさから日本人の高利貸しに金を借り、法外な利息に田畑を失い、故郷をなくした人たちだった。

清水家は京都（きょうと）で暮らす親戚を頼っていくと言い、日本へ行けば一日働いて一円になると言った。美子の父は清水家とともに日本に渡ることにした。

それは賭（か）けだった。戦局の悪化につれて日本へ渡る海には無数の機雷が浮かび、これまでに何艘もの船が沈んだという。それでも美子の父は、わずかな望みに賭けることにした。

　それほどに故郷での暮らしは厳しかった。戻ったとしても、生きていけるとは思えない。たとえ家族そろって死ぬことになったとしても、海で死ぬか故郷で死ぬかの違いだけだ。最後に残ったわずかな田畑を売った金を船賃に充て、美子たち一家は釜山から船に乗り、玄界灘を渡った。

　美子の母はもう反対しなかった。大樺樹屯で日本人とつきあい、以前ほど日本人を毛嫌いしなくなっていた。日本人のこどもたちが自分の娘と分け隔てなく接しているのを見て、考えを改めていた。殊に珠子が遊びにくることを美子の母は楽しみにしており、喜ぶ珠子のため、焼き米の売り物にならないところをいつも分けて取っておいていた。

　日本に近づくにつれて、波は高くなった。うねる波に揺られながら、美子は珠子のことを思った。

　たまちゃんのおった日本に行くがや。

　別れを告げることも許されなかった深夜の出発の中、珠子の家の前に置いてきた焼き米に、珠子が気づいたかどうかが気になった。

たまちゃんのおったとこは、どんなとこながやろう。

幸い、船は無事に下関に着いた。清水家の親戚が住んでいたのは、京都の川原にずらりと並んだバラックだった。美子たち親子もその一軒に入れてもらった。

もとは川砂利採取をしていた朝鮮人の飯場だったというが、立つと頭がぶつかるくらい天井の低い家だった。その天井には雑誌や新聞紙などの紙が貼ってあった。トタンで葺いてあり、雨が降ってくると、ぱんぱんぱんぱんにぎやかになった。

美子は、雨が降っても静かな草葺きの屋根で、オンドルのある、あたたかい満洲の家をなつかしく思った。いつもどこかしら雨漏りがするし、川が増水したら家が流されてしまうのもおそろしかった。それでも、ここでは朝鮮人だけで気兼ねなく暮らせた。こどももたくさんいて、美子は朝鮮語で話し、みんなと遊んだ。

壁も紙が貼ってあり、薄い壁板はすきまだらけなので、ところどころ、紙だけの部分があった。美子はごはんどきになると、指で穴を開けて隣りの親戚の家の食事を覗いてみては、また紙を貼って塞いだ。隣りの親戚も自分の家と同じく、麦飯にキムチを食べていた。

美子が教科書を声に出して読みはじめると、今度は隣りの家の人たちが紙の壁に穴を開けて覗く。小さいこどもたちはもちろん、読み書きのできないおじさんやおばさんたちもよく覗いては、美子の朗読を聞いていた。両方の壁のむこうで自分の朗読に耳をすましてくれている人がいることが誇らしく、美子は声を張りあげて読んだ。

「ヒロビロト　シタ　マンシウへ、勇サンハ　イツテ　見タク　ナリマシタ。

勇サンハ　外へ　出テ、ムネヲ　ハリナガラ、イキヲ　イツパイ　スヒコミマシタ。サウシテ、大キナ　コヱデ　ウタヒマシタ。

西ハ　夕ヤケ　赤イ　クモ、

東ハ　マルイ　オ月サマ。

カウリヤン　カツテ　ヒロイナア、

ドツチヲ　見テモ　ヒロイナア」

ほんの少し前までいた、海のむこうの開拓団村のことを思いだしながら、美子は何度も読んだ。

けれども、その一つ前の文章「ラジオノコトバ」は読まなかった。日本語がラジオを通して「マンシウ」や「シナ」はもちろん、世界中に響くという内容で、母や隣りの人が嫌がるような気がしたのだ。

美子の母親は学校に行ったことがなく、文字を知らなかった。朝鮮では女は学校に行かせてもらえないことが多く、一昔前には名前すらつけてもらえない子もいた。美子の母親は漢字の名前をもらっていたので、それでもまだましなほうだった。

美子は壁や天井に貼ってある日本の文字を母親に教えてあげた。母親は、大樺樹屯にいたころから、少しずつ日本語をおぼえはじめていた。母親はそのうち、数字やカタカナを読めるようになった。

美子はそこから国民学校に通った。先生は美子のことを朝鮮人だとは言わなかったし、美子の言葉遣いも千畑村のなまりがあるだけで日本人のこどもたちと殆どかわらなかったが、満洲から来たと紹介されたために、休み時間になったとたん、一番前の席の男の子が、美子をふりかえって「支那人！」と叫んだ。美子は立ちあがって言い返した。

「支那人じゃない、日本人じゃ」

美子は、自分は日本人だと思っていた。そして、支那人と言われたことが悔しくてならなかった。満洲にいた中国人は、朝鮮人よりもずっと貧しい暮らしをしていた。自分は中国人よりはましだと思っていた。

学校の帰り、男の子たちは美子の後をついてきて、美子の家の前で口々に「チョーセン」と叫び、石を投げた。この川原に住んでいるのはみな朝鮮人だと、こどもたちは知っていた。

父親は朝鮮人の飯場で働いており、母親はぼろ屋と呼ばれる廃品回収業を始めていて留守だった。家からだれも出てこないとなると、つまらなくなったのか、男の子たちは橋を渡って川のむこう側に行き、同じように川原に並ぶあばら屋にむかっても、なにやらわめきながら石を投げた。そこに住んでいるのは朝鮮人ではなく、日本人だった。日本人は同じ日本人のことも差別するんだと美子は思った。

川原の朝鮮人地区は不法占拠のため、地名も番地もなかった。そのため、美子たちは「川原の子」と呼ばれ、先生まで、「富田さんの家は川原ですね」と言った。美子の弁当は毎日キムチで、冬はストーブで温めるため、匂いが教室中に広がる。くさいと騒がれるのがいやで、川原から来ているこどもたちは弁当を温めず、中庭に出て冷たい弁当を食べた。美子は寒さのあまり、指がかじかんで箸が持てないときもあった。

美子はそのころになると、満洲にいたときの明るさを失って、いつも背中を丸めて暮らすようになっていた。それまで誇らしかった自分の背の高ささえ恨めしかった。「チョーセン」とからかわれる自分の存在を隠したかった。

母親が大きなかごを背負って、人の家を回り、裏から入っていっては、たどたどしい日本語で「ぼろ、ありませんか」と声をかけている姿を見るのもいやだった。学校から帰るときに母の姿を見かけると、遠回りをした。

ある雨の日に、転校生の女の子が来た。美子の隣りにすわり、先生が、「富田さんが世話してあげなさい」と言った。美子はうれしくてたまらず、せっせと世話をやき、帰りも一緒に帰った。美子は転校生の傘に入れてもらった。美子の家には古いこうもり傘が一本しかなかったので持ってこられなかったのだ。そこへ、前から、チマチョゴリを着た母親が破れたこうもり傘をさしてやってきた。母親の着ているチマチョゴリは、雨の中で白く目立っていた。美子はとっさに、さしている傘をななめにし、自分の顔を隠して、通り過ぎた。

せっかくできた友達に朝鮮人だと知られたくなかった。女の子のしゃべっていることは耳に入らなかった。しばらくしてふりかえると、母親は立ちどまり、こちらを見ていた。美子は恥ずかしさのあまり傘をその子に押しつけると、走って逃げて帰った。

すぐに後から母親が帰ってきた。美子は母親に抱きつき謝った。なんべんも謝った。

母親は美子に気づいていたが、娘の気持を察し、声をかけなかった。母親は美子の背中をさすりながら話した。

「平花里(ピョンファリ)にいたころ、おまえは、わたしが野良から帰るのを、いつも庭に出て待ってくれたのにね。なつかしいね」

朝鮮の母の家にいたとき、母と美子は二人きりだった。

「いつも庭に咲いていた木槿(むくげ)のそばでね。おまえは小さくて、木槿が大木のように見えたよ」

美子もおぼえていた。夕暮れ、自分の顔ほどもある、白い大きな花がゆらゆらと揺れていた。

あのころ、一椀の粥を分けあって食べた。おかあさんは、最後の一さじはいつもあたしの口に入れてくれた。

「あとはおまえが食べなさい」

おかあさんはいつもそう言ってくれた。

大きな白い花が咲く、故郷の村、平花里。あそこにいたころ、美子が恥じることはひとつもなかった。

そのとき美子は、満洲の寺で聞いた茉莉の言葉を思いだした。

きれいな服を着たときは、胸を張って、前をむいていなさい。

きれいな服は着ていない。でも、なにも人に恥じるようなわるいことをしているわけじゃない。それは昔も今もかわらない。育ててくれた親を隠すほうが、人として恥ずかしいことだった。

母はささやくように言った。

「でもね、ミジャ、おまえは朝鮮人なんだよ」

美子はもう二度と、こんなに恥ずかしいことはしないと心に誓った。そして、丸まりそうになっていた背中をのばすようになった。

十三

茉莉が横浜の自宅に戻ると、弟が生まれていた。茉莉は妹が欲しかったので残念でならなかったが、生まれてみると弟もかわいかった。色が真っ白だった。幸せに育つことを願って幸彦(ゆきひこ)と名づけられたが、ふだんはゆきちゃんと呼んでいたので、茉莉は、弟の色が白いから雪ちゃんなんだと思っていた。

年が明けても、幸彦は、茉莉の期待に反し、なかなか大きくならなかった。いつも小さい布団ですやすやと眠っていた。警戒警報が鳴ると、びくっとして小さな手足をちぢこめる。でも目はさまさない。しばらくすると、つぼみが花開くように、ゆっくりと手足を広げていく。茉莉の母親は、その布団のそばにすわって、青い綸子の着物を解いていた。

「おかあちゃま、これきれいね。青いお空みたいよ」

茉莉が裾をつまんで言うと、母親はわらった。

「そうね、お空に花が咲いてるみたいね。こんな晴れ着、もう着ることもないだろうから、ゆきちゃんが大きくなったときのお布団にしようと思ってね」

うつむく茉莉の母は、ずいぶん前から、あんなに嫌がっていたもんぺを穿くようになっていた。茉莉のお気に入りだった小さな薔薇の花の柄のブラウスも、ずっと見ていない。そのブラウスを着て、赤いカーディガンを羽織った母は、とてもきれいだったのに。

「お布団にしちゃうの？　もったいないわ」

「じゃあ、茉莉のお布団にしようか。茉莉が大きくなったら使えるように」

「うん。約束よ」

茉莉が小指を立てると、母親も糸切り鋏を置いて、小指をからませてくれた。

「ゆびきりげんまんうそついたら　はりせんぼんのーます」

茉莉は小指をほどきながらわらい、幸彦にもわらいかけたが、幸彦は手足を広げて寝息を立てるばかりだった。

茉莉はつまらなくなって表へ出、空を見上げた。綸子の地のように青かった。

そのはるか高くを、飛行機が一機飛んでいた。

そういえば、さっき、警戒警報が鳴ったっけ。

このごろでは毎日のように警戒警報が発令されるようになっており、茉莉はすっかり慣れっこになって、庭に掘った防空壕に入ることもなくなっていた。

見上げていると、きらきらと光るものがいくつもいくつも落ちてきた。あの飛行機が撒いたんだと気づくまで、まるでそれらは、空から生まれてきたように思えた。

「おかあちゃま、見てー。きれいだよー」

茉莉が家の中に声をかけると、母親が玄関まで走りでてきた。

「早くうちに入んなさい。拾うんじゃないよっ」

きらきらと光るものは、茉莉の足下に落ちた。地面の上では光を失い、小さな字がびっしりと書かれた紙きれになった。

「見ちゃだめ」

母親は茉莉の手を引っ張って、家の中に引き入れた。

「おかあちゃま、あれ、鬼畜米英のビラ?」

茉莉は学校で習っていた。鬼畜米英は飛行機で宣伝ビラを撒いて、読んだ日本人の戦意を削ごうとする。紙の爆弾ともいうべきおそろしいもので、書いてあることは嘘ばかりだから見てはいけない。拾ったら必ず先生か親に渡すこと。茉莉の母親は、そうして受けとったビラは、隣組長もしくは町会長に届けることを回覧板で徹底されていた。

その夜、茉莉が風呂から出ると、隣組長が来ていた。

「ビラを隠し持ってないかって」

隣組長が帰ると、茉莉の母が言った。

「空襲予告が書いてあったらしいな」

茉莉の後から風呂を出た父親が言った。

「ちょうど茉莉が表にいたのよ。だれか見てたのかしら。隣組ってほんとにこわいわねえ」

「茉莉、拾っちゃだめだよ」

あの後、茉莉はこっそりビラを拾いに表へ出たのだが、だれが拾うのか、もう一枚もビラは落ちていなかった。

「うん」

茉莉の母は、茉莉にだけ、やぎの乳を出してくれた。

「茉莉、どうぞめしあがれ」

牛乳配達はなくなり、牛乳は全く手に入らなくなっていた。白い砂糖も消えたようになくなり、茉莉のおやつは干した芋や煎(い)った豆になっていた。配給が減っていくのと呼応してしきりと食糧増産が叫ばれ、茉莉の学校の桜の木は掘り倒されて燃料にされ、後へは野菜が植えられた。母親は乳の出がわるくなり、幸彦に飲ませるため近所でやぎを飼っている家に頼んで、やぎの乳を分けてもらっていた。

茉莉はほんのり甘いやぎの乳を飲みながら、何ヵ月か前のことを思いだしていた。

白い割烹着(かっぽうぎ)を着た女たちがリヤカーを曳いて路地をやってきた。茉莉は朝比奈の家にいた。

「町会の金属供出でいただきにまいりましたよ」

女たちはそう言うと朝比奈の家に上がり、くまなく金属製品を探して回った。倉の中までずかずかと入っていく。

そのころ、町会でも学校でも、おもちゃや金属製品を集めたり、お年玉を募金したりしていた。茉莉は、セルロイドが火薬の原料になると言われて、一歳の誕生日に父親が外国で買ってきてくれた人形を献納していた。アッツ島の玉砕は、銃後の自分たちの心構えが足りず、十分な武器弾薬を戦地に送れなかったためだと言われた。茉莉は、「ウレシイナボクラノチョキンガタマニナル」と宣伝されていた弾丸切手を買ってと、伊勢佐木町で駄々をこねたこともあった。

茉莉は、自分も役に立つところを見せようとはりきり、金属でできているものを探すのも楽しくて、「おばさん、こっちにもあるわよ」「これもかねでできてるわよ」と教えて、家中を走りまわった。女たちは火箸や簞笥の把手、襖の引手まで残らず持っていき、立ち去ったあとには、鉄の鍋がたったひとつ、お情けで残された。

「そこはぴったり閉めないでくださいね」

朝比奈の母が簞笥の把手を外す女たちに言った。簞笥の把手を外されて引き出しを閉められてしまったら、もう開けることができなくなる。なかなか大工さんが紐をつけに来てくれなくて、朝比奈の家の簞笥の引き出しは、しばらく少しだけ開いたままだった。

だれもなにも言わなかったが、茉莉はその隙間を見るたびに胸が痛んだ。朝比奈のおばあちゃまを困らせたかったわけじゃなかったのに。

三月九日の夜遅く、見たこともないほど多くの米軍機が空を飛んで東京のほうへむかった。はじめは庭の防空壕に避難していた茉莉たちだったが、横浜ではなく東京が狙われたことがわかると、防空壕を出て、朝比奈の父母や勝士たちと一緒に裏山に上がった。集団疎開で箱根に行っていた清三も、中学入学を控えて戻ってきていた。

空襲を受け、東京の空が真っ赤になったのを、茉莉は朝比奈の父の背中から見た。ぐっすり眠っていたところを起こされたので、広い背中のぬくもりにうとうとしていた茉莉だったが、その光景にはっきりと目がさめた。

夜空には、何本も何本もの光の線が引かれては、消えていった。

無数の焼夷弾が無数の線を引きながら落ちていく。

後から後から。

際限もなく。

それは息をのむほどに美しかった。

赤くなった空のほうから、風が強く吹きつけてきて、茉莉の前髪を掬いあげた。

「溶鉱炉みたいだ」

勝士がつぶやいた。ヨーコーロってなんだろうと茉莉は思ったが、訊けなかった。

大人たちの顔は厳しかった。

しばらくだれもが黙って見ていたが、茉莉の父親がぽつりと言った。

「次は横浜だね」

それを聞いて母親は怒ったような声で言った。

「だれが始めたんだ、こんな戦い。さっさと終わらせなきゃしょうがないじゃないか」

すると朝比奈の母が言った。

「しっ、茉莉が聞いてる」

こどもはなにかの折りに聞いたことをそのまま口にしてしまう。それをおそれて大人たちは黙った。

しばらくして、勝士が言った。

「茉莉ちゃんは、疎開させたほうがいいんじゃないかな」

「疎開はかわいそうだよ」

間髪を入れず、疎開から戻ってきたばかりの清三は言った。

「茉莉はまだこんなに小さいのに」

「まりは疎開なんて行かない。おじいちゃまと一緒にいる」

茉莉は言って、朝比奈の父の首にしがみついた。大人たちはほっとしたようにわらった。

茉莉はそのとき、自分の母親や父親、朝比奈の父と母、兄代わりの兄弟たち、自分の周りの優しい大人たちのために、この夜に大人たちが話していたことを絶対言わないと心の中で誓った。

十四

五月二十九日の朝、横浜は晴れわたり、空は真っ青だった。

茉莉は朝ごはんを食べると、絵本を持って朝比奈の家に遊びに出た。間の道から、茉莉は、蔦のからまる関東学院の校舎のむこうに広がる海を見た。青い海と青い空は溶けあって境がなかったが、真っ白な雲が浮かんでいた。

その日は火曜日で、茉莉は国民学校の二年生になっていたが、低学年は学校が休みだった。朝比奈の家に顔を出すと、朝比奈の母が茉莉の顔を見て、にこにこして訊いてくれた。

「今食べおわったところだけど、茉莉ちゃんも食べる？」

茉莉は豆腐のみそ汁で朝ごはんを食べてきていたのに、朝比奈の母のふっくらした優しい顔を見て、思わず頷いた。

「うん、食べる」

絵本を抱えた茉莉を見て、朝比奈の父はわらった。

「茉莉はまた絵本を持ってきたのか」

「茉莉ちゃんは学者になるんじゃない？」

朝比奈の母もわらった。

「ねこまんまにする？」

茉莉は頷いた。朝比奈の家でごはんを食べさせてもらうときはこれに決まっていた。茉莉の家ではいつもごはんは一汁一菜といって、ねこまんまは許されなかった。

朝比奈の母は茉莉用の小さな茶碗に、おひつからごはんをよそい、鰹節（かつおぶし）を削って、山のようにかけてくれた。まだ温かいごはんの湯気に、鰹節が体をくねらせる。

「まりには、おしたぢかけてね」

茉莉は言った。

「はいはい」

朝比奈の母は鰹節の上から醬油（しょうゆ）を回しかけた。茉莉は、自分用の赤い箸で、ねこまんまをたいらげたのはいいものの、苦しくなって畳の上に転がってしまった。さすがの茉莉も二度も朝ごはんを食べたことはなかった。

「痛いか」

朝比奈の父が、後ろにあぐらをかいて、茉莉の背中をさすった。

「痛いよう」

兄と同じ関東学院中学部に入学した清三が、部屋から出てきてわらった。

「茉莉はほんとにばかだなあ」

「茉莉ちゃんは学校休みか」

兄の勝士が訊いた。茉莉ではなく、朝比奈の母が頷く。

「しようがないなあ。そんなに学校が休みになっては」

「ぼくだって、どうせ今日も軍事教練だよ。せっかく苦労して入ったのに」

清三の言葉に勝士はわらった。

「でもおまえなんか口頭試問だけだったじゃないか」

「その口頭試問が難しかったんだよ。一発だからね、真剣勝負だ」

「大東亜共栄圏(だいとうあきょうえいけん)について述べよ、だったか」

「ちがうよ。特別攻撃隊について述べよ、だよ」

「どっちだって同じだ」

勝士も朝比奈の父もわらった。

「兄さんなんか本当に苦労したのに勤労動員で建物疎開だ」

「どこだっけ」

「蒲田だよ。軍需工場があってね、たった二日でやれって、ほんとに気の毒だよ」

「なんの工場？」

「化学工場だよ。まわりの壊される家の人たちがみんな見ててね、昨日は家を引き倒すときに、その家の人が気を失って倒れちゃったんだ。たまらないよ」

勝士と清三は話しながら、上がり框に腰掛けてゲートルを巻き、玄関の扉を開けた。

「いってらっしゃい」

茉莉はあわてて、二つの背中に声をかけた。勝士がふりかえり、わらって手を振ってくれた。

「いってらっしゃいが言えれば大丈夫だ」

朝比奈の父もわらった。

「蒲田なんて、ご苦労なことね」

閉められた玄関の格子を見やり、朝比奈の母がつぶやいた。

「黄金町の駅前も建物疎開で広場になっちゃったしねえ」

「清三だって、軍事教練ばかりだっていうじゃないか。どうせ配属将校が幅をきかせてるんだろう」

しばらくして、警戒警報発令を知らせるサイレンが鳴った。

「朝からは珍しいな」

茉莉は朝比奈の父の膝から起きあがった。

「もういいのか」

茉莉は頷いた。

「茉莉ちゃん、待って」

茉莉が立ちあがったところへ、朝比奈の母が茉莉の防空頭巾(ずきん)を持って出てきた。

「警戒警報が出たからね、忘れちゃだめよ」

「まあ朝のうちだから、たいしたこともないだろう」

朝比奈の父は言ったが、朝比奈の母は茉莉に防空頭巾をかぶせると、前で紐を結んだ。茉莉の母親が縫った防空頭巾は真っ赤な鹿(か)の子(こ)で、綿がいっぱいつめてあった。

「赤ずきんみたいね」

朝比奈の母はいつものようにそう言ってほほえんだ。

「遊んでくるね」

「遠くへ行っちゃだめよ」

「はあい」

まだお腹が重たかったが、よい天気に誘われ、茉莉は庭に出た。

昨日、広げてままごとをしたござが戸袋に立てかけてあった。茉莉はござと絵本を持って、表へ出、学院の運動場に行った。運動場の端には、山の腹をくり抜いて軍が掘った防空壕があった。百人は入ろうかというほどの巨大なものだった。茉莉はそのそばにござを敷いた。馬が一頭、木につながれて、草を食べていた。

茉莉はござの上にすわり、絵本を開いた。

満洲で、珠子と美子と一緒に読んだ絵本だった。見開きいっぱいに描かれた満洲の開拓団村の絵を見て、茉莉は思った。

満洲は、もっとずっとずっと広かった。

珠子と美子と一緒に寺に行ったときのことを思いだした。立ちあがり、湿った土を取りに防空壕の入り口のそばの日陰に入った。

警戒警報はすでに出ていたが、茉莉は気にしていなかった。警戒警報はますます多く出されるようになり、一晩の内に二度三度と出ることもあった。茉莉も毎晩、枕元に防空頭巾を置き、寝巻に着替えず服のままで眠っていた。

そして、やがて出された空襲警報は、運動場で遊ぶ茉莉の耳には入らなかった。茉莉は木の陰でせっせと泥のおむすびを作っていた。

あのときはよっちゃんのおむすびひとつしかなかった。

茉莉はいくつもいくつも作って並べた。

みんながおなかいっぱい食べられるように。

空は真っ青だった。鳥が鳴いていた。

いきなり飛行機の音がして、爆撃が始まった。

茉莉にはなにが起きたのかわからなかった。ざあーっと雨が降るような音がして、焼夷弾が降ってきた。近くに住んでいる人たちが防空壕を目指して走ってきた。茉莉は大人たちにはねとばされて転がり、背中や足を踏みつけられた。

それでも茉莉はなんとか立ちあがった。けれどもすぐに後ろから押されて転びそうになった。幸い、前にいる大人にもたれて倒れないですんだが、気がつくと、大人たちに押しこまれるようにして防空壕の中に入りこんでいた。

茉莉には体が痛いと感じる余裕もなかった。ただ、じいっと、大人たちの間でしゃがんでいた。だれも口をきかなかった。

そのとき、防空壕の奥から、女のうめき声が聞こえた。小声でぼそぼそと話す声もした。けがをした人がいるのかと茉莉は思った。うめき声はどんどん大きくなっていった。けれどもまわりの大人たちは、うめき声が高くなるとちらりとそちらを見るだけで、だれもなにも言わない。

やがて、爆撃の地響きに、その声もかきけされた。

どれぐらいたったのか茉莉にはわからなかった。外が静かになったというので、大人たちが立ちあがって、防空壕を出ていった。茉莉も大人の後について防空壕を出た。

世界はかわっていた。

空は真っ黒で、鳥は一羽もいない。さっきまで遊んでいた校庭には無数の焼夷弾が突き刺さっている。まるで、地面から筍が生えてきたようだった。真っ黒い煙を吐きながら、まだぼうぼうと火を噴いている。目の前に広がっていたはずの海はなくなっていた。煙は空を覆い、夕暮れのように暗かった。傍らの木につながれていた馬が、立ったまま、煙に巻かれて死んでいる。

家のほうを見たが、家があったはずのところは黒い山になっていた。柱の一本も見当たらない。

あれがほんとにさっき、朝ごはんを食べたところかしらと訝しく思いながら、茉莉は歩きだした。

階段を上り、家のあった場所に近づいても、あらゆるものが焼けた黒い山があるだけで、だれもいない。

家の残骸は燃えていた。

茉莉は、この黒い山となった家にみんながいるわけがないと思った。

じゃあ、どこにいるんだろう。

茉莉はみんなを探しに、学院の運動場に戻った。

さっきまでいた防空壕に近づくと、中から赤ちゃんの泣く声が聞こえてきた。うめき声はもうしなかった。さっきのうめき声はお産をしていた人の声だったことに茉莉は気づいたが、こんなに真っ黒な空の下に、赤ちゃんが生まれてきてはいけないように思った。

茉莉はそこを離れ、朝晩に見慣れた蔦の絡まる校舎のほうへ歩いていった。丘の上の校舎は焼け落ち、学院の生徒や教師たちが駆けまわっていた。焼けだされた人たちに肩を貸して歩いている生徒や、意識のない人をみんなで運んでいく生徒たちもいた。髪の毛が逆立ち、縮れて、顔は火ぶくれした人たちだった。茉莉はすれ違ったとき、垂れさがった服と見えたものは、焼けた皮膚であることに気づいた。

正門へ続く坂道を下っていくと、濡らした布団をかぶって逃げてくる人たちが上がってきた。「南無阿弥陀仏」としきりに唱えながら、焼け残った礼拝堂のある校舎へとむかって走っていく。

正門から市電通りに出ると、黄金町の駅に続く坂道には、たくさんの人が倒れていた。どの人もみんな死んでいるようで、ぴくりとも動かなかった。小さく黒こげになった人も、焼き魚のように皮膚が焦げ、浮いた脂がてらてらと光っている人も、髪も服も焼けて裸の人形のように見える人もいた。死体から流れ出た血が、道路に幾筋もの線を引いていた。

架線は焼けて垂れ下がり、市電の車両は真っ黒な骨組みだけになって、線路の上に止まっていた。それは、とてつもなく大きな生きものの死骸のようだった。

まだ煙がたちこめていて、息をするのも苦しかった。坂の下から熱い風が吹きつけてくる。熱で溶けたアスファルトが靴の裏にくっつき、足を取られて転びそうになった。

必死で踏みとどまった茉莉の足元に、紫色に膨れた死体があった。髪は焼け落ち、もとの顔もわからなかったが、焼け残った服の柄から女の子だと思われた。ちょうど茉莉と同じくらいの背格好だった。

女の子の顔のむいた先に、母親らしい女がうつ伏せに倒れていた。女は女の子にむかって手を伸ばしていたが、その手は焼夷弾が当たったのか機銃掃射を受けたのか、途中からなくなっていた。

長く続く塀際には、幾人もの人がうずくまったまま、動かないでいた。外で空襲に遭ったときは塀に沿ってうずくまり、爆風でやられないよう親指で耳をふさぎ、その他の指で目を押さえるように教わっていた。動かない人たちは、茉莉もこれまで何度も練習した防空訓練通りの退避姿勢を取っていた。

久保山のほうから坂を降りてきた男が、うずくまる女の横で塀に背もたれて動かない男の懐に手を入れて、財布を抜き取った。茉莉が見ていることに気づくと、茉莉にむかってにやっとわらい、別の人のそばに行って、またその懐に手を突っこんだ。

茉莉は踵を返し、家のあった場所に駆けもどった。

日が暮れると、黒い雨が降ってきた。茉莉は自分の家の焼け跡で、焼けた板の下に体を半分さしいれ、少しでも雨にぬれないようにして眠った。五月の末なのに寒く、猫を抱いてぬくもりにした。母はいつものら猫にえさをやっていたので、生き残った近所の猫たちはみな茉莉に馴れていた。

破裂した水道管から水がちょろちょろ流れていた。茉莉は喉が渇くと、猫と一緒にぺちょぺちょとそれを飲んだ。その日、空襲の後で茉莉が口にできたものはそれだけだった。

あくる朝、茉莉が朝比奈の家の庭で猫を抱いてすわっていると、近所の人たちが十人ほど入ってきた。茉莉がいることに気づくと、だれもが見てはいけないものを見てしまったように目をそらした。茉莉は家によく来ていたおこじきさんを、そしておこじきさんを見た人の顔を思いだした。そういう風に見てはいけないと、茉莉の母はいつも言っていた。

おこじきさんだって、すきでしてるんじゃないんだよ。

茉莉は母の言葉を思いだし、初めて、その言葉を本当に理解した。

近所の人たちは茉莉に声もかけずに庭を掘りはじめた。そして、朝比奈の母が育てていた、まだ小さいじゃがいもを掘りかえし、庭で火を熾して、鍋で煮はじめた。醤油と砂糖の香ばしいにおいがあたりに広がった。

煮っころがしができると、近所の人たちは、茉莉がいつもままごとをしていた阿波青石の上に鍋を置き、小皿に取り分け、石の上に並べはじめた。

そのじゃがいもは、おばあちゃまのじゃがいもなのに。

茉莉は猫を下ろし、思わず石のそばに近寄った。文房具屋のおばさんが茉莉の前にじゃがいもをよそった皿を置いて言った。

「茉莉ちゃん。朝比奈さんも死んじゃったわね。茉莉ちゃんかわいがってもらってたから、茉莉ちゃんが一番にお上がりなさいよ」

近所の人たちはめいめいに皿を取って、食べはじめた。空襲前、このじゃがいもは白い花を咲かせていた。茉莉は花をむしってごはんにし、この石の上で遊んだ。朝比奈の母は茉莉を叱らず、ただ、「この白い花がおばあちゃまはだいすきなのよ」と言った。茉莉は皿のじゃがいもをぼうっと見ながら、そう言った朝比奈の母の顔を思いだしていた。

そのとき、隣りにすわっていた近所のおじさんが、自分の箸で、茉莉の皿のじゃがいもを突きさして取って食べた。茉莉は声を上げることもできなかった。その間に、もうひとつ、もうひとつ、と取って食べられ、茉莉の皿は空になった。まだ鍋にはじゃがいもが残っていた。茉莉はそれを求める手段を知らなかった。これまで、求めなくても、いつも与えられてきた茉莉だった。茉莉は猫を抱き、朝比奈の家の庭を出た。

自分の家の焼け跡に戻ると、瓦礫（がれき）で見えなくなっていた防空壕の入り口がいつの間にか片付けられ、入れるようになっていた。中は焼けていなかった。その晩はその中にもぐりこんで眠った。

翌朝、特別配給があったらしく、町会の人たちがこどもたちにキャラメルを配りはじめた。こどもたちは喜んで歓声を上げた。だれもがキャラメルなんて、いつから食べていなかったのか忘れてしまうほどだった。茉莉はその声を聞いてそばに寄っていったが、白い割烹着を着たおばさんたちは茉莉にはくれなかった。茉莉はあきらめて、そこを離れた。

同じ隣組の家の焼け跡の前を通り、その家の防空壕に、青い布団が引きこまれているのが見えた。その青い布地には見覚えがあった。弟の枕元で母が解いていた晴れ着の綸子地だ。思えば、茉莉の家の防空壕には布団の他にも、食糧や衣類など、いろいろなものがしまわれていたはずだった。父や母がせっせと運び入れていたのを、茉莉は見ていた。けれども、防空壕の入り口はいつの間にか開いて、いつの間にか中の物は失われていた。

立ちすくみ、青い布団から目を離せないでいると、じゃがいもをくれたおばさんが後ろから追いかけてきた。

「茉莉ちゃん、もらってないんでしょう」

おばさんの声は隣組に気兼ねしているのか、ひそやかだった。茉莉が頷くと、おばさんは、茉莉の手のひらに、キャラメルを一粒のせてくれた。茉莉はおどろいておばさんを見上げた。

「落とさないでね。どこかで食べてね」

おばさんはそうささやくと、茉莉の小さな手をおばさんの大きな固い手で包みこんだ。茉莉が決して落とすことのないように、ぎゅっと。

おばさんがいなくなるのを見送ってから、茉莉は学院の階段で食べようと歩きだした。そこへ別のおばさんが来て、茉莉の前に立ちふさがった。

おばさんは一言も話さず、茉莉が握らせてもらったばかりの小さな手の指を、その太い指で一本一本開かせ、キャラメルを奪った。そして、傍らにいた自分のこどもにそれをやった。

茉莉は、おばさんの着ている白い割烹着が眩しくて、目がくらんだ。

おばあちゃまのすきだった白いじゃがいもの花。おかあちゃまがくれると約束してくれた空のように青いお布団。紫色に膨れあがった女の子の顔。道路に流れた赤い血。真っ黒に焼けた家。階段から見ていた空と海。空に浮かんだ白い雲。

なにもかもが眩しくて、茉莉はもう目を開けていられなかった。

十五

満洲では、康徳十二年の遅い春をやっと迎えていた。

雪解けとともに咲いた福寿草の黄色い花から始まって、とりどりの花が大地を彩った。五月になると一面にあやめが咲き、城壁の外は紫色にそまった。

田に水を引き、農作業が始まった。天候がよく、作付けは順調だった。大洪水にやられた田畑も復旧し、今年こそは初めての米の収穫がみられるはずだった。

花が終わるころ、川べりの茂みには野いちごが実った。濃い緑色の葉っぱに隠れて、いちごは真っ赤に熟れていた。

土曜日の午後に寄宿舎から帰ってくると、珠子も八重子も川べりへ行き、野いちごを探した。葉っぱの下からつまみ出すと、野いちごは日を浴びてきらきらと光った。宝石のようだと珠子は思った。

晴彦と一夫が川べりの柳に縄を張って舟をつないでくれた。まだ水が冷たくて泳げないので、珠子たちはこちら岸からあちら岸に、縄を引いては川を渡り、舟遊びを楽しんだ。

川の中には銀色の魚がすいすいと泳いでいた。晴彦と一夫と福二は、舟から糸をたらし、細い木の枝で作った竿で魚を釣った。内地なら竹で作るところだが、大樺樹屯(だいかじゅとん)には竹が生えていなかった。

珠子も八重子も釣らせてもらったが、珠子が釣ったのは八つ目うなぎばかりでがっかりした。それでも晴彦と一夫が釣れたますを分けてくれた。

川べりでは、中国人が着物や食器を洗っていた。朝鮮人は着物を洗うとき、石にのせて木の棒でたたいた。こんこんこんこんと幾度もたたいた。

「服が裂けんがやろうか」

珠子も八重子もささやきあったが、それだけ丹念に洗うせいか、朝鮮人の着ている服は、朝から晩まで畑に出ているにもかかわらず、いつも白く、きれいだった。

「むこう岸の山には、もっといちごがなっちょうらしいぞ」

福二が手のひらいっぱいの野いちごを頬張りながら言った。中国人の通訳のおじさんに聞いたという。

「こっちのいちごより、ざまにふといらしいぞ」

「けんど、山には、虎がおるいうて聞いたぞ」

晴彦が言った。

「匪賊もおるいうぞ」

一夫も言った。匪賊がなにか、だれも本当にはわかっていなかったが、虎よりも狼よりもこわいものだとこどもたちは思っていた。

珠子たちは川の真ん中をたゆたう舟の中から、むこう岸の山を眺めた。

「けんど、行ってみたいねえ」

珠子は言った。川べりの野いちごはあらかた取り尽くしていた。

「よっちゃんやったら、行くかもしれんねえ」

八重子が山をみつめたまま、つぶやいた。あの山のずっとむこうは、朝鮮だった。

「あいつやったら行くろうにゃあ」

晴彦が言い、みんなわらった。

小さな舟はぐらぐらと揺れた。

珠子は口にしなかったが、一緒に寺に行った茉莉のことも思いだしていた。あの二人なら、きっと山に行くにちがいなかった。そして自分も、あの二人と一緒なら、山へ行けると思った。

日が暮れるまで、珠子たちは川で遊んだ。だれも、むこう岸には行かなかった。

十六

空襲から幾日たったのか、茉莉にはわからなかった。
どこにも行くあてがなく、猫を抱いて焼け跡をさまよっていた。焼け跡といっても
なかなか火は消えず、まだぼこぼことあちこちで燃えていた。雨が降ると火は消えた
が、しばらくすると、またぽっと火がついた。
茉莉は猫を抱き、暗闇のあちこちで不意にぽっぽっと火がつくのをみつめていた。
自分が寝ている間に火がついて、焼けてしまうことをおそれていた。
茉莉はまだ生きのびるつもりだった。ひとりぼっちでも、たしかに、死ぬことをお
それていた。
道には黒こげになった死体がごろごろと転がっていた。それらの死体は初夏の日差
しのもとで腐(くさ)りはじめており、軍や学徒動員の学生たちがトラックで回収にやってき
た。鳶口(とびぐち)で死体を引っ掛けては引き寄せ、二人一組で死体の手と足を持っては「一、
二、三」と掛け声をかけて、死体をトラックの荷台に放りあげ、堆(うずたか)く積みあげていっ
た。

「久保山に埋めるらしい」

近所のおじさんやおばさんたちがその作業を眺めながら話していた。

「みんな、逃げてきた人たちでしょ。関東学院はミッションスクールだから鬼畜米英も爆弾を落とさないなんて言って」

「下町が最初に焼かれたもんで、みんな、山へ山へって逃げてきたんだ」

「黄金町の駅が一番ひどかった。コンクリで焼けなかったもんだから、乗客も逃げてきた人もみんな避難して、階段の下から上までびっしり折り重なって死んでた」

「大岡川もよ。死んだ人で水が見えなくなってた」

大人たちは声高にしゃべっていた。悲惨な話を競って、自らの幸運をたしかめるかのように。一歩ちがえば、今ごろ自分たちだってトラックの荷台に放り投げられていたのだ。

「普門院の上の階段も人が倒れてて通れないけど、あの遺体も回収するの」

「回収してもらわないと」

「普門院のご住職、お気の毒に。逃げてきた人を防空壕に避難させて、ご自分は焼け死んでしまわれたって」

茉莉は、大人たちの話し声を後ろに、そこを離れた。

学院の運動場に続く階段まで歩いていったが、そこで倒れて、動けなくなった。

茉莉は母や父たちが死んだということが、やっとわかりはじめていた。生きていれば茉莉のそばにいてくれるだろうし、茉莉に食べものもくれるだろうし、膝にのせてもくれるはずだった。

自分のそばにだれもいないということは、母も父もみんな死んだということ。そして自分は生きている。

道に倒れている人たちは死んでいた。踏んづけてしまいそうになった、自分と同じくらいの年の女の子も死んでいた。おかあちゃまもおとうちゃまもみんな死んでいる。だからここにいない。

わたしだけは生きている。

茉莉は初めて、自分がほかのだれともちがう存在であることを知った。死んでいる人たちと生きている自分はちがう人間。決してとりかえることはできない。

わたしはわたし。

茉莉には世界がちがって見えた。自分だけがいて、あとの人たちはみんな自分以外の人たち。たくさんの自分以外の人たちがいる。死んでいる人も生きている人も。数えきれないほど。

そして、生きている自分は、決して死にたくはなかった。

茉莉が階段に横たわっていると、雀が飛んできた。

見渡す限り焼け野原となって緑がなくなった景色の中、茉莉が動かないので気づかないのか、雀たちは茉莉の目の前でぱたぱたと羽ばたきをした。

茉莉は雀たちをかわいいと思った。茉莉はいつでも、きれいなものとかわいいものがだいすきだった。

「ちいちいぱっぱ　ちいぱっぱ
雀の学校の先生は
むちを振り振り　ちいぱっぱ」

茉莉は歌った。空襲でひとりぼっちになって以来、初めて歌った歌だった。

すると、どこかから声がした。

「茉莉ちゃーん」

茉莉は目を開き、それまで自分が目をつむっていたことに気づいた。

「茉莉ー」

開いたばかりの茉莉の目に、勝士と清三が運動場を走ってくるのが映った。

「茉莉ちゃん、生きてたんだねー」

二人とも、顔も国民服もすすで真っ黒だった。

茉莉は起きあがり、そのとき初めて、声を上げて泣いた。

「どこにいたの、茉莉は」

「ごめんね。茉莉ちゃん、みつけてあげられなくて」

勝士は茉莉を抱きしめて言った。

いくら泣いても、「茉莉ちゃんは歌が上手だねー」と褒めてくれた朝比奈の母はもういない。

「死んじゃったと思ってたよ。よく生きていたね」

「おなかすいたろう。さあ、これ食べな」

勝士は手のひらに高粱のまじったおむすびをのせてさしだしてきた。

「炊き出しがあったんだよ」

「ぼくたちはもう食べたから」

茉莉はおずおずと手をのばした。久しぶりの食べ物に、頭は飢えていたが、食べ方を忘れたように口が動かなかった。ゆっくりかみしめながらおむすびを食べている間、二人はうれしそうに茉莉が食べるのをみつめていた。

茉莉は満洲に行ったときのことを思いだした。

川べりの寺で、美子は、自分のおむすびを茉莉にくれた。茉莉はその手を思いだした。

はじめにわたしにくれた。わたしに一番大きいかたまりをくれた。わたしが一番おちびちゃんだったから。

あのとき、わたしはお礼を言っただろうか。

茉莉は思いだせなかった。

きっと言ってない。

これまで、茉莉はいつでもどこでも自分が一番大事にされるのが当然だと思っていた。お礼を言うほどのことでもなかった。

おぼえているのは、全くためらいなくさしだされた美子の手と、美子が自分をみつめていた優しい顔だけだった。

よっちゃんはなぜあんなことができたんだろう。

茉莉の手に、今はおむすびがあったが、力づくで指を開かれたその感触は消えなかった。

わたしの手のひらからキャラメルを奪った人、防空壕を暴(あば)いてうちの物を取っていった人、おばあちゃまの畑のじゃがいもを掘り起こして食べた人、死んだ人の懐から財布を盗んだ人、この世界は、そんな人たちばかりなのに。

「食べるものがなくてね、ぼくたち、革靴の底の革を食べたんだよ。そしたらおなかをこわしちゃって」

清三が言った。

「靴の底が焼けてするめみたいになってね、おいしそうだったんだよ」

茉莉はわらった。

勝士はその笑顔をじっとみつめて言った。

「茉莉ちゃん、本当によく生きていたね。朝ごはんを二回食べたのがよかったのかな」

「そういえばそうだったね」

清三がわらった。

「ぼくも食べてりゃよかったよ」

「かっちゃんはどこにいたの？」

「蒲田に建物疎開に行っててね、横浜が焼けるのを見てた。真っ黒い煙に、焦げた紙が蒲田まで飛んできてね、もう横浜は終わりだって言って、電車もみんな止まってるから歩いて帰ってきたんだ。家があんまり焼けてるから、きっと逃げてるんだろうと思って、救護所をあっちこっち、探して回ってた」

「ぼくは学校の兵器庫に避難してた。バケツリレーして本館が焼けるのを食いとめてね。院長先生は立派なおひげを焼かれてしまわれたんだよ」

清三はおどけて言った。茉莉はわらった。

「清三は焼けだされた人たちを助けてたんだよ。それで学校の救護所でやっと会えてね、それから二人で探したんだけど、でもどこへ行ってもいなくてね。黄金町の駅前の広場に死体の山ができてるからって、そこへ行って、筵をめくって見てね、でもわからなくて。市電通りもトタンをかぶせてあるのをめくって見てね。久保山にも死んだ人が集められて山になってたから、見に行った。どうしてもわからないから、もういっぺんここを探してみようと思ったんだよ」

「茉莉はどこにいたの？」

「運動場の防空壕」

「茉莉ちゃんだけ？」

勝士に訊かれ、茉莉はおずおずと頷いた。清三はすすと血に汚れた手で顔を覆った。

「そうか」

けれども勝士は茉莉にわらって見せた。

「じゃあ、やっぱり、みんな、ここにいるね。みんなを探してあげないとね」

それから、茉莉は勝士と清三と一緒に家の焼け跡を手で掘った。焼けた瓦をどかして、真っ黒に焼けた材木を持ちあげる。配給米を搗くのに使っていた一升瓶が、水飴のようにとろりと溶けて固まっていた。茉莉は白いごはんがすきだからと、母はいつも時間をかけ、丁寧に精白してくれた。

はじめにみつかったのは茉莉の父親だった。周りに白いタイルが散らばっていたので風呂場だとわかった。頭は吹き飛んでおり、胴体も二つに分かれ、真っ黒に焦げていたが、ベルトの留め金はたしかに見覚えがあった。

よほどに気に入っていたのか、なにかいわれのあるものだったのか、茉莉がいくら非国民だと言っても、父親はわらって、金属回収に出さなかった留め金だった。

そこから周りを掘っていくと、近くにやはり真っ黒に焦げた死体があった。茉莉の母親だった。うつぶせになっていたのを勝士と清三でひっくり返すと、その下には弟の幸彦がいた。お誕生前で外へ出ることも殆どなく、真っ白い顔をしていたのに、黒くなって死んでいた。

母は幸彦を抱きしめていたらしい。胸のあたりが焼けておらず、着ていたものが焼け残っていた。茉莉は、あちこちが黒く焦げながらも模様のはっきりわかるその布地を知っていた。

小さな薔薇の花。

茉莉の母は、絣の着物ともんぺの上下の中に、茉莉のすきだった薔薇の花の柄のブラウスを着ていたのだ。

「おふくろらしいね。銃後でもおしゃれを忘れないで」

勝士はつぶやいた。

清三が焼けトタンを探して持ってきてくれたので、茉莉は自分で幸彦の小さな体を持ちあげた。そのとたん、幸彦の頭がぽろりと落ちた。

茉莉は幸彦の体をトタンの上にのせると、その頭を両手で掬いあげた。茉莉の両手に入ってしまうほどに小さな頭だった。

茉莉は勝士と清三とともに、父親と母親の体も、ひとかけらも残さないように手で掬い、指でつまんで、トタンの上にのせた。

朝比奈の家の焼け跡では、朝比奈の父が崩れた軒の下に横たわっていた。そして、朝比奈の母は最後にみつかった。倉の中にいたらしい。真っ黒には焼けておらず、赤く膨らんでぐずぐずに腐っていた。

「お母さん、わかってたのかな。茉莉ちゃんに二回もごはんを食べさせて」

勝士はどこへともなくつぶやいた。

勝士と清三が庭に穴を掘り、死体を穴に並べた。勝士が油をかけ、火をつけた布を投げると、ぽっと火がついて燃えあがった。

骨壺はなかったが、白木の箱とそれを包む白い布は配られた。そのころ、焼け跡のあちこちで家族や親戚を荼毘（だび）に付す煙が上がっていた。どこへ行っても平時では耐えられないほどの臭いに満ちていたが、いつのまにかだれもが慣れきっていた。

茉莉の両親と弟の骨はひとつにして、白木の箱に入れ、白い布で包んだ。

茉莉はそれを何度か見たことがあった。戦死した英霊を迎えるときと同じ。初めて駅で見たとき、幼い茉莉は「兵隊さんはどうやってあんなに小さい箱に入るの？」と訊いて、両親を困らせたものだった。あのとき、茉莉たちは鎌倉へ海水浴に出かけるところだった。まさか銃後の両親たちが英霊と同じ箱の中に入る日が来るとは、茉莉は思ってもみなかった。

それから茉莉は、勝士と清三とともに防空壕で雨をしのぎ、焼け跡で生活をした。

ただ、食べるものはなにもなかった。朝比奈の家も茉莉の家も焼き尽くされていた。そして、防空壕に入れてあったはずのものは奪われていた。配給はただではない。金がなくては、配給切符があってもなにも買えないのだ。

「おふくろの大福もちが食べたいなあ」

焼け残った電信柱の真ん中の白いところを割って、嚙みながら清三がつぶやいた。

茉莉はその言葉を聞いてようやく、自分の母親の永遠の不在を知った。死体を持ちあげて運び、焼いて骨にしたのに、それでもその不在が決定的なものとは、まだ思えていなかった。

もうおかあちゃまには会えない。

茉莉はやっと悟った。

もう二度と。

おとうちゃまにもゆきちゃんにも。おばあちゃまにもおじいちゃまにも。

約束しておけばよかった。青いお布団とか絵本とかおままごとの道具なんか、どうでもよかった。

おかあちゃまが死なないで、わたしのそばにずっといてくれることを、指きりげんまんしておけばよかった。

清三は近所で炊き出しがないか、探しにでかけた。茉莉は清三に割ってもらった電信柱のかけらを嚙みながら、勝士と焼け跡を片付け、金に換えられそうなものがないか探した。昼近くなって戻ってきた清三は、新聞紙の包みを持っていた。

「どうしたんだ、それ」

勝士がおどろいて訊ねた。

「曙町の工事現場で拾ってきた」

清三は阿波青石の上で新聞紙を広げた。中からアルマイトの弁当箱が出てきて、蓋を開けると、高粱と菜っ葉の混じったごはんが詰められていた。黄色いたくあんも添えてある。茉莉は唾を飲んだ。

「すごいだろう」

清三が言いおわらないうちに、勝士は弁当を取りあげた。荒々しく蓋をしてばさばさと新聞紙で包み直す。久しぶりのごちそうは夢のように消えた。

「戻してこい」

勝士は弁当を清三の前に突きだした。

「おまえのやったことは泥棒だ」

勝士の顔は真っ赤だった。

「お母さんとお父さんが生きてたらどれだけ嘆かれるか。すぐに戻してこい。いや」

勝士は清三の腕を摑み、歩きだした。

「兄さんも一緒に行く」

清三はうなだれたまま、勝士についていった。

茉莉は阿波青石に腰掛け、猫を抱いて二人が戻ってくるのを待った。一目だけ見た弁当が消えてしまったことが残念でたまらなかった。けれども、勝士の言葉はそれ以上に胸につきささった。

泥棒。

人の弁当を見て、食べられることを喜んだ自分だって、清三と同じ、泥棒だった。

死体の懐に手を入れたおじさん、じゃがいもを取ったおじさん、キャラメルを奪ったおばさん、青いお空の布団を盗んだ近所の人。あんなに憎いと思ったのに、自分だって同じだった。

茉莉は自分の手のひらを見下ろした。ぎゅっと開かれて奪われた感触。まだこの手に残っていた。でも。

奪われたキャラメルは、おばさんの傍らにいたこどもに渡された。きっとその子も茉莉と同じ、空襲で家も衣類も食糧も焼き尽くされたこどもなんだろう。キャラメルを奪ってきてくれる母がいるということだけが、茉莉とはちがっていた。

清三は自分に食べさせるために弁当を盗んできてくれた。盗むのはいけないこと。

そんなことはわかっていた。それなら、盗まないで、飢えて死んでしまうのはいいことなのだろうか。

茉莉にはわからなくなった。これまでずっと正しいと信じていたこと。それが揺らぎはじめていた。

茉莉は二人の帰りを待ちかね、遠くまで目をやった。だれもが草までむしって食べていた。取り尽くされて、初夏の焼け野原には雑草さえ生えていなかった。

しばらくして戻ってきた二人は、もう弁当を持っていなかった。

泣いたのか、勝士の目も清三の目も真っ赤だった。

「茉莉ちゃん」

勝士は待っていた茉莉の前にしゃがみ、優しく声をかけた。

「このままここにいても、みんな飢え死にしてしまうからね、茉莉ちゃんは白楽のおばあちゃんの家に行こうか。焼け残っているかどうかわからないけど、明日行ってみよう」

茉莉の実の祖母は母の母で、白楽に住んでおり、朝比奈兄弟とも一緒に何度か遊びにいったことがあった。

「茉莉ちゃんもおなかがすいたろう。もう少しだけ辛抱してね」

勝士は茉莉の頭をなでてくれた。茉莉は頷いた。

翌日、幸いに雨も降らなかったので、茉莉は勝士と手をつなぎ、清三に遺骨を持ってもらって、白楽の祖母の家にむかった。運動場から駅にむかって下りる階段にはもう死体はなかったが、死体からにじみ出た脂に、石段がてらてらと光っていた。

「上がってくるときには、またがないと通れなかったんだ」

勝士がぽつりと言った。茉莉は光っている部分を踏まないように、そろそろと階段を下りた。

電車はまだ走っていなかったので、赤門町（あかもんちょう）のほうへ出た。市電通りの死体も回収されてなくなっていた。茉莉はほっとした。ただ、道の端には回収されそこねた手や足が落ちたままになっており、初夏の日差しに腐って蠅（はえ）がたかっていた。茉莉たちが歩いていくと真っ黒にたかった蠅が飛びあがり、蛆（うじ）がわいているのが見えた。

殆ど一日かけて歩いて行ってみると、茉莉の祖母の家は焼け残っていた。白楽もかなりやられており、茉莉の祖母の家の三軒先までは焼けていたが、そこで風向きがかわったらしい。

「茉莉ー」

茉莉の祖母は茉莉を見るなり家から飛びだしてきて、茉莉をぎゅうっと抱きしめた。そして、茉莉以外の家族全員が死んだと知らされると、その場に泣き崩れた。

「おばあさん、茉莉ちゃんをどうぞよろしくお願いします」

勝士は茉莉の祖母に、深く頭を下げた。祖母は泣きながら、幾度も頷いた。

勝士は茉莉の前にしゃがみ、顔を掬いあげるように見上げて言った。

「茉莉ちゃん、必ず十年したら迎えにくるからね。いい子にして待ってるんだよ」

茉莉は頷いた。

「かっちゃんとせいちゃんはどこに行くの？」

「わからない」

それでも、勝士は茉莉にわらって見せた。

「もう学校にも行けないからね、働けるところを探して、お金を稼ぐよ。一緒に暮らせるようになったら、必ず迎えにくるからね」

勝士と清三は何度もふりかえっては茉莉に手を振り、焼け跡に戻っていった。

十七

美子の父親が働いていた工事は終わり、つてを頼って、横浜の工事現場に移ることになった。

「横浜は大空襲があったから、横浜へ行ったら、もう空襲に遭うこともないぞ」

「焼けてそれこそ朝鮮人どころじゃないだろうし」

「よかったなあ」

警報ばかりでまともな空襲を受けておらず、いつ本格的な空襲があるかとびくびくしている京都の朝鮮人たちはそう言って、美子たち家族を言祝ぎ、送りだした。美子は横浜に行けば、満洲で会った茉莉にまた会えるのではないかと期待した。

横浜でも、美子たちは川べりのバラックで暮らしはじめた。ただ、京都とちがい、ここでは焼けだされた日本人も多く暮らしていた。空襲で家を失い、丘の腹に無数に掘られた防空壕で寝泊まりしている日本人もいるほどで、朝鮮人だからといじめられることはなかった。

それどころか、落ち着いて何週間かたったころ、日本語がわからない美子の母親を、同じ隣組になった近所の日本人が「富田さん、特配があるのよ」と、誘いにきてくれた。美子の母親が言葉がわからずに美子を見ると、奥さんは美子に伝えた。

「お母さんを連れていきますからね。今日は特配があるのよ」

奥さんは戸惑う美子の母親の手を取って、配給所に連れていった。その日、美子の母親は鰯（いわし）を三匹もらって帰ってきた。それからは特別配給があるたびにその奥さんが誘いにきてくれるようになり、美子の母親は「初めて日本人の友達ができた」と喜び、その奥さんが来てくれるのを心待ちにするようになった。

いくら横浜が焼き尽くされたといっても、空襲がなくなったわけではなかった。P－51とかB－29といった米軍機が上空を飛び、毎日のように警戒警報は鳴った。

ある日、美子が母親とともに、焼け跡で米軍機の落としていった焼夷弾の殻を拾っていると、警戒警報が鳴り、じきに空襲警報にかわった。まわりにいた人たちが、防空壕があると言ったのを美子は聞き逃さなかった。せっかく朝から拾い集めた鉄くずは、逃げる邪魔になるので道ばたに置き、母親の手を引いてその人たちの後をついていった。二人は崖に掘られた大きな横穴式防空壕に、飛びこむ人たちの後に続いて入ろうとした。

「おまえは朝鮮人だろう。だめだ」

太い声とともに、美子の目の前の母が腕を掴まれて引き戻され、前のめりになっていた美子とぶつかって地面に倒れた。

「朝鮮人は朝鮮人の防空壕へ行け」

美子は母親の手を取って立たせた。その間に、何人もの人たちが、ちらりとこちらを見ながら壕に入っていった。美子の母親のチマチョゴリは、それまでとちがって黒っぽく染め、丈も短くしていた。もとの白色だともんぺの日本人の中では目立ちすぎ、日本に来てすぐ、警官に「着物を着ろ」と怒鳴られた。それでもひらめく裾は、十分に身に纏(まと)う者の出自を明らかにした。

「おまえも朝鮮人か」

美子の母親を引きだした男は、美子にそう言うと、返事を待つでもなく壕の中に入り、美子の目の前で壕の扉を閉めた。

「このやろう、直撃弾が当たっちまえ」

美子は壕の扉にむかって呪った。美子の母親が日本語がわからず、娘の不埒(ふらち)な言葉の意味がわからなかったのは幸いだった。

米軍機の不気味な爆音が響く中、美子は母親と川べりの家にむかって走った。

そこへＰ－51が後ろから追いかけてきて、機銃掃射を浴びせてきた。幸い、美子にも母親にも当たらなかったが、Ｐ－51は旋回しながら、美子と母親の頭の上で、羽根の下についている補助タンクを落とした。地面にぶつかるけたたましい音がして、土煙が舞いあがった。母親は一瞬前が見えなくなり、娘の身を案じて叫んだ。

「ミジャ！」

美子は、落ちてきた補助タンクのそばに立っていた。

「おかあさん、これ、高く売れるんじゃない」

ボートのような形をした補助タンクは、アルミでできているようだった。母親は美子の肝の太さをわらった。二人でなんとか押したり引いたりしながら、やはり朝鮮人の鉄くず買いのところへ運びこむと、高く買ってくれた。

それから美子の母親はチマチョゴリを着なくなった。いつも親切にしてくれる奥さんに都合をつけてもらったらしく、絣の地味なもんぺを着るようになった。

「今度は国に帰るときに着るよ」

チマチョゴリを風呂敷に包みながら、母は自分に言い聞かせるように言った。

「あのとき、あんたに直撃したと思った。もう二度と、あんたをあんなこわい目に遭わせたくない」

「こわくなかったけどね」

美子はおどけて見せたが、母親は首を振った。

「生きのびるのが先だよ」

美子は、しまわれていくチマチョゴリを見ながら、これがすきだと言っていた珠子を思いだした。

「よっちゃんのかあさんの着物ええねえ。なんでよっちゃんはあんなが着んが？」

珠子はいつも自分を見上げてわらっていた。初めてできた日本人の友達。洪水で帰れなくなったとき、おむすびをあげただけなのに、なんべんもありがとうと言ってくれた。

美子は国民学校が休みのときは必ず母親のぼろ屋を手伝い、何度か母親と一緒に防空壕に入ったが、もうだれもなにも言わなかった。それでも防空壕にいる間、美子は母親をしゃべらせないように気遣った。母親がしゃべれば日本人でないことがばれてしまう。空襲警報の中、防空壕から追いだされてさまようのは、もうこりごりだった。

十八

茉莉の祖母は、娘一家が茉莉だけを残して死んでしまったことに胸を痛め、茉莉が運んできたお骨の入った白い包みをぼんやり眺めながら一日を過ごすようになった。

ある夜、警戒警報発令のサイレンが鳴ったが、祖母は起きなかった。やがて空襲警報が出たが、祖母は布団の上に起きあがっただけで、動こうとしない。茉莉が祖母の肩をたたいてせかすと、初めて茉莉がいることに気づいたかのように、茉莉を見た。

「そうだ、茉莉。あんたがいたね」

祖母はそうつぶやいた。早く娘のところに行きたいとばかり願い、孫娘のことを忘れていたのだ。

祖母は茉莉の頭に防空頭巾をかぶせ、町内の防空壕を教えた。

「ここらの人はみんな入るんだから、ひとりでいいから、行っておいで」

「おばあちゃんは逃げないの？」

茉莉の問いに祖母は一瞬口ごもったが、言った。

「あんたひとりのほうが、早く走れるだろう」

「じゃあおばあちゃんも後から来る？」

「行くよ」

その言葉に背中を押され、茉莉は走りだした。灯火管制で町は真っ暗だった。

防空壕は近かった。白楽駅のすぐそばにあった。茉莉が入ると、中にはもうたくさんの人がいた。どの顔も知らない人だった。入り口近くにすわっていた男が茉莉の腕を摑んだ。

「おまえ、見たことのない子だな」

男は茉莉の真っ赤な鹿の子の、綿がたっぷりとつめられてふっくらとふくらんだ防空頭巾を見上げた。

「入っちゃだめだ」

男は茉莉の腕を摑んでいた手で肩を押し、茉莉を外へ押しだすと、防空壕の扉を中から閉めた。

爆音が響き、あたりはうってかわって、照明弾で昼間のように明るくなっていた。茉莉は警報が鳴り響き、だれもが避難して人気のない道を走った。人間が滅びた町のようだった。

祖母の家に戻ると、祖母は、茉莉が出ていったときのまま、同じところにぼんやりすわっていた。

「おばあちゃん、入れてくれなかったよ」

茉莉が訴えると、祖母ははっとして、茉莉を見た。

「そうかい。じゃあ、おばあちゃんと一緒に、おかあちゃまのところに行こうかね」

祖母はそう言うと、茉莉に手招きをした。その目の前には仏壇（ぶつだん）があり、母親たちの遺骨の白い包みがあった。

茉莉は首を振って、後ずさった。

そっちには行きたくない。

空からはごおっという飛行機の音がした。空気にぐうっと押される感じがする。低い。そして近い。

わたしは死ぬわけにはいかない。朝比奈のおばあちゃまにもおじいちゃまにも、あんなにかわいがられたわたし。

わたしは生きのびなくてはいけない。

茉莉は表へ飛びだした。

防空壕まで走っていき、外から壕の入り口をどんどん叩いた。中から扉が開き、さっきのおじさんが顔を出した。

「わたし、町内の子です」

茉莉は怒鳴った。

「五十嵐茉莉です。中川のおばあちゃんのところに引っ越してきたんです。入れてください」

こんなに大声を出したことはなかった。おじさんは後ろに下がると、茉莉を入れ、扉を閉めた。

「中川さんとこの」

「空襲でみんな死んだって」

自分を見てささやく大人のほうは見なかった。空襲警報が解除されると、茉莉は走って家に帰った。

祖母の家は無事だった。祖母も仏壇の前にそのまますわっていた。

次の警報のときには祖母をひきずってでも防空壕に連れていこうと茉莉は思った。

けれども、それから間もなく、戦争が終わった。

負けたとか敗戦だとか大人たちは騒いでいたが、茉莉には戦争に勝とうが負けようがどうでもよかった。

さっさと終わらせなきゃしょうがないじゃないか。

母の言葉を思いだしていた。

さっさと終わらなかった戦争がやっと終わった。

玉砕するはずじゃなかったの？　わたしたち。

茉莉は信じられなかった。騒いだり泣いたりしている大人たちを見て、幾度も幾度も思った。

最後のひとりまで戦って、玉砕するはずじゃなかったの？　なんのためにみんな死んだの？

なんでおかあちゃまもおとうちゃまも死んだのに、まだ生きている人たちがいるの？

茉莉の問いにこたえるものはなかった。

日中戦争の始まった年に生まれた茉莉にとって、初めての、戦争のない日々が始まった。

十九

日本が無条件降伏を受けいれたことを、美子の父親たちは大変に喜び、自分たちのつくった密造酒を飲んで祖国の解放を祝った。日本に併合されて三十五年、父親も、ともに歌い騒ぐ同胞たちも、併合される前の朝鮮を殆どおぼえてはいなかったが、その後に嘗(な)めた苦しみだけは忘れることがなかった。

美子の父親たちは、ずっと禁じられていた太極旗(テグッキ)を、日の丸の旗に墨(すみ)を塗り、四端に卦(け)を書きこんで作り、感激のあまり泣きながら振りまわした。

美子はその喜びの渦の中に入れなかった。皇民化教育は徹底していて、日本の敗戦を喜ぶことはどうしてもできなかった。

そして、美子はそのとき初めて太極旗を見た。

「これなに？」

美子が訊くと、父親も母親も愕然とした。

「朝鮮の旗じゃないか」

父の言葉に美子はおどろいた。

「朝鮮にも旗があったの？」

言葉を失う父と母に、美子はなおも訊いた。

「朝鮮って国だったの？」

一方で、日本にいたら朝鮮人は殺されるという噂も流れ、早々に荷物をまとめて朝鮮に帰る者もいた。関東大震災のとき、朝鮮人が井戸に毒を入れたというデマが流れ、日本人によって数多くの朝鮮人が殺された。その惨劇を目の当たりにしたり、そこから辛うじて逃げのびた人たちだった。

「朝鮮人というだけで、日本人は朝鮮人を殺すよ。まして日本人は戦争に負けたんだよ。朝鮮人は逆恨みされて、殺される。日本人は鳶口や日本刀を持ってるんだよ。おそろしいよ。あんたたちも早く帰ったほうがいい」

美子たちにそう言ったおじさんは、朝鮮語しか話せなかった。関東大震災のときは日本人に殺されそうになったが、便壷に隠れて助かったという。

美子と美子の母親は、いつも配給所に一緒に行ってくれる日本人の奥さんの、ふっくらした頬にえくぼを浮かべた笑顔を思いだし、とどまって様子を見ることにした。

徴用で朝鮮から連れてこられて、美子の父親とともに働かされていた若い男たちも、みなすぐに帰っていった。美子の父親は自分で日本に渡ってきた自由労働者で、同じ工事現場でも徴用者とは別の仕事をしていた。徴用者には見張りがつき、服も着たきりで、番号で呼ばれ、日本語で右へ曲がれとか止まれとか言われ、日本語がわからないためにまごついては殴(なぐ)られていた。同じ朝鮮人でも接触しないように分けられ、美子の父は帰ってくるたびに、気の毒だと話していた。

面(ミョン)に何人と徴用者の割り当てがあり、くじ引きで当たって来た者もいれば、跡取りの兄の身代わりになって来た者もいた。喜び勇んで帰っていく徴用者とは逆に、班長として徴用者の監督をしていた朝鮮人は、対日協力者としての処分や報復をおそれて日本にとどまった。

美子の父と母には、もう帰る場所がなく、帰りたくても帰れなかった。その上、それまでの軍需関係の工事は中止され、工事現場で働くことができなくなった。また、たとえ軍に関係がなく工事が継続したとしても、朝鮮人は外国人だからと雇(やと)ってもらえなくなった。

「勝手に日本人にしておいて、用が済んだら朝鮮人だなんて、そんなこと こっちは頼んでもいないのに」

美子の父は憤りながらも、どこかからリヤカーを手に入れてきて、母と一緒にぼろ屋の仕事をするようになった。美子の家の前には、鉄兜やサーベル、戦車の部品が山と積みあげられた。

「おれたちが日本人の始めた戦争の後始末をしてやってるんだ」

父親はそう言いながら仕分けをしていた。軍用品は解体され、民用品に生まれ変わるのだった。

優しかった近所の奥さんも引っ越すことになった。戦後の食糧不足は戦中以上に厳しく、配給は遅配続きの上、米のかわりに豆や芋が配られた。闇に頼らなくてはとても生きていけなかった。いつまでもバラックに住み続けるわけにもいかず、田舎の親戚の家に身を寄せることにしたという。

それを知った美子の母親は、とっておきの砂糖を持っていった。米や麦なら田舎でも手に入るだろうが、砂糖はもうめったに手に入らない貴重品だった。朝鮮人はあまり砂糖を食べず、取っておいて闇で高く売っていた。売り払う着物もない美子の母親にとっては、貴重な現金になる唯一の持ちものだった。

訪ねていった日本人の奥さんの前で、美子の母親が包みを開くと、手のひらに半分ほどの黒くて粗い砂糖が現れた。たったそれだけでも、美子の家にある砂糖の全部だった。美子はごくりと唾を飲んだ。

美子の母は包み直し、片言の日本語で、「ありがとう、おれい、ありがとう」と言って差しだした。

すると、奥さんは、わあっと声をあげて泣きだし、その場にすわりこんだ。

「富田さん、ごめんなさい」

奥さんは家の入り口に両手をついた。美子の母親も美子もおどろいて、思わず後ずさった。

「わたし、富田さんが日本語がわからないことをいいことに、富田さんが来てからしばらく、富田さんの配給も受けとってうちで食べてたの。ごめんなさい。本当にごめんなさい」

込みいった日本語がわからない母親に、美子は朝鮮語に訳して伝えた。その間も奥さんは懺悔しつづけた。

「富田さんは日本語がわからないから、わたしが届けるからなんて調子のいいことを言って」

　美子の母親の顔が青ざめた。

「一緒に行ってたのも、それがばれるのがこわかったからなのに。それなのに、こんなにしてもらって、ごめんなさい。どうぞ許してください」

　奥さんは何度も頭を下げた。

「いい。だいじょうぶ」

　美子の母親は言った。美子はおどろいて母親を見た。

「やさしいの、おなじ。おなじこと。したこととおなじ。やさしいのとおなじ」

　美子の母親は真剣な顔で奥さんにくりかえした。砂糖の包みをその手に握らせ、すぐに踵をめぐらせてその場を離れた。

「ミジャ、おかあさんに日本語を教えてちょうだい」

　美子の母は時々そう言っては、美子に日本の文字を習うようになった。

「自分の名前が書けるようになりたいよ」

　美子の母親は、美子に書いてもらった手本の通りに、何度も自分の名前を書いた。鉛筆を持ったこともなかったから、字はぐにゃぐにゃになった。時間をかけて、やっと始めから終わりまで書くと、深くため息をつき、美子に見せて訊いた。

「ミジャ、これでいいかねえ」

「いいよ。おかあさん、上手だね」

「そうかねえ」

美子の母親は喜んで、なんべんもなんべんも、自分の名前を書いた。

富田文子（ふみこ）。

その名前は書けるようになっても、彼女が生まれてきたときに親に名づけられた朴（パク）文順（ムンスン）という名前は、いつまでも書けないままだった。

そしてそのころ、解放されたはずの朝鮮半島は、北緯三十八度線を境界として、北はソ連、南はアメリカの軍事占領下に置かれていた。

二十

学校が夏休みに入り、珠子が寄宿舎から戻ってきてしばらくした八月はじめ、兵役年齢にある者全員が根こそぎ召集されるという、これまでにない動員があった。

珠子の父親も召集された。一日の仕事を終え、家族そろって畑から温日木頭（ウエンリームートウ）に戻ってきたところだった。汗と土にまみれた体のまま、家に入って腰を下ろす間もなく、区長が召集令状を届けてきた。

　他の応召者とともに、明日発（た）たなくてはいけないという。四十四歳で、喘息（ぜんそく）持ちで、これまでは兵役を免（まぬが）れていた。満洲にも来たし、もう召集はないとばかり信じていた珠子の母親の動揺は激しかった。

「満洲来たら、召集もないなる言いよったに」

「まだわしはましや」

　憤る母親に、父親は言いきかせるように言った。

「五月の召集では朝飯を食べる暇もなかったいうぞ。芝（しば）さんとこらあ蛟河（こうが）駅に出たところで召集されて、次の列車で発（た）て言われて。奥さんに別れも言えんまんま出征したらしいけんね」

「あそこはこの前、男の子が生まれたばっかりやったにね」

　珠子の母も頷いた。

「わしは今晩一晩、まだおれる」

　その夜、父親は、珠子を自分のオンドルに誘った。もう狼の鳴き声などちっともこわくなくなっていた珠子だったが、父親と並んで眠った。満洲に来たばかりのころと同じように、父親の体はあたたかかった。

翌朝、珠子の父親は、他の応召者たちと一緒に温日木頭を出ていった。

八月九日のことだった。

黒ずんだ飛行機が数機、大樺樹屯(だいかじゅとん)の上空を低く飛んだ。それまで飛行機がやってくることは殆どなかった。戦局の悪化は切実になっていたため、さすがに味方の飛行機と思う者はおらず、とうとう鬼畜米英はここまでやってきたかと噂しあった。そうなると、ここも戦場となる。内地の空襲の激しさはすでに伝え聞いていた。

それでも、樺甸(かでん)県公署や蛟河弁事処(べんじしょ)からの連絡はなかった。連絡がないのを訝しんだ団は、一番近隣の立稲子(リーダオズ)義勇軍開拓団に人をやり、十三日になってようやく、ソ連軍が満洲に侵攻してきたことを知った。

「日ソ不可侵条約があるはずやに?」

「なぜソ連が攻めてきたがやろう」

区長をはじめ、時局に詳しい大人たちは、答えの返ってこない問いを、お互いの間で繰り返し続けた。

このような事態となっても、だれも、どうしてよいものかわからなかった。肝心の県もなにも言ってこない。

それでも、夜が明けると、開拓団のだれもが起床ラッパで目覚め、朝食をとると畑へ出て働くという生活をくりかえした。だれも、それ以外に自分たちのできることを知らなかったのだ。

そのころから、日本が戦争に負けたのではないかとささやかれるようになった。大樺樹では、電気や電話はもちろん、ラジオさえ鉄道沿線から二十五里も離れていて通じないため、外からの情報は得られなかった。けれども、冬の間に黄田（ホワンテイエン）部落に引っ越していた武は、中国人たちが「日本鬼子（リーベングエズ）終于敗了（ジョンユーバイレ）（日本がとうとう負けた）」と話しているのを聞いていた。

十九日の早朝のことだった。樺樹林子（ホワシューリンズ）警察署の日本人警察官が黄田にころがりこんできた。

もともと、樺樹林子警察署に日本人はいなかったが、千畑村開拓分村が大樺樹にやってきたときに配置されるようになった警察官だった。やはり内地から一家で渡ってきた人だったが、警察署が襲われ、妻子は殺されたという。

だれもが慄然（りつぜん）としたが、それだけではなかった。

日本は戦争に負けたという。しかも無条件降伏だという。

もしかしたらと思っていたことが、とうとう現実になった。

その日の午後のことだった。

木箕河（ムーチへ）の上流、山の方から、見慣れない人間たちが、温日木頭にむかって歩いてきた。満洲林産公社のもとで、木の伐採や、油を取るための松根掘りをしていた中国人労務者たちだった。やせおとろえ、再生布の粗末（そまつ）な服を着、毛布を担いだだけの、ほかに殆どなにも持たない男たちが、温日木頭の前の軍用道路を、川下にむかって歩いていく。

山にはいったい幾人の中国人が集められていたのか、労務者たちの列はいつまでもいつまでも続く。めずらしいので、大人たちは防壁のそばで見ていたが、珠子や晴彦は危ないので出ないように親からきつく言われ、門の内側から覗いて見ただけだった。

実際、何人かの労務者が、眺めている温日木頭の人間に水や食糧を要求してきた。金も払わずに日本人にそんなことを言ってくることなどこれまでは考えられなかった。温日木頭の城壁のまわりに立ち、あるいはすわりこんでこちらを窺（うかが）っている者もいたし、すれちがう日本人を突き倒す者もいた。

「満林の日本人は殺されたがやないか」

労務者たちのこちらにむける目の険しさに、大人たちはささやきあった。結局、満洲林産公社の日本人がどうなったかは、だれにもわからなかった。

それでも、働くだけ働かされて、気の毒にと思いながら、武は中国人労務者たちを眺めていた。大樺樹屯の三つの部落の前の道を走っていくトラックに積まれた木は、内地で見たこともないほどに太く、大きかった。どうやってトラックの運転席よりも高く荷台に積み上げるのか、想像もつかなかった。あれほどの大木を伐り、運ばされていたにもかかわらず、故郷に帰っていく彼らが金や食糧を殆ど持っていないことは明らかだった。

黄田部落の中国人たちと親しくしていた武は、そもそも、大樺樹屯を貫くこの軍用道路が、労工(ラオゴン)狩りとよばれる徴用を行い、中国人を動員してつくられたことを、豆腐屋の中国人から聞いていた。また、日本人は土匪も共産匪もまとめて匪賊と呼んでおそれていたが、一方で自分たち開拓民は中国人から屯賊(ドンゼイ)と呼ばれていることも知っていた。

その夜、温日木頭区長は女と年配者ばかりとなった一家の主たちを役場に集めた。珠子の母もそのひとりで、夕食もそこそこに出かけていった。

珠子は光子の面倒を見ていたが、乳を飲んで眠っていた光子は急に目をさまし、もう一度乳を欲しがってむずかった。珠子がおんぶして外へ出ると、光子は泣きやんだ。珠子はそのまま役場へ行った。眠らせるために、もう一度光子に乳をやってもらおうと思ったのだった。

「敵が攻めてきたら」

役場の扉が開け放たれており、区長の声が聞こえて、珠子ははっとした。

「女こどもは潔(いさぎよ)く自決するように。そして男は仇(かたき)を取るように」

珠子が中を覗くと、集まった女たちは泣きながら水杯(みずさかずき)を交わしていた。珠子の母も泣いていた。珠子はそっと家に戻った。歩きまわっているうちに、光子は珠子の背中で眠っていた。

しばらくして戻ってきた母親は、珠子にはなにも言わなかった。

ところが翌日、黄田警察から武装解除の命令が下ると、だれも抵抗せず、警備銃と弾薬、それぞれの家で所持していた猟銃と日本刀すべてを引き渡してしまった。珠子の母親も夫の残した猟銃を出した。珠子はそれを見て、敵が攻めてきたらどうするんだろうと心配になった。

併せて引き揚げ命令も下ったが、県公署よりの連絡は途絶えたままだった。引き揚げよと言われても、直接の行政機関のある樺甸へむかうべきか、駅のある蛟河に行くべきか、だれにもわからなかった。

どちらに行くとしてもほぼ二十五里の道程だった。区長はじめ幹部と主だった団員たちが話しあい、やはり非常時であるので本来の行政機関である県公署のある樺甸へむかうべきだろうということに決まった。樺甸県の副県長は満洲の他の行政機関と同じく日本人で、日本人官吏も多くいた。

出発にあたっては、手に持てるだけの荷物のみ、馬も荷車も置いて、全員徒歩でということになった。珠子の家では、母親ひとりが大わらわで支度を始めた。途中で食べるおむすびを作るためにごはんを炊きだしたところへ、纏足のおばあさんの中年の息子がゆで卵を持ってきてくれた。途中で食べろと言う。母は礼に鍬と鎌を持っていかせた。

「もう使うこともないろうけん」

母はつぶやいた。その言葉にもうここには戻らないことを珠子は知った。

母にうながされ、珠子は自分の持ち物をまとめた。肌着は多めに、服は着ているものともう一着、毛布一枚と防寒着一揃い。これが珠子には解せなかった。

「こんなに暑いに、毛布らあいらんことない？」

区長から話を聞いていた母親は、もうもうと湯気のたつごはんを握りながら、ふりかえりもしないで言った。

「じき冬になる。冬になったら歩けんなるけん、どこぞで冬越しせんといかんがよ」

「けんどなし内地に帰らんといかんが？」

珠子はどうしてもわからなかった。

「満人らあは逃げんがやろ。なしわたしらあは逃げんといかんが？」

「あたしらあは日本人ながやけん、日本に逃げるがよ」

「ほしたらここは日本やないが？」

珠子は、朝鮮や台湾（たいわん）と同じように、満洲も日本の一部だと思っていた。母親はうっとうしそうに言い捨てた。

「ここは満洲やもん。日本のわけないやいか」

母親は光子を背負い、ひとつしかないリュックには食糧や鍋など重いものを中心に詰め込み、前に担いだ。衣類を包んだ風呂敷を、珠子は母に背中に担がせてもらった。

「早（は）よう歩けるように両手は空けちょかんとね。早よう逃げんと襲われるけんね」

「だれに？」

「ソ連が攻めてくるけん」

ソ連が条約を破ってソ満国境を越え、攻撃してきたということは大人たちの間でしきりに憤激の種になっており、珠子は大人たちの言う通り、ソ連はずるいと思っていたが、肝心の満洲国の中国人はだれも逃げようとしていない。母の言う通り、ここが満洲で日本でないとしたら、日本とソ連の間の約束が破られたとしても、自分たちには文句が言えないんじゃないかと珠子は思った。

残していく道具や衣類の中には、茉莉が忘れていった赤い靴と白い靴下もあった。

「あの家はどうなるが？」

珠子は光子を背負う母の背中に訊ねた。

「だれの家になるが？」

しかし、集合場所に急ぐ母はこたえなかった。

温日木頭の全員が広場に集まると、区長は役場前に掲げられていた日の丸の旗を下ろした。すすり泣きがあちこちから聞こえてきた。区長も八重子の父も泣いていた。

珠子は大人の男が泣くのを初めて見た。

珠子たち日本人が温日木頭を去るとき、中国人やわずかに残っていた朝鮮人は、門の外に出て、「再見」「再見」と口々に言っては手を振って見送ってくれた。纏足のおばあさんも門のそばに立っていて、こどもたちを見ると、「再見」と言ってくれた。

八重子と珠子が「再見」と言うと、おばあさんはあいかわらずにこりともせずに、ふんと言った。

「再見」と言いながら、再びこの人たちに会うことがあるとは、だれも思っていなかった。それでも、お互いに「再見」と声を交わしあった。

川下の黄田部落の武の家には、引き揚げ命令が下ってすぐ、中国人の警察署長が訪ねてきた。蓄音機(ちくおんき)を譲ってほしいという。置いていくしかないものだから、武の父は快(こころよ)く持っていかせ、母は「お子さんたちに」と、武の弟の衣類も持たせた。レコードは日本の歌なのにいいのかと武が念を押すと、それでもいいと答え、レコードも運んでいったのが武にはおかしかった。この警察署長は日本人との会話は日本語のわかる朝鮮人にまかせきりで、片言の日本語もおぼえていなかったのだ。

すると、出発間際になって、警察署長の奥さんが竹のかごに煎餅(ジエンビン)と饅頭(マントウ)とゆで卵をいっぱい詰めて持ってきた。蓄音機の礼だから途中で食べてくれと言う。大慌てで作ったのだろう。ゆで卵からも饅頭からも、真っ白い湯気が立っていた。

お昼過ぎに、川上の部落の団員もすべて黄田部落に集まり、出発となった。生まれたばかりの赤ん坊から八十一歳の年寄りまで、総勢三百六十五人だった。十八歳未満と四十五歳以上の男しかおらず、殆どが女こどもと年寄りだった。

黄田の三分の二の人間は中国人だったので、多くの中国人が門のそばの道の両側に立って、日本人を見送った。ここではだれも「再見」とは言わなかった。珠子は、温日木頭との違いにおどろいた。黄田の中国人と朝鮮人は、黙って、ただ、立っていた。わらうでもなく、かといってにらむでもなく、ただ、日本人が去っていくのをじっと見ていた。

武は、親しくつきあっていた豆腐屋の主人の、これまで見たことのない感情のない表情にぶつかって、戸惑った。

本当にもういなくなるのか。もう戻ってはこないのか。

ほかの中国人たちと全く同じ、ただ自分たちをみつめるその顔は、部落を出ていこうとする自分たちに、そう問いかけているように思えた。

なにしろ、黄田部落だけは、もともと中国人が暮らしていた家に日本人が入居したところだったのだ。その用意をしたのは満洲拓殖公社だったので、それまでこれらの家に住んでいた中国人たちや、日本人が受け継いだ既耕地の持ち主がどこへ行ったのか、千畑村から来た日本人には知る由(よし)もなかったし、だれも知ろうともしなかった。

武は今になって、豆腐屋の主人の本当の隣人はだれだったんだろうと思った。彼は自分と会うたびに、日本人の自分では決してない、だれか別の人間を想っていたにちがいなかった。

珠子と美子と茉莉を探しまわって助けてくれた中国人や朝鮮人もいたはずだった

が、珠子にはどの人が助けてくれたのかわからなかった。
道の両側には、立派に実り、頭を垂れた稲穂が収穫を待って揺れていた。あと数日で初めての米が収穫できたはずだった。玉蜀黍も大豆もよく実っていた。茄子も西瓜も丸く熟れていた。だれもがそれを見ながら、黙って通りすぎていった。

日もだいぶ傾いたころ、山間の三叉路に来た。右は山越えして樺樹林子の町へむかう道で、小山を挟んで左は、木箕河沿いに樺甸へむかう道だった。左を選び、しばらく行ったところで、右の峠の方から、ぱんぱんと銃声が響いた。出発してから初めて耳にする銃声だった。

峠からは中国人の騎馬隊の一団が槍や銃を持って土煙を上げて駆け下ってきた。列の最後尾にいた者はそれを木々の間から見た。全員走りだした。騎馬隊はまっすぐ、開拓団がついさっき歩いてきた道を威嚇射撃をしながら走っていった。どうやら大樺樹の開拓団村にむかうらしい。ほんのわずかの差で、騎馬隊に出くわさないですんだのだった。

その夜は月が出ていたので足許が明るく、休まずに山間の道を歩きつづけた。さっきの騎馬隊の銃声が耳に残っており、だれもそれに不満を言う者はなかった。

翌朝、ある部落の前を通りかかると、中国人の住民が出てきて道の両側に立ち並び、日本人が通りすぎるのをじっと見ていた。よくよく見ると、家の裏、人垣の後ろ、草むらの中に、屈強な男たちが草刈り鎌や斧を持って潜み、こちらをじっと窺っていた。珠子にも、それらの刃がぎらぎらと光っているのが見えた。

珠子にはそれがよくわからなかった。ソ連軍が自分たちをにらむのならわかる。でもなぜ中国人が武器を持って立っているのか。

次の部落も同じだった。大人もこどもも、たくさんの中国人が立ち並んで見ている後ろに、鎌や棒の先が見えていた。

とてもこんなところではゆっくりすわって食事をとったり、赤ん坊に乳をやったりすることはできない。持ってきた食糧を歩きながら口にするのがせいぜいだった。

焼けつくような日射しの下、だれもが喉の渇きに耐えながら歩きつづけた。もらったゆで卵はもう食べていたが、出発前に珠子の母親が作ったおむすびはみな暑さで傷んでしまい、捨てるしかなかった。

武が黄田で警察署長の奥さんからもらった煎餅と饅頭はちっともくさらなかった。煎餅は粟を丹念に挽いて薄く広げて焼いたもの、饅頭は小麦で作ったふわふわのパンのようなものだった。武は珠子に煎餅と饅頭を分けてやった。八重子の祖母は焼き米を持ってきており、それも珠子は分けてもらった。焼き米を食べると、冬の間中焼き米を作っていた美子の母親を思いだした。

やがて、木箕河の流れこむ、松花江までやってきた。金を払い、中国人に舟に乗せてもらったが、木箕河にくらべて川幅ははるかに広く、増水していて川の真ん中は大きく波立っていた。

船頭は流れに逆らわず、斜めに川を横切っては、お尻から舟着き場に着いた。それは見事な櫂さばきだった。川を渡った後は急な山道になっており、さっき渡った川を見下ろし、その流れの激しさをあらためて知った。

樺甸まであと四里の中国人部落の警察署で電話を借り、区長は樺甸県公署に連絡を取った。すると、樺甸では、十五日の正午をもって、日本人による行政機能はすべて失われ、頼みにしていた副県長は捕らえられ、軟禁状態にあるとのことだった。それがわかっていれば汽車の通っている蛟河にむかったのに、と団員たちは悔やんだ。

ソ連軍がソ満国境を越え、満洲に侵攻してきた八月九日即日、関東軍は、「皇土朝鮮を保衛する如く作戦す」の命を受け、満洲を放棄して撤退していた。南方戦線の敗戦により、昭和十八年から順次、在満兵力は大半が南方に投入されており、そもそもソ連と戦うことは不可能な状態だった。

もちろん、樺甸に駐留していた頼みの綱の関東軍は影も形もなかった。すでに転進したという。

山の中でその知らせを聞いた大人たちは、みな、ああと嘆いた。

「転進ってなに？」

珠子は母親に訊いた。

「軍が後方に進むことや」

母親はうめくように言った。

「それって、逃げたいうことやないが？　関東軍がわたしらあ置いて逃げたいうこと？」

珠子の問いに母親はこたえなかった。

結局、珠子たちは樺甸に入ることが許されず、樺甸から三里ほど離れた笛陵京都開拓団村へ行くよう命じられた。

痛む足を引きずって再び歩きだしたが、なにしろこの二日間、殆ど一睡もしておらず、みな疲れきっていた。今さら急ぐ必要もないだろうと団長が言い、その夜は草の生い茂る山の中で眠ることになった。

だれもが荷物にもたれかかり、草に埋もれて、すぐに眠りについた。あちこちに萩の花が咲き、折からの満月の光に照らされて美しかった。

珠子は光子を間にして母と並んで眠った。草が鼻の穴を突き、くすぐったかったが、それを手で払うよりも先に眠りこんだ。

ところが間もなく、その山のふもとに住む中国人たちがやってきて、ここは家畜の飼料用の草だから踏み倒されては困ると言う。中国人の男たちの言葉は穏やかだが、手に手に斧や鎌を持っていた。やむなく綿のように力の入らない体を無理に引き起こし、立ちあがり、珠子たちはまた歩くしかなかった。

大樺樹屯を出て三日目の未明、峠からはるか遠くに明かりが見えた。笛陵京都開拓団の家々の明かりだった。みな手を取り合って喜んだ。


夜明け前にたどりついた笛陵では、あたたかく迎え入れてもらい、四つの部落に分かれ、日本に引き揚げるまでの間、ここで冬越しをすることになった。

珠子の家族三人は一番川下の部落に入り、もとは呉服屋だったという一家の家でお世話になることになった。主人は開拓民とは思えない、力仕事などできそうにない優男(やさおとこ)だった。

「災難どしたなあ。満人が急にいばりだしたさかい。今こそ暴支膺懲(ぼうしようちょう)ですわ。こらしめてやらんとあきまへんな。もっとも満人どすが」

礼を述べる珠子の母親に、彼は慰めとも愚痴ともつかないことをくどくどと言った。

やがて、樺甸の治安が悪くなったとのことで、満洲拓殖公社、満洲鉱山、満洲炭鉱の日本人たちも笛陵に避難してきた。食糧事情は一気に悪くなり、ごはんではなく雑炊が常食になった。

九月に入ると、笛陵開拓団部落を囲むなだらかな丘の上に、中国人が何十人も現れ、立ったままこちらを見下ろすようになった。

六日には、川上の部落が襲われて火がつけられた。その夜、逃げ惑う人の姿が火に照らされて、珠子のいる部落からも見えた。負傷者が出て、食糧や衣類の強奪もあったとのことだった。

あくる日になると、周囲の丘には何百人という中国人が集まってきた。襲撃が近いのはまちがいなかった。

もう、明日の命もわからない。こうなったら、わずかに残った食糧をみんな出して、せめておなかいっぱい食べようということになり、どの家族も火を熾し、ごはんを炊きはじめた。

珠子は母に水を汲んでくるように言われ、呉服屋の家の桶を持って、井戸へ行った。すると、朝鮮人の娘が先に水を汲んでいた。薄い緑色のきれいなチマが、風をはらんでふくらんでいた。

珠子は美子の母を思いだし、美子を思いだした。

よっちゃんは今ごろ、どこでなにをしよるがやろう。朝鮮で朝鮮人の友達ができたがやろうか。

美子が、だれよりも朝鮮人の友達を欲しがっていたことを珠子は知っていた。大樺樹開拓団村には、ちょうど、美子と同い年の朝鮮人の女の子はいなかった。

突然、わあっという喚声が聞こえた。

朝鮮人の娘は汲みきれていない桶をかかえ、駆けていった。

珠子はそれを見て水を汲むのをやめ、空の桶を持って、母のところへ走っていった。美子の一家がいなくなったとき、大人たちが、朝鮮人には日本人とは別の情報源があるらしいとささやいていた。走りだして間もなく、銃声も聞こえた。

珠子が母の元にたどり着いたとき、母はまだ炊きあがっていないごはんを、もうもうと湧く湯気とともに釜から風呂敷にあけていた。

「満人が襲うてきたと」

母は珠子に言うともなくつぶやきながら、風呂敷をくくり、リュックの上から背中にしょった。

「逃げるで」

母は言うと、光子を抱きあげ、駆けだした。唯一の出入り口である門には中国人が押し寄せているはずだった。珠子はどこへ逃げるつもりだろうと思いながら、母について走った。

城壁が崩れたところがあり、そこには鉄条網が張ってあって出入りができないようになっていたが、憲兵だったという男がその鉄条網を底の厚い軍靴で踏んで、逃げだすのを手伝ってくれた。母と光子が通り抜け、珠子がその後を通り抜けたが、珠子はしばらく先へ行ってから、ふりかえって見た。城壁の中から、なおも大勢の人たちが逃げだしてくる。元憲兵は鉄条網を踏みつづけてそのまま立っている。

おじさんはいつ逃げるがやろう。手遅れになって、満人に捕まったりせんがやろうか。

思いながらも、珠子は母の後を追って逃げた。道ではなく、背丈の倍もある、内地では見られないほどに背の高い葦原（あしはら）の中をかきわけてすすんでいった。途中に五尋（ひろ）ほどの幅の川が流れていたが、母親は迷わず川につっこんでいった。

珠子が怯(ひる)んで、川岸に立ちすくんでいると、川の真ん中で母がふりかえった。

「なにしよる。早よ来んかね。浅いがやけん」

中国人に聞こえないように抑えた声だったが、珠子にははっきり聞こえた。水は真ん中でも母親の腰までしかない。いつも遊んでいた川より浅い。それでも一足を出す勇気が出ない。自分が弱虫なのが珠子には歯がゆかった。

そのとき、母が胸に抱いていた光子がこわがって身をくねらせ、川に落ちた。珠子ははっとして、光子を助けようと川に飛びこんでいった。しかし、珠子がたどりつく前に、母親が光子を水の中から抱きあげた。

「やっぱりお姉ちゃんやねえ。光子を助けろうとしたがやね」

母親はやっと追いついてきた珠子を褒めた。三人は川をじゃぶじゃぶと渡って、むこう岸に上がった。

しばらく行くうちに日が暮れて、葦原に入りこんだが、もう自分たちがどこにいるのかわからなかった。葦原には、谷地坊主がいくつも浮かんでいる。真っ暗闇の中、それに足を取られ、何度も転びながら、必死で母の後を追った。まわりに幾人もの日本人がいるようだったが、暗くてだれだかわからなかった。

じゃぶじゃぶじゃぶじゃぶと水の中をすすむ。珠子が幾度目かに谷地坊主につまずいて転んだとき、背中をだれかに踏まれて通られた。なぜか痛くもなんともなかった。

泥水に顔をつっこみ、頭を振って起きあがったが、もう母はいなかった。水音を頼りに、まわりの人たちがむかうほうへとついていったら、ようやく湿地帯を出た。

ところが、そのとたん、ばんばんという音がした。どこからか鉄砲を撃ってきているらしい。珠子が隠れた草むらにも鉄砲の弾が飛んできた。すすきの穂がぽたりと、しゃがんでいた珠子の頭の上に落ちた。珠子はあわてて地面に伏せた。

鉄砲の音を避け、這って逃げまわっているうちに、いつの間にか丘の上まで上がっていた。ふりかえると、昼間暮らしていた家のあったところが火に包まれ、ぼんぼんと燃えていた。

丘の上には中国人はおらず、逃げてきた日本人が木々に隠れてぽつぽつと立っていた。火に照らされて、どの人の顔も赤く光っていた。夕方までいたこの丘の上の人影はみな、丘を下って、開拓団を襲ったらしい。

母がどこにいるのかわからず心細くてたまらなかったが、丘を降りていくのはこわかった。珠子は丘の上の草の中に身を潜め、一晩を過ごした。頭から泥をかぶって汚れていることにも気づかず、珠子は眠っていた。

翌朝、明るくなると、日本人を呼ぶ声が聞こえてきた。

「日本人出てこい」

「満人は引き揚げた。日本人出てこーい」

だれもがはじめのうちは、中国人が誘いだしているのかと思い、身を潜めていたが、やがて、呼んでいるのが日本人だとわかると、丘の上にいた人たちは、三々五々、下っていった。珠子も京都弁を話す家族連れの後から降りていった。

中国人は引き揚げていた。家々は焼かれ、めぼしいものは奪われていた。城壁内のあちこちに、日本人の死体があった。

珠子は初めて、殺された人の死体を見た。裸にされて、槍で突かれたのか血まみれになって、野菜畑で死んでいた。珠子たちを家に住まわせてくれていた呉服屋の主人だった。

呆然として珠子はその死体を見下ろしていた。こどもはそんなもんを見たらいかんと言う余裕のある人間はだれもいなかった。ひとりぼっちで立っている珠子を気にかける人間もいなかった。

珠子は昨夜から今までのことを思いだしていた。

なんでわたしらあは襲われたが？　なんでソ連軍やのうて、満人が襲うてくるが？

珠子は茉莉に見せてもらった絵本の絵を思いだした。遊んでいた日本人と朝鮮人と中国人。

なかよしやなかったが？　わたしらあ。

広い満洲では開拓団村の城壁の中で暮らし、昨夜は襲われて城壁の中から逃げだした。

なぜ城壁があったのか。なぜ外へ出てはいけなかったのか。

あれは、けものから身を守るためのものではなかった。

なぜ大人たちが鉄砲を持っていたのか。鉄条網を張りめぐらせ、見張りを立てていたのか。

珠子は気づいた。

ここは日本ではなかった。珠子たちは満洲の人たちから逃げていた。この土地にもともと住んでいた満洲の人たちから。

やがて、呉服屋の奥さんと母と光子が、珠子と呉服屋の主人を探してやってきて、珠子はやっと母と会うことができた。

部落の家は残らず焼き尽くされていたが、一番川下の部落ということで、笛陵の三つの部落から避難してきた日本人でごったがえしていた。

八重子たち家族は遅れてたどり着いた。福二は頭と足を殴られ、父親は頭を殴られ、腕を折られていた。母親の背中に負ぶわれていた二歳の良子は、草刈り鎌で切られて右足が血まみれだった。あんあんと良子はずっと泣いていた。

それからまた遅れて、武が父親とともに逃げてきた。一緒だったはずの母親と弟の仁の姿はなかった。武の目は真っ赤で、いばらを抜けてきたのだろう、二人とも、顔はばらがきになって血がにじんでいた。

襲撃のときの放火で、畑の作物も焼けていた。まだあたたかい黒く焼けた南瓜が、ひとり二切れずつ配られた。珠子の母親は、後生大事に背負って逃げてきたごはんの入った風呂敷を広げてみたが、ごはんは日中の暑さに腐っていた。

珠子は、焦げた南瓜を食べて初めて、自分が昨日の昼飯の雑炊以来、なにも口にしていなかったことに気づいた。珠子は、すわったきり動かない武とその父親の分を持っていった。

「武兄さん」

珠子は寄っていって、瓜の葉にのせた南瓜を差しだした。武は珠子に気づくと顔をそむけた。

「ひいちゃんはまだやろうか」

珠子は武の弟の仁のことを訊ねた。武は顔をそむけたまま、喉の奥から絞りだすように言った。

「すまん」

珠子の母親は、はっと息をのんだ。

「無事でよかったのう。お母さんとひいちゃんらは先に日本に帰ったいうが」

母親は武にそう言うと、泣きだした。八重子の母親も泣いた。珠子は、仲良しの仁は先に日本に帰れていいなあと思い、なぜ二人が泣くのかわからなかった。

武の足首からは血が出ていた。珠子はそれを武に言った。武は初めてそれに気づいたようだった。

「満人に撃たれたがじゃ。全財産取られて、上着と靴まで取られた」

武は、陸軍払い下げの編み上げ靴ではなく、先っぽに穴が開いた地下足袋(じかたび)を履いていた。上着もなく、白いシャツにズボンだけになっていた。

武の父親はよもぎを取ってきて、武の銃創(じゅうそう)にもみこんだ。武の父親も首筋に爪で引っ掻(か)いたような傷ができていて、自分でよもぎをもみこんでいた。二人とも南瓜は食べたが、他の人たちのように、自分たちの身に起こったことや、ここに来るまでに見聞きしたことを、興奮して声高にしゃべったりはせず、黙りこんでいた。

日が暮れはじめると、また襲撃があるかもしれないということで、城壁から出て、外の茂みの中で一夜を明かすことになった。夜が明けたらもう一度城壁の中に集合し、全員でここを逃げだすことが決まった。

珠子親子三人と八重子の家族は一緒によもぎ畑の中に隠れた。逃げてきた千人以上の日本人が部落の城壁の外に隠れているはずだったが、中国人の襲撃をおそれ、声ひとつたてない。風で背の高いよもぎが揺れるほかは、音もなかった。珠子と光子は、母親に寄り添って横になった。光子はすぐに眠ったようだった。珠子は眠たかったが、空腹のあまり、なかなか寝つけなかった。

そのうち、八重子の妹の良子が、草刈り鎌で切られた右足が痛むのか、小さな声でああんああんと泣き始めた。みつかっては大変と、晴彦が良子の耳もとでささやいた。

「泣かれんぞ。泣いたら満人が来るぞ」

良子には、なにかとてもこわいおばけでも来るように思えたのか、ぴたりと泣きやんだ。けれどもしばらくすると、またああんああんと泣きだした。晴彦や福二が「満人が来るぞ」と言うと、良子はその度（たび）に泣きやんだ。そばにいた珠子には、良子がいじらしくてたまらなかった。

しかしやがて、とうとうがまんができなくなったのか、いくら晴彦と福二が脅しても、良子は泣きやまなくなった。すると、そばの茂みのどこかから、男の鋭い声が飛んだ。

「すぐ黙らせせんとみつかったら皆殺しにされるで」

言葉から、千畑村出身の人間ではなかった。

「泣きやまないなら殺してしまえ」

珠子は身を竦めた。中国人より、そんなことを言う日本人の方がおそろしかった。八重子の両親は良子をどうするのだろうとどきどきした。この胸の鼓動がその男に聞きとがめられるのではないかとまでおそれた。

すると、良子のあんあん泣くかぼそい声は、ゆっくりと珠子のそばを離れて行った。八重子の母親が良子を抱き、隠れている日本人たちから離れて歩いていったらしい。

珠子はそのとき、良子が殺されないですんだことにほっとした一方で、これで自分たちが中国人にみつけられないですむことにもほっとした。そして、そう考えた自分の浅ましさにぞっとした。

おそれていた襲撃がないまま、夜が明けた。隠れていた場所からだれもが出てきて、川下の部落の国民学校に集まった。良子を抱いた母親も無事に戻ってきた。部落ごとに分かれて集まってみると、まだたどり着いていない人たちが何人もいることがわかった。だれそれさんが来てない、だれそれさんも来てないと話している最中に、区長の隣りに住んでいた夫婦が、二人とも口許を血まみれにしてたどり着いた。密林に逃げこんだが、もう逃げられないと観念して、まだ国民学校に上がっていない上の子と乳飲み子の下の子を殺し、自分たちも舌を噛んで死のうとしたが死に切れなかったと泣いた。

「ええ子にするけん殺さんとって、これからはぎっちりええ子にするけん殺さんとって、いうて泣くがやけんど、満人に殺されるよりは思うて、殺してしもうた」

その話を聞いて、珠子は、武の弟の仁もそういう目に遭ったのかとやっとわかった。こわくなり、武のそばからそっと離れた。

丘の上にはまた中国人たちが集まりはじめており、すぐに出発することになった。まだたどり着かない家族や隣人を案じて、もう少し待ってほしいと懇願(こんがん)する者が多かった。ところが、壇上に上がった退役軍人だという団長は一喝(いっかつ)した。

「小の虫のために、大の虫が全滅してもよいのか」

その一声で、出発が決まった。

たどり着けなかった人たちの中には、毎週一緒に寄宿舎に通った一夫とその家族や、襲撃のときに鉄条網を踏んで珠子を逃がしてくれた元憲兵もいた。

二十一

日本に来ていた朝鮮人たちは、日本の敗戦とともにその多くが海を渡って帰国したが、すでに朝鮮半島に帰る場所を持たない者は日本に残るしかなかった。

美子たち一家も帰れなかった。美子の父は何度か平花里(ピョンファリ)の妻の実家に手紙を出したが、音沙汰(おとさた)がなかった。解放直後から、日本統治下で親日派だった人たちの迫害が全土で始まっており、美子の伯父一家も巻きこまれたにちがいなかった。

帰国にあたっては、たったの千円の金と百五十ポンドの荷物の持ち帰りしか許されず、それだけでは戻った後の生活の目処(めど)が立たなかった。また、長年に亘る日本の支配により朝鮮は疲弊(ひへい)し、政治的な混乱が続いていた。

そこで、近い将来であるはずのいつか、帰国するときにこどもたちが困らないよう、朝鮮語を教える国語講習所が日本に残った朝鮮人によって作られた。「知恵のある者は知恵を、力のある者は力を、金のある者は金を」という合い言葉のもと各地に設立され、その数は五百を超えた。

美子は、国民学校をやめ国語講習所に通うよう、両親に言われた。美子は残念だった。教科書の「マンシウ」も「シナ」も墨を塗って消し、国民学校は美子にとって居心地のいい場所になっていた。けれども、親の意志は固かった。

「朝鮮人を作るのは朝鮮の国語、朝鮮語だ。おまえは日本の学校へ行って朝鮮語を忘れつつある。それは自分が朝鮮人であることを捨てることだ」

父は唾を飛ばしながら言った。父も母も、美子が太極旗（テグツキ）を全く知らなかったことが許せないでいた。かといって、それは美子のせいではないこともわかっていた。

「なぜ朝鮮は植民地にされたのか。朝鮮人はみんなもっと賢くならないといけない。学んだことを頭の中に入れておけば、なくさない。盗られることもない」

母も頷いた。

「女でも、字は書けないといけないよ」

自分に言い聞かせるように、母はそっと言った。

美子は早起きして弁当を持ち、毎朝ひとりで一時間以上も歩いて、国語講習所に通うようになった。しばらくすると朝鮮学校と名前がかわった。たしかに学校ではあったが、これまでの国民学校とはずいぶんな違いで、校舎は倉庫に手を加えて机と椅子を並べただけのものだった。窓にはガラスも嵌まっていなかった。生徒数も少なかったが、こどもたちはすぐに打ち解け、兄弟のように仲よくなった。なにしろここではキムチを堂々と弁当に詰めてこられた。

　美子はここで初めて「아야어여(アヤオヨ)」から朝鮮の文字を学んだ。あいうえおと似ていることにおどろいたのは、美子ばかりではなかった。多くのこどもたちがそれまで一度も朝鮮の文字を学んだことがなかった。

　授業は朝鮮語でが基本だったが、朝鮮人の先生だけでは数が足りず、先生の中には日本人もいた。日本人の先生は朝鮮語ができず、こどもたちの名前を日本語読みして憚(はばか)らず、こどもたちに嫌われた。

　けれども、谷口(たにぐち)先生という日本人の先生だけはちがっていた。赴任当初、谷口先生は朝鮮語が全くわからなかったのに、何週間かすると、こどもたちが朝鮮語で吐(つ)いた悪態を叱り、朝鮮語で板書するようになり、こどもたちをおどろかせた。

「先生だって、みんなと同じだ。知らないことはなんでも勉強しなきゃだめなんだよ」

　こどもたちは谷口先生に負けないよう、勉強するようになった。

　日本で生まれ育ち、朝鮮語が話せなかった二世のこどもたちが、朝鮮学校で学ぶうちに一世の親と朝鮮語で話せるようになっていく。親たちは喜び、なけなしの金を出しあって窓にガラスを嵌めたり、先生にお礼として密造酒や犬の肉を持ってきたりした。犬の肉はごちそうだったが、昔、犬を飼っていた谷口先生はどうしても犬の肉が食べられず、弱っていた。

「大変申し訳ないが、犬の肉だけは勘弁してほしいと先生が言っていたと伝えてくれ」

教室で美子たちにそう言った後、戦時中に飼っていた柴犬を、回覧板が回ってきて供出しなくてはいけなかった話をしてくれた。隣組の目があって、こっそり飼うことはできなかった。出征した中国では供出されたはずの犬の一匹も見ることはなく、犬の毛皮で作られたはずの防寒着を支給されることも、犬の肉を食べさせられることもなかった。

「なんのための供出だったのかと思う。みんなも金属供出をしただろう。先生の家では二階の手すりを供出したんだ。まだ国民学校の一年生だった弟は、うっかりして、今まで通りに手すりにもたれてしまった。それで二階の窓から落ちて頭を打って死んだ。あれは、ぼくと兄とで外した手すりだった。ぼくと兄が弟を死なせたんだ」

先生の目は真っ赤だった。

「人間、そんなばかげたことで死んじゃいけない。二度とそんな愚かなことをくりかえさないようにするために、勉強するんだ」

谷口先生の言葉は美子の胸に響いた。美子は雨の日に、母を避けて歩いたことを思いだしていた。

二度とあんな愚かなことをしないように。

美子は改めて自分に誓っていた。

二十二

九月九日早朝、大樺樹（だいかじゅ）開拓団と笛陵（てきりょう）開拓団、それから満洲拓殖公社と満洲鉱山と満洲炭鉱、合わせて千三百余人は、笛陵国民学校を出て、西の磐石（ばんせき）にむかって歩きはじめた。笛陵で負傷して歩けない人たちは、担架にのせて運んでいった。

中国人の警察隊の誘導のもと、樺甸の町を避けて、川に沿って上流にむかう。日本人の長い列のそばを、中国人の男たちがずっとついて歩いている。樺甸側のむこう岸にも、長槍を持ったたくさんの人たちがずっと並んで立ち、こちらをじっと窺っていた。

まだ日中は夏の日射しが照りつける。風呂敷包みを背負った珠子にはその暑さがたまらなかった。けれども休んだりすれば置いていかれてしまう。必死で光子を背負う母親の背中を追った。その夜はさびれた中国人部落に泊めてもらうことになった。珠子と光子と母親は藁(わら)の中にもぐりこんで眠った。

翌朝も早朝から歩きだし、西へむかう。途中の部落の朝鮮人学校では、真っ赤な高粱(コーリャン)の粥をもらって食べた。空腹のあまり、だれもがそれを気味がわるいと思う間もなく、一椀の粥を平らげた。あと少しで磐石県に入るというところで、ソ連軍が進駐しているとして磐石に入ることを拒否された。磐石駅から汽車で北上し吉林へむかうはずだったが、歩いて吉林へむかうしかなくなった。

北へむかって、谷間を縫って歩きつづけた。

「日本から遠ざかりよるがやない?」

遅れがちの八重子の祖母の松が言いだした。

満洲の木々は一年中同じ方向に吹く風のせいで枝が一様に南東をむいていた。それは、学校で毎朝、宮城遥拝をしていた方角、つまりは日本のある方角だった。その向きとは逆に歩いているという。

「汽車に乗らんといかんけん、吉林へ行きよるがよ」

八重子の父に説明されても、松は不満そうだった。

「ほんでも、日本が遠なりよるがやねえ」

夜はまた中国人部落に入れてもらい、珠子たちは夜露を避けるために軒下を借り、土の上に眠った。

夜が明けると、つきそってくれていた中国人の警察隊がいなくなっていた。県からの命令で引き揚げたという。しかたなく日本人だけで出発するが、はじめからついて歩いてきていた中国人のほかに、どこからか、たくさんの男たちが集まってきて、日本人の列に並んで歩きはじめた。どの男の手にも、股鍬（またぐわ）や草刈り鎌、太い棒などが握られている。訊くと、警備をしてやるんだという。

昼ごろ、列が長くなってきたので、道にすわって休むことになった。小休止の声がかかると、珠子はその場にすわりこんだ。道の両脇には、高粱畑が広がっていた。大きな高粱の穂は、赤く色づいて垂れていた。高粱を揺すって吹いてきた風も赤く思えるほどだった。珠子が風の吹いてきたほうをふりかえると、背丈よりも高く生いしげる高粱の間に、銀色にきらめく光が見えた。

それは槍の刃先だった。珠子は美子と茉莉と行った寺の像を思いだした。風雨にさらされた像は、赤や紫の房をつけた槍や山刀を持っていた。

あんなに大きい刃で切られたら、きっとまっぷたつになってしまう。

そう思ったとたん、自分よりも後ろのほうから、女の高い声が上がった。

「こどもを取られた」

その悲鳴が合図になったかのように、高粱畑に身を潜めて待ち伏せていた中国人たちが叫び声を上げ、槍や山刀を振りあげて、一斉に襲いかかってきた。

「日本鬼子（リーベングエズ）」

それが、憎しみをこめて自分たちを呼ぶ名だと知っているのは、武ばかりではなかった。警備と称していた人たちも、その声に呼応して襲いかかってきた。

珠子は、そばにいた男の人が鎌を打ちこまれ、頭から血しぶきを上げたのを見た。こわくなってしゃがみこむと、母親が珠子の腕を持って引っぱった。母に引きずられるようにして道の脇の畑に逃げこんだが、追いかけてきた男に母親の背中の光子がもぎとられた。

赤ん坊の着物に金が隠してあるとでも思ったのだろう。返してと叫ぶ母親の目の前で光子は丸裸にされ、地面に投げ捨てられた。そのとき初めて光子はわあっと泣いた。珠子は駆け寄って抱きあげた。その珠子の背中から、くくりつけていた風呂敷包みが奪われた。その勢いに、珠子は光子を抱いたまま、後ろにひっくりかえった。

しっかり抱きしめていたので光子は無事だったが、珠子の肘はすりむけて血が出た。母親はとふりかえると、母親は男たちに棒で殴られ、腰に巻いていた風呂敷包みも、前にしょっていたリュックサックも、おぶい紐にいたるまで奪われてしまった。

なにも隠していないことがわかったからか、光子の着物だけは地面に捨てられていたので珠子が拾い、手に握りしめたまま、三人は高粱畑の奥へ奥へと逃げていった。

悲鳴や叫び声から遠ざかり、やっと落ち着いてすわりこむと、母親は光子に着物を着せた。光子は後頭部に大きなたんこぶができていたが、それ以外はなんともなかった。母親のほうが頭を殴られたところが痛むらしく、しきりに押さえていた。高粱畑の中はむせかえるように暑かった。

ぱんぱんという音が後ろのほうからした。今度は鉄砲だと、思わず珠子たちは身を伏せた。

「戻ってこーい」

遠くからはっきりとした日本語で呼ぶ声が聞こえた。

「にげるなー、戻ってこーい」

高粱畑の先の谷川の水で傷を洗い、痛むところを冷やし、水を飲み、珠子の水筒に水を汲んで、珠子たち三人はおそるおそる畑を出ていった。日本人たちはもとの道に戻ってきていた。

　しょってきたリュックサックや風呂敷包みを持っている者は殆どいなかった。だれもが力づくで奪われ、全財産を失っていた。服を奪われ、褌ひとつにされた男の人も、湯文字しかまとっていない女の人もいた。

　鉄砲の音は駆けつけてきた警察隊の小銃だった。奪われるだけ奪われて、今さら駆けつけてきても遅かった。

「昨夜おらんなって、今ごろ来るらあて、警察と匪賊はぐるやったがやないか」

　ひそひそと話す大人たちの声を珠子はぼんやり聞いていた。珠子たち家族三人の持ち物は珠子が斜めに掛けた水筒ひとつきりになっていた。

　担架で運ばれてきていた重傷の人たちが、道を離れて丘をのぼっていくのを珠子は見ていた。丘のむこうにおりていくらしく、担架はすぐに見えなくなった。あそこにも水があるがやろうかと思いながら、珠子は担架が見えなくなった丘のほうを眺めていた。

　しばらくすると、担架を運んでいった人たちが、丘を下って戻ってきた。だれも担架を持っておらず、大けがをした人たちも戻ってこない。

　戻ってきた人たちは泣いていた。待っていた人たちは丘のむこうに手を合わせた。

珠子の母親も泣きながら手を合わせていた。

「あたしらの足手まといになるけんいうて、気の毒に」

笛陵での襲撃で、股鍬で腹を刺された若い母親や、頭を割られて口もきけなくなっていた黄田部落の男の子が、ここで命を絶たれたことを珠子は知った。彼は、洪水のとき、珠子が寺に行くのを見て伝えてくれた三年生だった。

出発の合図があり、珠子たちは立ちあがって、また歩きはじめた。しばらく行くと、道ばたに、日本人なのだろう、こどもが裸で死んでいた。その顔もわからないほどに蛆がわき、蠅がたかっていた。

手に鎌や棒を持った中国人の男たちは、襲撃の後もずっとついてくる。いつなにをされるかとおそろしくて仕方がない。列の後になると狙われるので、だれもが先を争い、だんだんと早足になる。年寄りやこどもを抱えた家族が遅れてついていけなくなると、小休止を取る。道にすわりこんで休むが、ついてきている中国人も一緒にすわって休むので、気味が悪い。

なにもかもを奪われて身軽にはなったが、光子を抱いて痛む頭を押さえながら歩く珠子の母親は遅れがちだった。光子はしきりに水を飲みたがったが、遅れてしまうといけないので、足を止めて水を飲ませてやることもできなかった。

その夜は、八場子開拓団村の国民学校に泊まった。八場子開拓団は逃げており、日本人はだれもいなかった。国民学校の校庭には、銃剣術訓練用の藁人形が、二本の丈夫な杭に支えられていくつも残されたままになっていた。ほんのひと月ほど前までは、これにむかって刺突訓練がくりかえされていたはずだった。珠子も学校の体育の時間に藁人形にむかって竹槍を突き刺したことがあった。まさか自分たちが槍で刺される日が来ようとは、そのときは想像もしていなかった。それも竹槍ではなく、本物の槍で。

翌日は一日、山間の道を歩いたが、大きな襲撃はなかった。途中の部落の中国人の中には、山塩の塊を紙に包んでくれたり、中になにも入っていない玉蜀黍の饅頭を恵んでくれる者もいた。

けれども、先を行く大人たちは、襲ってくるような中国人にもらったものなどおそろしくて口にはできないと、地面に投げ捨てて行った。大樺樹開拓団員の内でも、けがをしていたり、こどもを連れていたりして遅れがちの者たちは、それを拾って口にした。珠子も迷わずそれを拾い、母と母の背中の光子の口に、ちぎった饅頭を入れてやった。山塩のかけらはひとつだけしか拾えなかったので、母と光子と三人でかわるがわるしゃぶった。

笛陵を出てからというもの、雨は一滴も降っていなかった。日射しは痛いほどに照りつけ、地面はからからに乾いて、土ぼこりで前が見えないときもあった。珠子の水筒はやがて空になった。母も珠子も唇が乾いて白くめくれた。

途中の道の脇に水たまりができていた。乾ききった道の真ん中にそんな水たまりがあるのはおかしかった。おそらく馬の小便だろうと大人たちはわかっていたが、辿りついた者は先を争ってその水たまりに口をつけて飲んだ。珠子も珠子の母も飲んだ。

八重子の祖母の松は、その水たまりの水を飲んだ後、みなが歩いていく方向とは反対にむかって、ふらふらと歩きはじめた。八重子や晴彦がおどろいて引きとめようとすると、自分がむかう方角を指さして言った。

「日本はあっちで」

「ばあちゃん、汽車に乗るがやけん、そっちへは行かんがじゃ」

晴彦が言ったが、松はきかなかった。

「けんど見てんた。木はみなあっちへむいちょるじゃいか」

「ほんでもそっちには行かんがじゃ。だれっちゃあそっちには行きよらんろうが」

みなにおしとどめられ、松はその場にすわりこんだ。

八重子の父も母も手を貸して立たせようとしたが、松はもう立ちあがれず、乾いた土の上に倒れた。だれもが歩いていく方向とは反対をむいたまま。

「ばあちゃん、汽車に乗るがじゃ。汽車に乗って日本にいぬるがじゃ」

八重子の父が大声を出したが、松にはもう聞こえていないようだった。

「びっとでも日本に近づいて死にたいねえ」

松はそうつぶやくと、目を閉じた。

「なんと日本は遠いがやろう」

その言葉を最後に、松はそのまま道ばたで息を引きとった。

松の言う通り、風に吹かれ、木の枝はすべて日本へむいてなびいていた。

「この風は日本にいねれるがやろうねえ」

八重子の母は、皺（しわ）の刻（きざ）まれた額にかかった、松の髪の毛を直しながら言った。

「ばあちゃんも連れていんじゃってねえ」

笛陵から出て来た人たちはみな先に行ってしまっていた。地面に埋める時間もなく、周りの草や枝を持ってきて遺体の上にかぶせ、手を合わせただけで、道ばたに置いてくるしかなかった。もうだれも、涙ひとつ流さなかった。我が孫ではない光子の面倒までなにくれとなくよく見てくれた松が亡くなったというのに、珠子も珠子の母も手を合わせることしかできなかった。

珠子は、松の遺体から遠ざかりながら思った。

これが、罰が当たったいうことながやろうか。

松が白いごはんを前につぶやいたときのことを思いだしていた。罰が当たりそうなと、松はたしかに言った。

罰。

これが罰ながやろうか。

白いごはんをおなかいっぱい食べたことが、そんなにわるいことやったがやろうか。

その夜も別の開拓団村の国民学校に泊まった。この開拓団の日本人ももう逃げていた。大樺樹屯から逃げてきた日本人たちは、自分たちが完全に逃げ遅れていることを知った。樺甸県最奥地にいた自分たちには、全く情報が伝えられなかったのだ。中国の紅卍会の人たちが、校庭で玉蜀黍を大きな釜でゆでてくれた。

翌日からは、絶え間ない略奪が始まった。ついてきた中国人たちは、日本人の列に入りこんでは、ポケットというポケットを漁り、金目のものがないか探す。一緒に歩きながら、まるで他の者に取られる前に取らなくてはと焦っているかのように、上着のみならず、男のズボン、女のもんぺ、こどもの服など、手当たり次第に剝ぎとっていく。

略奪に加わるのは男だけではなかった。女のみならず、珠子と同じ年頃の女の子や男の子まで、寄ってきては「拿出（出せ）」「脱下（脱げ）」と言って、抵抗できない日本人の大人たちの持ち物や着物を奪う。校長先生まで女の子にズボンを脱がされていた。中国人の警察隊も見て見ぬ振りだった。

日本人の女は髷の中や赤ん坊のおむつの中に宝石を隠しているという噂が中国人の間で流れているらしく、女は髷を切られて髪の中まで探された。おぶった赤ん坊は奪われ、おむつまで外されて丸裸にされた。女の服を脱がせて局所まで探す者もいた。

珠子の母親は光子を抱いているし、八重子の父と福二はけがをしていて早く歩けないので、珠子の家族と八重子の家族は列から遅れがちだった。後列のほうが前で奪い損ねた者たちが再び狙ってくるので、どうしてもひどい略奪に遭う。わかってはいるが足は一向に捗らず、珠子たちはされるがままだった。珠子は水筒を奪われ、金目のものを隠していると思われたのだろう、中の水をまき散らされた。地面に口をつけてすする間もなく、からからに乾いた熱い土に、水は一瞬で吸いこまれた。こんなことになるくらいなら、みんな飲んでおけばよかった。珠子は悔やんだ。

八重子の父は頭に手ぬぐいを巻き、折られた腕は副え木をして布で首から吊っていたが、その中になにかを隠していると思われるらしく、布を引きほどかれ、副え木を外されて投げ捨てられ、せっかくはまっていた骨がまた外れて、痛みに悲鳴を上げていた。副え木をするたびに外されるので、やがて、折れた腕を布で吊っただけで歩くようになった。

もう千畑村出身の人間はなにも持っていなかった。身につけているものだけだった。かえってせいせいした気分だった。命以外にはもう取られるものもない。略奪もこわくなくなっていた。

珠子の母親の髪の毛の中に手をつっこんできた男に、八重子の父は日本語で言った。

「宝石持っちょるようなもんが満洲らあに来るもんか」

その言葉に、そばにいた千畑村出身の人たちはわらった。珠子の母もわらった。

「取られるばっかりながやけん、煙草(たばこ)の一本くらいくれてもよかろう」

八重子の父はわらいながら言った。中年のその男は八重子の父の言う意味がわかったのか、それともそうしたほうがいいと思ったのか、煙草を一本、八重子の父にくれた。するとと八重子の父は重ねて言った。

「それっぱあか。満人は恩知らずやのう。こればあおまえらあにやったがやけん、一箱くれたちよかろう」

するど中国人の男は、煙草を箱ごと八重子の父の手に握らせた。八重子の父は中国人の男に火も借りて、さっそく吸いはじめた。

「取るばーっかりの満人に、煙草をもろうた日本人は、わしばあじゃろうのう」

八重子の父は言いながら、うまそうに煙草を吸った。日本人の男たちは煙草の匂いに気づき、八重子の父のところに引き返してきて、一本の煙草をかわるがわる吸った。煙草をやった中国人の男はそれを見てわらっていた。

やがて、八重子の家族と珠子の家族は完全に遅れてしまい、列の最後尾の人たちの背中を見失わないように歩くので精一杯となった。それに伴って大樺樹開拓団員たちも一番後ろを歩いていた。先を行く鉱山や炭鉱の社員とその家族、また他の団の人たちは、遅れた者を気遣う余裕がなかった。

武は、殴られて腫れあがった足を引きずって歩く福二に肩を貸していた。すると、並んで歩いていた中年の中国人の男が中国語で話しかけてきた。

「あんたたちは戦争に負けてこんなにひどい目に遭わされているが、なぜかわかるか」

武がこたえられずにいると、男は言った。

「あんたたちをこんなにひどい目に遭わせるのは、私たち中国人がこれまで、日本人にひどい目に遭わせられたからだ。今、あんたたち日本人が日本に帰ってしまったら、もう私たちが日本人に会うことは二度とない。だから私たちは今、あんたたちをひどい目に遭わせるのだ」

そう言い放った男は、手になにも持っておらず、略奪に加わっていたわけではないようだった。

武はうちのめされた。一言も言い返せず、男が頷いて立ち去るのを見送ることしかできなかった。

青年学校に通っていた武は、教育勅語はもちろん、戦陣訓まで諳(そら)んじていた。未開の満洲の人たちを教え導くのが満洲開拓民の責務であり、刃向かう愚かな中国人を無敵関東軍が懲(こ)らしめてくれているのだと信じていた。暴支膺懲。無理矢理来させられたとはいえ、自分は鍬を持つ兵士のひとりだとも。

笛陵を出て六日目、あと二里ほどで吉林に着くというとき、前からソ連軍のトラックがやってきた。略奪を続けていた中国人たちは、道の両側に広がる高粱畑に四散した。ソ連兵はトラックから降りて、背の高い高粱に隠れた中国人たちに拳銃をむけた。すると、中国人たちは出てきて、奪った衣類を戻した。日本人は喜び、思わず拍手した。
ところが、ソ連兵は日本人に女性を差しだすよう命令した。当然、だれも出ていかなかったので、前のほうにいた鉱山や炭鉱の社員の奥さんたちを列から引きずりだし、泣き叫び、暴れる奥さんたちを力づくでトラックに押しこみ、連れていってしまった。

珠子たちは、松花江（しょうかこう）に架かる大きな橋を渡って、ようやく吉林市内に入った。有刺鉄線が張り巡らされた広場の中に、ソ連兵から銃の先で追いこまれるように入らされ、野宿するように命じられた。

なにも食べるものもない。中国人が饅頭や焼き芋を売りにやってきたが、だれもが一文無しで買うことができない。ふと、ひとりの中国人が食いかけの芋を鉄条網の中に投げこんできた。その芋はちょうど、珠子の頭の上を飛んでいった。珠子は芋に飛びついていったが、体の大きな大人たちに阻（はば）まれた。珠子の母親はなにも言わず、ただ珠子を抱きしめた。

大人たちは芋を奪いあった。鉄条網の外では、中国人がそれを見てわらっていた。おもしろがって、焼き芋屋から芋を買って投げこんでくる者もいた。その度に鉄条網の中の日本人は芋を奪いあった。

夜が更けるにつれて、霜が降りてきた。女こどもを内側にし、みなで打ち重なるように円形に身を寄せ合って眠った。珠子は光子とともに母の胸にしがみついていた。夜更けにはソ連兵がやってきて銃先で上の人間をどかし、女性をみつけだすと銃を突きつけて連れていった。幸い、珠子のところにはやってこなかった。

遠くから途切れ途切れに聞こえてくる、夫や両親に助けを求めて泣き叫ぶ女の声を聞きながら、珠子は眠った。

朝起きると、あたりは一面真っ白に霜が降りていた。

ソ連兵に連れ去られた女たちがトラックで帰されてきた。足の間から血を流し、夫の足許に泣き崩れる女に、ともに泣く夫もいれば、妻に死を迫る夫もいた。その朝のうちに、三人の女が松花江に身を投げた。

食べものは支給されず、日本人はソ連兵に追い立てられ、また別の橋を渡って、吉林市の中心街に入っていった。ぼろぞうきんをまとったような日本人の行列は見せ物同様だった。中国人たちは足を止め、自分たちの勝利を味わうかのようにいつまでもながめていた。中には果物の皮を投げつけてくる者もあり、こどもまでもがおもしろがって石を投げつけてきた。

その石のひとつが、母の背に負ぶわれていた光子の背中に当たった。光子は泣きだし、珠子はふりかえって石を投げた中国人の男の子を見た。けれども、その鋭い視線にぶつかるとなにも言えず、目をそらして、泣きじゃくる光子の背中をさすることしかできなかった。

吉林神社に辿りつくと、境内はすわる場所もないほどに日本人で埋めつくされていた。満洲各地では日本の敗戦と同時に取り壊された神社が多かったが、この神社はまだ残っており、日本人の収容所となっていた。ここで、笛陵開拓団や満洲鉱山や満洲炭鉱の日本人たちと別れ、大樺樹開拓団はもと日本人が住んでいた住宅街の一角に収容されることになった。

どの家も略奪に遭い、窓ガラスは一枚も残っておらず、家財道具もなくなっていた。吹きさらしで、かろうじて雨と霜がしのげるだけの家だった。高粱が支給されたが、煮炊きする鍋も釜もない。仕方がないので、五右衛門風呂で高粱を炊いて粥にし、紙や拾ってきた空き缶で掬ってすすった。珠子たちは、箸も茶碗も持っていなかったのだ。

翌日から、武たち男が配給物資の集積所に配給品を受けとりに行った。けれども、毎回、帰り道に待ち伏せしている中国人に奪われ、高粱は道路にまき散らされ、白菜や大根などの野菜は踏みにじられた。男たちはズボンの裾を紐でくくり、腰のところから高粱を入れて運び、ひとりだけでも貴重な食糧を届けられるよう、中国人に会うとばらばらに逃げた。しかし、そうやって中国人の目を盗んで持ち帰れた高粱だけでは、三百人近い大樺樹開拓団員の腹を満たすことはとてもできず、二粒三粒の高粱の浮いた汁ばかりをすする毎日となった。

ソ連兵の女性連行もやまず、女は外へ出ることもできなかった。やむをえず、ここで女はみな髪を切って丸坊主になった。髪を切る鋏（はさみ）も剃刀（かみそり）もなく、八重子の母親が奪われずに持っていた小さな花鋏でお互いに切りあったので、だれもが長さのそろわない見苦しい坊主頭になった。

「もう花を生けることらあないがやろうね」

珠子の母は八重子の母の髪を切りながらつぶやいた。それを聞いて八重子の母は泣いた。いつかこの鋏を、本来の用途である花を切るために使う日が来るとは、とても思えなかった。

吉林にいる十日あまりの間、ここまでの道行きの疲れと飢えで母親たちの乳が出なくなり、乳幼児が、それから年寄りが毎日のように死んでいった。しかし、まともな弔（とむら）いなどなにひとつできず、遺体をそのまま床下に埋めるのが精一杯だった。

九月二十六日になってようやく、吉林よりは治安がよいという撫順に汽車で南下できることになった。珠子たち大樺樹開拓団の人間は吉林市街を歩いて吉林駅にむかった。吉林の街中いたるところに中国国民党の青天白日旗が翻っていた。

「満人らあはいつの間にこんなに旗を用意しちょったがやろうね」

「日本が負けるいうことが、満人にはわかっちょったがやにゃあ」

八重子の父と母が話すのを珠子は聞いていた。これまで明治節や天長節のたびに満人部落に掲げられていた日の丸と満洲国の五色旗は、どこにも見当たらなかった。汽車は満員だった。大樺樹開拓団員たちは、屋根のない石炭運搬用貨車に立ったまますし詰めにされるか、客車に中国人と一緒に身動きできないほど詰めこまれるかのどちらかだった。

珠子たちと八重子の家族、それから武とその父親は客車だった。珠子たちが満洲に来るとき、中国人は日本人と同じ客車には乗れないものだったが、今では一緒くたに押しこまれた。背の低い珠子や八重子は、大人たちに埋もれ、息をするのも苦しかった。列車が吉林を出発して間もなく、温日木頭の区長の母親が息を引きとった。

区長が背負って歩いていたが、汽車に乗って立っているときに急に重たくなり、奥さんが見てみたら、もう息をしていなかったという。撫順に着いたらどこかに埋めようと日本人がすわる席の下に遺体を横たえたが、気づいた中国人が騒ぎはじめた。網棚に横になっていた武が聞き取って言った。

「窓から放りだせと言いよる」

日本人たちは足でおばあさんの遺体を座席の奥に押しこんで隠したが、中国人は引かなかった。

「せめて夜になるまで待ってくれ」

武が網棚の上から声をかけ、片言の中国語でかばったが、車内中の中国人が騒ぎはじめ、おさまりそうになかった。このままでは日本人は列車から降りろと言われてしまうかもしれない。

区長はおばあさんの遺体を座席の下から引きだし、着物を脱がせた。奥さんが身ぐるみ剝がれて区長のシャツ一枚を着たきりでいたからだった。一方、区長は奥さんにシャツをやっていたのでズボンだけしか穿いていなかった。おばあさんの着ていた着物は奥さんが着て、奥さんが着ていたシャツは区長が着た。そのかわりに、おばあさんの腰には手ぬぐいを巻いてしばって隠し、それから、橋を渡るときを待って、まわりの日本人に手伝ってもらい、おばあさんの遺体を窓から投げ落とした。せめて川に投げこもうとしたのだった。

けれども意外にもやせ衰えたおばあさんの体は重たく、手間取っている内に橋を通り過ぎていた。なんとか窓から落とした瞬間に、おばあさんの遺体が地面にぶつかる、大きな地響きがした。

落とすのに手を貸した日本人も、区長も奥さんもなにも言わなかった。ただお互いの顔を見ないでうつむき、それぞれの場所に戻った。

珠子も八重子も、しばらくの間、その音が耳から離れなかった。八重子の祖母の松が道ばたで亡くなったとき、埋めもできずそのまま道ばたに置いていくしかなかったが、それでもまだあのとき死んでくれてよかったと珠子は思っていた。

夜になり、八重子の妹の良子が、またあああんあんと泣き始めた。笛陵の襲撃で草刈り鎌で切られたけがが痛むらしい。晴彦がその背中に手を伸ばし、なでた。今はだれも泣きやませろと言う者はいなかった。

夜が更けて、良子は不意に泣きやんだ。眠ったのかと思った母親は、ついさっき窓から投げ落とされたおばあさんのことを思いだした。急に重くなったら、死んでいたおばあさん。不安になった母親が下ろして見てみると、やはり良子は死んでいた。

立ったままの珠子も八重子も眠れないでいたので、良子が死んだのを知った。

しばらく八重子の母親はその眠っているような死に顔をみつめていたが、なにも言わずにさっともう一度負ぶい直した。

「言わんでね」

珠子と八重子にささやくように言った。二人は一緒に頷いた。中国人に知られたら、窓から放りだされるかもしれない。晴彦と福二は父親にもたれるようにして、立ったまま眠っていた。

列車は一晩中走りつづけた。朝になっても食べるものも飲むものもなく、だれも殆ど口をきかなかった。八重子の母親は厳しい顔をして、死んだ良子を背負い続けていた。

あくる日の午後、汽車はようやく撫順へ着いた。

撫順は、戦前となにもかわっていないように見えた。大きな火力発電所のずんぐりむっくりな煙突がいくつもあり、煙をもくもくと吐きだしていた。市場もにぎやかで、日本人が多く歩いており、露店(ろてん)を出して商売をしている日本人までいた。入ることさえできなかった樺甸や磐石、日本人の家は根こそぎ略奪された吉林とは、ずいぶんな違いだった。市内に入って、川べりにすわり、一休みしていると、日本人の難民が来たということで、中国人が饅頭や煎餅(ジエンビン)やゆでた玉蜀黍を差しいれてくれた。

珠子は饅頭にかぶりついたが、光子はなにも食べようとしなかった。饅頭を噛んでどろどろにしたものを光子の口に入れてやっても、光子は力なく泣き、しきりにおっぱいを求めた。母は乳がとまり、いくら乳首をあてがっても、光子は泣くばかりだった。

そこへ、赤ちゃんをおんぶした中国人の若い女がやってきて、光子を抱き取ろうとした。母親はびっくりして光子を抱きしめたが、女はしきりになにか言って、なおも光子を奪おうとする。ちょうど中国語のわかる武がそばにおらず、珠子はどうしていいかわからなかった。

すると、女はいきなり胸元を開いて自分の乳房を出した。その丸くはちきれんばかりの乳房を見て、珠子の母親はやっとその意を解し、光子を女に渡した。

女はその場にすわりこんで、光子に自分の乳房をあてがった。光子は女の乳を音をたてて吸った。珠子の母は、手を合わせ、拝むようにして女に何度も礼を言った。

八重子の母親はここでずっと背負ってきた良子を下ろし、晴彦と福二に穴を掘らせ、埋めた。棺はもちろん、上に掛けてやるものもなく、そのあどけない顔に土がかかるのが珠子にはかわいそうでならなかった。目は閉じていたが、ああんああんと泣いた形のまま、小さな小さな唇は開いていた。その桃色の口の中に、黒い土が入った。けがをするまでは、珠子のことを、姉たちの真似をして「たまちゃん」と呼んでくれていたのに。

　手を合わせた者は口々に言った。

「どんなに痛かったろうのう」

「もう痛うのうなってよかったのう」

「ええとこに行たよ」

　故郷の千畑村では、初盆に、一ヵ月灯していた燈籠を麦藁で作った精霊舟にのせ、食べものや花をいっぱい積んで、川に流す。窓から放りださなくてはいけないならせめて川に、異国で埋めるしかないならせめて川べりに埋めてやりたいと願うのは自然だった。

「ええとこに行たよ」

　精霊舟を流すとき、みなこう言い、米を撒いて送るものだった。珠子もまねをして言った。

「良子ちゃん、ええとこに行たよ」

　ええとこは、やはり日本にあるのだろうか。それとも、ええとこは日本でも満洲でもない場所にあるのだろうか。

　そこでは、日本人と中国人はなかよく暮らしているんだろうか。

珠子は、いつか茉莉に見せてもらった絵本の絵を思いだしていた。あの日から、珠子ははるかに遠ざかっていた。

「情けない。死なせるために満洲まで連れてきたようなもんじゃ」

八重子の父親はつぶやいた。母親の松が道ばたで亡くなったときも、父親はそう言った。その父親は腕が折れたままで、手を合わせることもできないでいた。

二十三

撫順市内の収容所を何度か移動したあと、撫順南里（なんり）工業学校収容所に難民として収容されることになった。十月十六日のことで、もう雪が降りだしていた。

工業学校は赤煉瓦造りの立派な建物で、日本人が建てたものだった。ここのガラス窓は一枚も割られておらず、スチームも通っており、暖かかった。ここで、居留民会や疎開本部など撫順在留邦人の寄付により、ひとり一枚の毛布と薄い布団が配られた。服や靴のない者にはそれも支給された。大樺樹屯（だいかじゅとん）を去って二ヵ月ほど、初めて部落ごとに分かれ、家族とともにゆっくり布団で眠ることができた。

三百六十五人いた団員はこの二ヵ月足らずで百人以上が亡くなり、二百人ほどになっていた。亡くなった者の大半は学齢前の幼いこどもたちだった。ここに辿りついてからも道のりの困難さに力尽きたのか、亡くなる者が多かった。

居留民会と疎開本部から食糧の配給もあったが、それは米や高粱(コーリヤン)といった主食だけで、しかも量は足りなかった。ここに来るまでにだれもがすべてを失っており、なんとかして金銭を得なければならなかった。そこで、働ける男たちはソ連軍の使役(しえき)に出たり撫順炭鉱に就労したりした。

ここではソ連兵の暴掠(ぼうりやく)を受けることは殆どなく、子や老親の世話のない元気な女性や男の子は、煉炭(れんたん)工場や中国人の家に雇われて働いた。八重子と晴彦と福二は煉炭工場に出ることになった。武たち青年団の人間は撫順炭鉱に勤めはじめた。だれもが稼いだ日当の六割を団に入れ、それを唯一の団の収入として、足りない主食を買った。

珠子の母親は鉄兜を拾ってきて、それを鍋にして米と高粱を煮てくれた。珠子は久しぶりの白い湯気の立つ温かいごはんを喜びながらも、この鉄兜をかぶっていた人はどこへ行ったんだろうと思った。

外に出られず残る者も、草履(ぞうり)を編んでこどもに売りにいかせた。珠子の母は光子の、八重子の母はまだ腕が治らない夫と八重子の妹の明子の世話があり、残って藁草履を編んだ。珠子は同室の女たちが編んだ藁草履も集めて持って、街へ売りにいった。

電車の停留所のむこう側に広がる露店街には数えきれないほど多くの店が出ており、賑(にぎ)わっていた。食べものの匂いに満ち、どこを見ても、これまで珠子が見たことも食べたこともないものを並べて売っている。

珠子と同じ年くらいの日本人のこどもたちが、首から紐をかけて板を持ち、その上に餅菓子や飴をのせて売っていた。通りかかる中国人や日本人が同情して、こどもからはよく買ってくれる。それでも珠子は他の子たちのように大きな声は出せず、黙って露店の脇で立ちつくすばかりだった。

するとそこに、落花生(らっかせい)売りの男の子がやってきて、珠子に訊ねた。

「おまえ、開拓団か」

珠子はこくこくと頷いた。珠子よりいくらか大きいだけの男の子は、堂々としていた。

「おまえが売らんと、残ってる家族が困るずら。大きな声を出さなきゃだめずら。いいか、こう言うんだ」

男の子は珠子の手から藁草履をもぎ取って、ふりあげた。

「ぞうりはいりませんか丈夫なぞうりですよー」

前を歩いていた人たちがこちらを見た。珠子は身の縮む思いだった。

「百姓が編んだ丈夫なぞうりですよー凍った道もすべらない便利なぞうりですよー」

一人、二人と日本人らしい人たちが寄ってきた。もんぺを穿いた若い女が、男の子に訊いた。

「あなたたちえらいわねえ。まだ小さいのに。開拓団にいたの？　兄妹なの？」

「そうです。お母さんもお父さんも死んじゃったので、ぼくたちで稼がないと、ごはんが食べられないんです」

男の子はそう言ってのけた。

「この草履は、お母さんが最後に編んでくれた草履です。これを売って、ぼくたちに、おなかいっぱい食べるのよって言って」

男の子はぼうず頭をうつむけた。女も他の日本人も同情したらしく、涙ぐみながら、三円と高めに値をつけた藁草履を二足三足と買ってくれた。

「必ず日本に帰れるからね。それまでがんばるのよ」

女はそう言って、白いハンカチで目元を押さえながら、珠子の頭をなでてくれた。

女は長い髪を波打たせ、きれいに結いあげていた。上着の襟元からのぞくブラウスは真っ白で、アイロンもかけてある。腕に提げた買い物かごには、白くてふっくらした豆腐が入っていた。珠子はうっとりと女を見上げ、立ち去っていくその後ろ姿を見送った。

「あいつら、社宅のやつらだで」

男の子はその背中に吐き捨てるように言った。

「開拓団のおれらは、身ぐるみしっぱがされて着るもんも食うもんもねえ。飢えて毎日何人も死んでるのに、あいつらは毎朝、豆腐のみそ汁に米の飯を食ってやがる」

珠子はその言葉に、はっと母親の姿を思いだした。吉林でぼうず頭にしてから、のびてきてなお見苦しくなった頭髪を、梳(くしけず)る櫛(くし)のひとつもなく、虱(しらみ)まみれの服を着たきりで、藁草履を編みながら自分の帰りを待っている母親。

「あんなやつら、同情ひいて、いくらでもむしりとってやりゃいいずら」

それでも珠子は一向に大声を出せなかった。その日は殆ど、男の子に売ってもらったようなものだった。

男の子は豊(ゆたか)といった。手にした金でなにを買えばいいかも教えてくれた。豊が値切ってくれ、中国人から玉蜀黍(とうもろこし)の饅頭(マントウ)がたくさん買えた。

豊は落花生を売った金で煎餅(ジエンビン)を買った。珠子は煎餅を焼いているところを初めて見た。大きな鉄板に、お玉にほんの少しばかりの玉蜀黍粉を溶いたものをかけると、一瞬にしてばあっと広がり、鉄板いっぱいの大きな煎餅が焼きあがる。それにみそを塗り、ねぎをはさむと、くるくるっと巻いて寄越してくれる。

豊は珠子に半分くれた。珠子は一口だけ食べて、後は光子と母に持って帰ろうと思ったが、あまりにおいしくてみんな食べてしまった。豊はわらった。

「うめえずら。おれもこれが一番すきだ」

豊は工業学校収容所の隣りの永和国民学校収容所に入っていた。露店街から線路を渡って、一緒に帰った。収容所と撫順炭鉱の社宅は線路と露店街を挟んでむかいあっていた。豊は社宅を指さして言った。

「あすこがあっち側だ。あっち側のやつらは戦争に負けても関係ねえずら。ええ暮しをしてるだで」

同じ形の家がずらっと並んでいた。開拓団村でも故郷の千畑村でも見たことのない、瓦葺きの家々だった。日本人の炭鉱技術者や鉄道関係者たちは終戦後もその技術を必要とされ、中国国民党政府に厚遇されていた。

「おらほの開拓団は、関東軍が橋を爆破したせいで、おっかねえ目に遭ったずら。かあちゃんと妹が川に流されて死んだ。ソ連の空襲でおばさんが死んだけど、それでもソ連のほうがよっぽどましずら。おれらを守るって言ってたのに、無敵関東軍百万がいるんだから大丈夫だって言ってたのに、おれらをぶちゃって先に逃げやがった。同じ日本人なのに」

豊は立ちどまり、珠子の顔を正面からみつめて言った。

「いいか。負けるな。おれたちが生きるのが復讐だで。明日はもうちっと、太い声を出せよ」

豊は珠子の肩をたたくと、永和国民学校収容所に帰っていった。

煉瓦作りの門には国民学校の看板が掛けられたままになっていた。珠子は自分が学校に通っていたころを思いだしたが、その日々はあまりに遠く、夢のように思えた。また机にむかって教科書を開く日らあて来るがやろうか。

珠子が南里工業学校に戻ると、待ちわびていた同室の人たちはみな喜んだ。光子は饅頭（マントウ）を口にして、わらった。その笑い顔を忘れるほどに、光子がずっとわらっていなかったことに珠子は気づいた。同室の人たちとともに、その晩は久しぶりにおいしいものが食べられた。分けあって食べるので満腹した者はだれもいなかったが、どの顔も満足していた。

「情けないのう。わしがけがしたばっかりに」

八重子の父親はうめいた。

「ほんでもこれで日本にいねれたら、御の字じゃのう」

八重子の父親も久しぶりに笑顔を見せた。中国人から煙草をせしめるほどのお調子者だった八重子の父親は弱り、このごろはすっかり元気をなくしていた。アメーバ赤痢が流行りはじめており、八重子の父親も下痢が続いて、妻の手を借りなければ用も足せないほどに衰弱していた。しかし、医者は手が回らず、往診に来てはくれない。病院に連れていっても薬剤の不足で満足な治療は受けられず、下痢がひどくなって亡くなる人もあった。八重子の父親も、もう病院まで行くこともできない状態だった。

「日本にいんだら、あの村長め、おぼえとれよ」

八重子の父は横たわったまま、このごろ大人たちがよく口にするようになった言葉をつぶやいた。

「おまえはこどもばっかしこしらえてどうするつもりぞらあて責めたてて、わしらあをこんな目に遭わして」

「徴用も召集もないなる、国債も買わんでええ、らあて都合のええことばっかし言うてのう」

「どうせ村は補助金をうんと貰うたがやろう」

やはり体調を崩して寝ていた武の父親も頷いた。

「常会で、行かんやつは国賊じゃ言われたが、行かんでええ土地持ちは前のほうにすわって顔上げて、平気な顔しよる。後ろにすわっちょる、わしらあ貧乏人ばあが、じーっとうつむいておるしかのうてのう」

「楠部落（くすのき）はえらいぞ、ほんでもだれっちゃあ行かん言うてのう、結局クジ引いて決めた言うぞ。ほんで来た浜田（はまだ）の家は全滅や」

一夫の家のことだった。

寄宿舎へ通う長い道のり、一夫はいつも、足の遅い珠子を待ってくれた。珠子が疲れたときは負ぶってくれた。

珠子は思った。

それやにわたしは、一夫ちゃんを置き去りにしてきてしもうた。

珠子は、線路のむこうに見た瓦葺きの社宅のことや、真っ白い豆腐を買った真っ白いブラウスを着た女のことは口にしないでおいた。

二十四

戦争が終わると、横浜は進駐軍に占領された。

国民学校も接収され、進駐軍の兵舎になった。校舎が空襲で焼かれた学校もあり、生徒たちは接収されず残された学校に集中した。疎開していたこどもたちも戻ってきていた。茉莉の通いはじめた国民学校も四部授業で、一時間もかけて歩いていくのに、一時間半勉強したらもう終わりだった。慣れたと思うころにまた接収されて別の学校に行かされる。

教室も足りていなかった。日によって運動場や廊下や階段で授業を受けた。でも、茉莉は階段で勉強するのがすきだった。階段なら、背の低い茉莉にも先生がよく見える。

最初の授業は、それまで使っていた教科書を出して墨で塗ることから始まった。

「進駐軍の指示があったので、先生が今から言うところを墨で消してください」

出征した先生にかわって赴任してきた、高等女学校を出たばかりの若い女の先生は表情なくそう言うと、塗る場所を指示した。数ページにわたって塗りつぶし、なにが書いてあったのか全くわからなくなるところもあった。

校庭の隅の奉安殿は引き倒され、おじぎを忘れたら叱られる場所はなくなっていた。これまで朝に夕に唱え、歌っていた教育勅語や君が代も姿を消した。日の丸の旗も掲揚されなくなった。

黒板の上に貼られていた歴代天皇の名前を書いた表もいつの間にか剝がされていた。気づいたこどもが先生に訊ねると、先生はこどもたちから目をそらし、廊下のほうを見ながら言った。

「あれは嘘だから忘れてください。もう試験にも出ません」

忘れろと言われても、おぼえてしまったものは忘れられない。焼け跡の空き地でまりをつきながら、女の子たちはあいかわらず、「いちれつらんぱんはれつしてーにちろせんそうはじまったー」と歌っていたし、茉莉はいくつになっても、歴代天皇百二十四代の名前を空で言えた。

三年生になると新しい教科書が配られたが、新聞紙をたたんだような体裁の粗末なものだった。新しく担任になった小玉先生はやはり若い女性で、オルガンがうまかった。最初の授業で自己紹介をすると、詩を読んでくれた。

「心に太陽を持て、
あらしが吹こうが雪が降ろうが」

先生が自分のために言っていると、その瞬間に、茉莉は思った。

「くちびるに歌を持て、

ほがらかな調子で。

日々の苦労に
よし心配が絶えなくとも、
くちびるに歌を持て」

茉莉はいっぺんでこの詩をおぼえた。

小玉先生は詩のほかにも、教科書そっちのけで歌をたくさん教えてくれた。茉莉は先生に夢中になり、先生の持ち物を運んだり、黒板を掃除したりして、先生の役に立とうとつとめた。先生は茉莉にオルガンを教えてくれた。茉莉はおぼえが早く、すぐに両手でオルガンが弾(ひ)けるようになった。

ある朝、先生は教壇に立つと、言った。

「先生はね、昨日、初めて選挙に行ってきたのよ」

先生の頬は、いつにも増して赤く染まっていた。

「これまではね、女の人は選挙に行けなかったの、でも、これからはね、なんでも、みんなで話し合って決めるのよ。話し合って決める人を、選挙で選んだの。先生が選んだのよ」

先生は誇らしげに言った。

茉莉は、一緒に暮らす祖母が家に閉じこもりがちで、昨日もずっと家にいたことを思った。

おばあちゃんは、きっと選挙に行ってない。

茉莉は残念だった。

その選挙で初めて、女性代議士が日本に誕生した。

このとき選ばれた議員たちによる第九十回帝国議会において、帝国憲法改正案は圧倒的多数で可決され、日本国憲法が生まれた。

「もう二度と、戦争はしないことになったのよ」

その朝も、小玉先生は教壇に立つと、頬を紅潮させて言った。

「もう二度と」

ひとりつぶやくようにくりかえすと、くるりと黒板のほうに体を回し、こどもたちに背をむけた。その背中がぷるぷると震えていた。

茉莉も胸が熱くなった。茉莉にとって、もう二度と戦争をしないということは、もう二度と、母や父たちが焼き殺されたりしないということだった。

もう二度と。

二十五

日を追うにつれ、アメーバ赤痢の流行に加え、過労で倒れる者も出はじめ、肝心の働き手が減っていった。そこへ追い打ちをかけるように、撫順炭鉱大山坑でガス爆発が起き、大樺樹開拓団の二人が巻きこまれて亡くなった。幸い武は九死に一生を得て生還したが、顔も手も皮膚がめくれて垂れさがるほどで、すぐに炭鉱病院に入院した。

　働き手が減ると団の収入も減り、食糧事情はどんどん悪くなっていった。米が配給されることは全くなくなり、高粱ばかりになった。副食を買うような余裕もなく、高粱を煮るための枯れ枝や石炭のかけらを拾ってくるのがせいぜいだった。栄養失調もあり、毎日のようにだれかが死んでいく。

　収容所には、中国人がこどもを売ってくれと言ってはやって来ていたが、だれも売らなかった。けれども、売ってその子が生きのびられるのなら、売ったほうがいいのではないかとささやきあう親もいた。もらった金で親兄弟も食べることができる。

　朝からよく晴れた日、珠子が、光子を負ぶった母と枯れ枝を拾っていると、中国人の男がやってきて、珠子の母に声を掛けた。

「奶奶（ナイナイ）」

その言葉がおばあさんという意味だと珠子も珠子の母も知っていたので戸惑ったが、珠子の母の姿を見れば、男が四十歳そこそこの珠子の母をおばあさんと見まちがえたのも無理はなかった。栄養失調でやせおとろえた母はしわだらけになり、歯も何本か抜け落ちていた。いくらかのびてきた髪の毛は白くなり、筋肉も衰え腰を曲げて歩いていた。

珠子の母が足を止めると、男は珠子と光子を指さし、十円札の束を見せて言った。

「把她们卖给我吧（バーターメンマイゲイウオバー）」

自分たちを売るように言ったということを、珠子はすぐに察した。その中国語をおぼえてしまうほどに、このごろはあちこちで耳にすることのある言葉だった。

母親が首を振って背中をむけ、立ち去ろうとすると、男はねじり菓子を出して珠子と光子の目の前に差しだした。ねじり菓子には砂糖がまぶしてある。菓子に飢えている珠子には、それがどれだけ甘いものかわかっていた。つばがあふれるのをやっと飲み下したとき、光子が泣きだした。

「まんま、まんま」

その小さな手は、男のちらつかせるねじり菓子を求めていた。それがおいしいものであることは、まだろくに話せない光子にも十分にわかっていた。

男はわらい、珠子の目の前に、なおもねじり菓子を突きだしてきた。

「当中国人的孩子的话我给你吃点心（中国人のこどもになれば、お腹いっぱいお菓子を食べさせてあげるよ）」

中国語がわからない珠子にも、男がささやいた言葉の意味がわかった。珠子は思わずその手を払って、叫んだ。

「不要」

ねじり菓子は地面に落ちた。珠子は自分でも、自分がそんなことをしたことが信じられず、思わず立ちつくした。

謝るべきかどうか迷っていると、珠子の母は珠子の手を取って走りだした。珠子もついて駆けだしながら、ふりかえって見ると、男はねじり菓子を拾い、かじりながらこちらを見ていた。

光子はまだ泣いていた。珠子が見上げると、その光子を背負う母も泣いていた。

次に市場に草履を売りにいったとき、珠子は、あいかわらず大声を張りあげる豊の横に立ち、大きく口を開いた。

頭には、ねじり菓子を差しだされたときのことが浮かんでいた。あのとき、珠子は、菓子を差しだした男の手を払っただけではなかった。つられて差しだしそうになる、自分の手も払っていた。ひとかけらの食べ物のために売られることを望んでしまいそうになるほどに、飢えがおそろしいものであることを、あの一瞬に、珠子は知った。

大丈夫。あのときやって、太い声が出せたがやけん。

「ぞうりはいりませんかー」

珠子の声は甲高く響いた。豊はおどろいて珠子を見た。目の前の人の波も、一瞬、止まったように珠子には思えた。

「開拓団の百姓が編んだ、丈夫なぞうりですよー」

ねじり菓子を求めてのばした小さな光子の手。あの手に菓子を握らせてやりたかった。

あの後、母親はしばらく言葉が少なくなった。

ソ連軍は、満洲のすべての物資、貨幣（かへい）や食糧のみならず、あらゆる機械類、汽車の車両までも接収し、日本人の男たちを連行していた。召集を受けて従軍した珠子の父親がもし生きているとすれば、ソ連に連れていかれたにちがいなかった。

光子にうすい高粱粥を食べさせながら、母が迷っていることに珠子は気づいていた。

あのひとはもう戻んてはこんろう。

珠子には、母の声が聞こえたように思った。

この子たちを売ったほうがええがやろうか。

鉄兜の鍋に残ったわずかな粥を、いつものように母親は珠子にうながした。

「あとは珠子が食べたや」

母は決まってそう言うと、自分にばかり食べさせてくれた。草履を売って、おいしいものを手に入れて「あとはかあさんが食べたや」と、言ってあげたかった。

「雪にもすべらない、便利なぞうりですよー」

「おまえが編んだのかい」

日本人の男が訊いてきた。

「収容所にいる、かあさんが編んでくれました。赤ちゃんの妹と病気のかあさんが、わたしが売って帰るのを待ってるんです」

すらすらと出てきた言葉が自分でも信じられなかった。男は三足買ってくれた。

「おめえ、どうしたんだ」

豊は丸い目をますますまん丸くした。

「声を出せるようになったじゃんか」

珠子は中国人に買われそうになったことを話した。てっきりおどろくと思った豊はただ、頷いた。

「おめえはかあちゃんがいて、よかったずら。うちの団では孤児んなった小せえ子おはみんな大人たちに売られたで。おれは働けるから売られないですんでるだ」

珠子は言葉を失った。

「日本人はまじめでかしけえって思われてて、男の子はめた高く売れる。朝起きたら、隣りで寝てたやつがいなくなってる。ひでえ話だけど、おれだって、その金で買った米を食わせてもらってるだで」

珠子はまじまじと豊を見た。寒風の吹きすさぶ中、豊は後から後から垂れ下がってくる水っ洟を、垢じみた国民服の袖口で横になすった。

北満から逃げてきたという豊の開拓団の人たちは、収容所に辿りついたときは身ぐるみ剝がれており、大人もこどもも麻袋をかぶっただけの姿だったと大人たちが話していたのを珠子は思いだした。

「そんな顔して見えでくれ」

豊に言われ、珠子はあわてて目をそらし、うつむいた。

「ありがとう」

珠子は下をむいたままで言った。

「なにが」

「そんなながやに、わたしが売るが手伝うてくれて、ありがとう」

年上の豊にこんなことを言うのは失礼かとも思いながら、珠子は言わずにはいられなかった。

「ほんまにありがとう」

「いいよ、そんなの」

豊は赤くなって言った。

「ああ、しみる。早いとこ、売っちゃうじゃん」

二人は並んで声を張りあげた。

そこへ、中国人の男がやってきて、手真似で草履も落花生もいらないからと言い、草履の代金と同じ三円を珠子と豊にくれた。珠子と豊は顔を見合わせた。菓子で釣ってこどもを買おうとする中国人もいれば、こどもに金を恵んでくれる中国人もいる。

「加油（ジャアヨウ）（がんばれ）」

男はそうはげましてくれた。珠子も豊も「謝謝(シエシエ)」と、何度も頭を下げ、金をもらった。

男が立ち去ると、豊はつぶやいた。

「今のおじさん、とうちゃんに似てた」

お昼過ぎには二人とも品物を売りおわった。珠子はなによりも先にねじり菓子を売る店に行って、光子のためにひとつだけ菓子を買った。それからいつものように玉蜀黍の饅頭やほんの少しばかりの米を買った。

「声が出せるようになってよかったずら」

豊は並んで帰りながら珠子に言った。

「安心したで。おめえもおれもとうちゃんに会えるまで加油だ」

珠子もくりかえした。

「加油だ」

豊と珠子はわらいあった。

十一月の終わり、八重子の兄の晴彦が下痢をしはじめ、すぐに歩けなくなって、三日もたたないうちに死んだ。すでに地面は固く凍りつき、埋めることもできない。やむなく、工業学校の校庭の端に掘られた防空壕に入れておくことになった。晴彦の遺体は大人たちに運びだされ、八重子と珠子はそれを見送るばかりだったが、翌朝になって、八重子は珠子に一緒に防空壕へついてきてほしいと頼んだ。

「晴ちゃんの顔がもういっぺんばあ見たいがよ」

珠子と八重子は防空壕に行ってみた。すると、広い穴の中にはたくさんの死体が重ねられていた。一番手前に晴彦がいた。晴彦の体は一晩で凍って、かちかちになっていた。けれども珠子には、それが晴彦だとはとっさにわからなかった。晴彦が着ていた服は脱がされて、丸裸にされていたのだ。

「むごいことよ」

八重子は泣いた。

「晴ちゃん、晴ちゃん」

昨日は涙も見せなかった八重子が、晴彦の裸の胸にとりすがって泣いた。珠子は、いつも優しい晴彦がだいすきだったが、こわくてそばにも行けなかった。ただ、壕の入り口から、泣きつづける八重子の背中を見ていた。

それから一週間もたたないうちに、八重子の父親が亡くなった。長く下痢をして患(わずら)っていたので、骨と皮ばかりになっていた。八重子はもう、防空壕に行こうとは言わなかった。

十二月になって、珠子が草履を売りに露店街に出ると、豊がいなかった。売られたのかと思い、飴売りの子に訊くと、チフスで死んだらしいと言う。そのとき、珠子はまだチフスとはなにか知らなかった。ただ、豊にはもう二度と会えないということを知った。

おれたちが生きるのが復讐だで。

豊の言葉のひとつひとつを思いだした。一番生きのびたがっていたのは、豊だったはずなのに。

「そうりはいりませんかー」

珠子は声を張りあげた。

永和国民学校収容所は、満洲北部の開拓団村から、ソ連軍の空襲や中国人の略奪、そして関東軍による橋や鉄道の破壊を乗り越えて辿りついた人たちが収容されていた。虱の媒介（ばいかい）で感染する発疹チフスが流行りはじめたのは、この収容所からだった。すぐに隣りの南里工業学校収容所にもチフスはやってきた。高熱が出たと思うと、うわごとを言うようになり、翌日には冷たくなる。

毎日のように人が死んでいくので、朝になると団員が教室を回り、「何人？」と訊いては、黒板に書いておいた名前を線を引いて消し、夜のうちに死んだ遺体をアンペラでくるんで運びだしていくようになった。防空壕も死体でいっぱいになり、校庭に遺体を運び、積み重ねていくだけになった。

どの死体も、翌朝には着ていたものを剝ぎとられて丸裸にされていた。

「あわれやのう」

「立派な着物を着いちょるわけやないに、亡いなった仏さんにまで笞打たんちも」

大人たちはささやきあった。チフスで死んだ人が纏っていた服はいずれも糞便にまみれていた。珠子はそれを聞いて、死体から剝ぎとったあれほどのぼろを着ようとする人たちと死んだ人たちと、どっちがあわれだろうと思った。

そのころには、珠子の頰はやせこけ、手足は棒のように細くなり、皮膚は垂れさがり関節だけがぼこぼこと飛びだして見えるようになっていた。はじめのうちは校庭のほうを見ないようにしていた珠子だったが、だんだん感覚が麻痺してこわくなくなり、用があればそのそばを通るようにもなった。

正月を迎えてしばらくすると、収容所の機械が壊れて、スチームが止まった。室内も外と同じ、零下三十度にまで下がるようになった。高粱の配給も殼つきのままとなり、珠子と八重子は水に浸けた高粱粒を石にこすりつけては殼を剝いて、拾ってきた枯れ枝や煉炭で炊いた。暖を取るために室内で料理し、ストーブ代わりに燃やしたので、すぐに教室は煙でいぶされ、だれの顔も黒くなった。それでも室内を暖めることはとてもできず、だれも大樺樹屯出発以来一度も風呂に入っていないために、チフスは猛威を振るった。

ある夜、珠子の妹の光子もとうとう亡くなった。スチームが止まってから食欲もなくなって、ずっと下痢をしていた。珠子は眠っていたが、珠子の母親が眠っているはずの光子の顔を見て泣きだしたので、珠子は目をさまし、光子が死んだことを悟った。

かごめかごめ、できんかったね。鬼ごっこも。

珠子はそう思いながら、翌朝、団員の大人が、まだ走ることのできなかった光子の、あまりに小さな体を、ひょいと持ちあげて運んでいくのを見送った。

しばらくは積み重ねられた遺体の山の中に、光子の小さな体が見えていたが、じきに新たな遺体が運ばれてきて、どこに光子がいるのかわからなくなった。

八重子の母と妹の明子は同じ日に亡くなった。そしてその次の日に兄の福二も死んだ。八重子は親兄弟をみんな失って、孤児になった。

「おとうさんが、もうこどもを中国人に売って育ててもらうかと言いよったに、おかあさんと晴ちゃんが反対したけん、明ちゃんも福ちゃんも死んだがじゃ」

八重子は怒っていた。

「おかあさんも晴ちゃんも死んでしもうて、ばかじゃ」

武の父親も相前後して亡くなった。炭鉱事故で受けた武の傷はよくなっていたが、武もチフスにかかって死の淵にいた。父親と並んで寝ていた武は、珠子と珠子の母親の手を借りて父を看取った。穏やかに眠っているように見える父の首筋には、笛陵開拓団村での襲撃の後、逃げこんだ密林で自ら首を絞めて死なせた息子仁が、死ぬ間際につけた爪の痕が残っていた。武は熱で朦朧とする意識の中、そのときのことを思いだしていた。

足手まといになるから一足先に日本へ帰らせてくれと言いだした母親も、弟の仁も、父親ひとりが首を絞めた。武が手を貸すことを、父は強く拒んだ。いくら仁が暴れても、父親は最後までひとりで手を下した。

仁が立てた爪の痕。それは子と妻とを殺めた証だった。その痕をひとり自分の体に刻んで、父親は旅立った。追いつめられた中でのこととはいえ、犯した妻子殺し。

その罪を持っていってくれた。後に残るぼくのために。

こわい父親だった。武は幼いころ、よく叱られた。けれども、まだ学校に上がる前に熱を出したとき、父が自分を背負い、村にひとりしかいない医者のもとまで、山の中の樵夫道をずっと歩いてくれたことをおぼえていた。父の広い背中ごしに、家々の、夜なべをする人たちの灯す明かりが、ちらりちらりと見えた。

　父親が校庭に並べられて三日後、武は起きあがれるようになった。ひとときはうわごとまで言うようになっていたのに、回復した者は他にはおらず、奇跡だとだれもがおどろいた。

　すでに大樺樹屯を出発したときの人数の半数以上が亡くなっていた。団長も区長も、優しかった寮父もチフスに倒れ、五十歳以上の人間はひとりもいなくなった。若者も多くが寝込んでおり、まともに働ける人間は殆どいなくなっていた。それは、食糧不足に直結していた。

　買われるのではなく、子守りや手伝いとして雇ってもらって、そこで食べさせてもらって生きのびる子もいたが、珠子や八重子は、まだ小さくて無理だった。手っ取り早く、中国人に身を売った者もいた。別の収容所の開拓団では、団長が団員を集め、見せしめに身を売った女性を朝礼台に立たせ、「大和撫子の誇りも忘れてチャンコロに身を売るなどと」と散々に罵倒し、殴った。

　珠子には、なぜそれがいけないことなのかわからなかった。飢えて死んでいった妹と友達。それよりもいけないことなどこの世にはないように思えた。

　ある朝、珠子が目覚めると、いつも並んで寝ている八重子がいなくなっていた。珠子は豊の言葉を思いだし、八重子が売られたのかとぞっとしたが、八重子は教室の入り口近くに膝を抱えてすわっていた。訊くと、夜中に用を足しに行っている間に、寝ていた布団がなくなったという。

　スチームが止まってから布団は何枚あっても足りなかった。また、布不足の満洲では布団は高く売れた。話を聞いた珠子の母親も武も犯人探しをしようとはしなかった。

「ほしたらやえちゃん、一緒に寝ろうよ」

　珠子は言い、その夜からひとつの布団で八重子と寝た。

「やえちゃんはぬくいね」

「たまちゃんやち」

　珠子と八重子はくすくすわらいながら、抱きあって眠った。

　ある日、近くの修道院の修道女が二人、長い着物の裾を引いてやってきた。収容所に米を差しいれてくれたので、珠子と八重子はお礼に日本の歌を歌った。

　修道女は中国人と朝鮮人だったが、二人とも日本語を話した。そして八重子が孤児だと知ると、日本人を憎むのではなく、その罪を憎むのだと言い、八重子を引き取ると申しでてきた。

「この幼い子には罪はありません」

そう言って八重子の頭をなでた朝鮮人の修道女に手を引かれ、八重子は収容所を出ていった。

珠子は工業学校の門にもたれて八重子を見送った。八重子はふりかえり、ふりかえりしながら、遠ざかっていった。それは、死から遠ざかっていくのと同じことだった。

光子がいなくなって外へ出られるようになった母親は、珠子を連れ、石炭拾いに出た。撫順炭鉱の露天掘りの底まで半里も下り、落ちている石炭のかけらを拾い集め、担いで上がってくる。それは幼い珠子にはあまりに苛酷で、何度か行ったが足手まといになるだけだと母親もわかり、ひとりで行くようになった。露店で売っても、自分たちが食べる一食か二食分の食糧を買うのがやっとだったが、珠子がいる以上、住み込みで働けない母親には、ほかにできることがなかった。

二月になると、撫順市が、じきに春が来て校庭に並べた死体が溶けると言いだし、死体を運ぶためのトラックを寄越してきた。しかし、その回収作業は収容所の難民にゆだねられた。生き残った男たちは総出で、同胞の死体をトラックに積んだ。

凍りついてぴんと固くなった死体を、両端から二人がかりで摑んで運んでは、トラックに投げて積む。トラックの荷台には死体が山のように積まれ、走りだしてすぐに、荷台から道路に落ちるものもあった。

珠子の母親も珠子も、投げあげられるその死体の中に、光子の小さな体をみつけようと収容所の窓の中から目を凝らしたが、とうとう最後までわからなかった。珠子は、八重子が修道院に引き取られて見ないですんでよかったと思った。

トラックは火葬場に行ったと収容所の人間には伝えられたが、その遺骨が戻されることはなかった。また、その遺骨を求める者もいなかった。自分たちも遅かれ早かれ、同じ道をたどるのだとだれもがあきらめていた。

春が近づいていると言われても実感できないほどに、寒い日は続いていた。それは永遠とも思えるほどだった。

そんなある日、珠子は枯れ枝拾いに表に出た。もう藁草履を編んでくれたおばさんやおじさんたちも亡くなっていた。珠子の仕事は、母親が露天掘りに出かけている間に、わずかな高粱の殻を剝いて柔らかく煮ておくことだけだった。

枯れ枝もみんなが拾うので、収容所の周囲には落ちていなかった。見回すと、同じ部落から来ていたおじさんが収容所の煉瓦の壁の前に立ち、中国人らしい男と並んで、なにやら話しながら、こちらを見ていた。珠子はその男を見て、ねじり菓子を差しだしてきた男を思いだした。

背中をむけ、丘まで行こうかとそちらを見たとき、急に真っ暗になってなにも見えなくなった。

珠子はなにが起こったのかわからず、声を上げることもできなかった。ただ、手足をふりまわして暴れた。暗闇から逃れようとしたのだ。なにかの袋をかぶせられて運ばれていることはわかったが、わかった瞬間、意識がなくなった。

二十六

目をさましたとき、珠子は暗闇の中にいた。

車輪の回るようなしゃっしゃっという音が聞こえ、同じ調子でくりかえされる揺れを感じた。

「助けて」

「かあさん」

珠子は叫んで暴れた。そのとたんにものすごい痛みが襲ってきた。殴られたのか蹴(け)

られたのかわからない。暴れたり声を出すと痛いことをされると気づき、珠子はおとなしくするしかなかった。お腹や背中が痛かった。声を出さないですすり泣いた。

耳をすましても、人の話し声や街の音は聞こえない。風の音が時おり聞こえた。自分が収容所から遠ざかっていることだけがわかった。

何時間が過ぎただろう。規則的に続いていた振動が止まり、中国語で話す声が聞こえた。袋が外され、眩しくて目をつむった。もう一度目を開けてみると、目の前に大きな門があった。開拓団村の入り口の門ほどに大きいが、一度だけ行った寺のように、門は瓦で葺いてあった。

そばに真っ赤な中国服を着た中年の女がいた。珠子は自分が人力車に乗っていたことに気づいた。人力車に乗ったのは初めてだった。

女は人力車から珠子を降ろした。珠子は逃げだそうと暴れた。女は珠子の背中を蹴り、倒れた珠子を引っぱりあげると、頬を殴った。そのまま地面に倒れた珠子を引きずるようにして、女は門をくぐって中に入った。いくつもの瓦葺きの建物があり、珠子はその中の一軒に連れこまれた。

珠子が部屋から逃げだそうと扉にむかって走ると、女は後ろから珠子の髪の毛を摑んで引きもどし、また蹴った。女はなにか言っていたが、珠子にはなにもわからなかった。泣きだした珠子を女は殴った。珠子は床に倒れたまま、動けなかった。

それから珠子は、その部屋に閉じこめられた。食事は一日に何度か玉蜀黍（とうもろこし）の饅頭（マントウ）や高粱粥（コーリヤン）が与えられた。窓があったので昼と夜の区別はついた。

女が入ってくると、珠子は殴られるのがこわくて、部屋の隅にあった大きな壺の後ろにしゃがんで隠れた。その壺は珠子の背丈よりも大きかった。女はいつもきれいな旗袍（チーパオ）という体にぴったりした絹の中国服を着ており、ハイヒールを履いていたので、女が戻ってくると、そのかつかつという足音でわかった。その音がしたら、珠子はすぐに部屋の隅の壺の後ろに隠れた。

ある日、一度は部屋に入ってきた女が、ばたばたと慌ただしく出ていったときがあった。女のかつかつという足音が遠ざかって聞こえなくなってから、珠子はそっと壺の後ろから抜けだした。珠子は入り口の扉を開けてみた。すると、おどろいたことに鍵（かぎ）が掛かっていなかった。女が鍵を掛け忘れたらしい。

珠子はそっと扉を開け、外へ出た。外は凍りつきそうなほどに寒かった。見回しても、広い敷地にはだれもいないようだった。珠子は門にむかって駆けだした。

門の扉も開いていた。珠子は門をくぐりぬけた。

しかしそこには、見渡す限り、真っ白に凍りついた地面が広がっていた。はるか遠くに灰色に霞んだ稜線が見えるだけで、あとはなにもなかった。一軒の家もなかった。

　珠子はもといた部屋に引き返した。

　何度も夜になり、また昼になったが、助けは来なかった。


　珠子が幾日そこで過ごしたのかはわからない。ある日、女が珠子の体を拭いて、髪を櫛で梳き、中国服に着替えさせて外へ連れだした。門の外で人力車に乗って待っていた中年の男は、珠子を乗せると、どこかの街へ連れていった。

　撫順のようでもあり、ちがう街のようでもあった。露店が立ち並ぶ中に立たされ、中年の男が中国語で叫ぶと、たくさんの中国人が集まってきた。それぞれが珠子を指さし、口々にわめく。珠子は心細くなって泣きだした。いらいらした中年の男は珠子の頬を殴った。珠子は泣くのをやめ、袖口で涙を拭いた。

　あまりにひよわそうに見えたのか、珠子になかなか買い手はつかなかった。日が暮れはじめ、珠子はまた泣きだした。男に殴られることはわかっていたが、もう涙をとめることができなかった。

　すると夫婦らしい中国人の二人連れがやってきて、珠子に声をかけてきた。

「吃饭了吗？（ごはんは食べたか）」

中国語の殆どわからない珠子にも、その言葉は慣れた言葉だった。けれども今はただの挨拶でも「吃了（食べた）」とは言いたくなかった。だって、なにも食べていないのだ。珠子は首を振った。涙が黄色く乾いた地面に散った。

二人は中年の男にむかって、珠子を指さし、饅頭を差しだしてきた。どうやら珠子に食べさせろと言っているらしい。男は受けとり、珠子に渡した。

「謝謝」

珠子は頬に涙の筋を残したまま、夫婦に頭を下げた。夫婦の着ている服には、あちこちにつぎがあててあった。

妻のほうは涙ぐみ、指に嵌めていた金の指輪を抜いて男に差しだしてきた。夫婦と男はしばらく話しあっていたが、やがて話がついたらしく、男は珠子の手を引いて妻にその手を渡した。

珠子は戸惑って、今は自分の手をそっと握る中国人の女を見上げた。その手はひび割れて、荒れていた。

二人は珠子に、自分たちのことを「爸爸（おとうさん）」と「妈妈（おかあさん）」と呼ぶように教えた。珠子は言われるままにくりかえした。二人はにこにこして、何度も頷いた。

珠子の手を両方から繋いで歩き、一軒の食堂に入ると、小麦粉の饅頭と、白菜と肉と春雨の煮物を食べさせてくれた。白菜は漬け物のように酸(す)っぱく、珠子がこれまで食べたことのない味がしたが、香ばしい香りはかいだことがあった。満洲の中国人たちはいつもこの香りを身に纏っていた。ときどきひりひりと辛いところがあったが、食べれば食べるほど、体がほかほかと温まった。珠子は大樺樹屯(だいかじゅとん)以来初めてお腹いっぱいになるまで食べた。肉を食べたのも大樺樹屯以来だった。肉はとろけるように柔らかかった。

珠子が食べている間、二人は殆ど食べずに珠子が食べるのをじっと見ていた。まるで、目を離したら珠子がいなくなってしまうとおそれているようだった。

二人は、李文成(リーウエンチエン)と劉玉蘭(リユウユラン)といい、こどものいない三十代半ばの夫婦だった。この瀋陽(しんよう)の街で小さい店を開き、ちまきや春餅(チユンビン)を作って売っていた。二人とも日本語ができないので、珠子の名前がわからず、珠子に美珠(メイジユウ)と名前をつけた。珠子はそう呼ばれて、自分がメイジュウという名前になったことを知った。

二人は珠子に店を手伝わせた。小さい珠子が火を熾し、煮炊きができることに二人はおどろき、喜んだ。

「美美、你真是个好孩子（おまえはなんていい子だろう）」

　中国語がわからない珠子にも、いい子だとほめられたことは、二人の表情と頭をなでてくれるその手の温かさでわかった。二人がくりかえすこの言葉を、珠子は最初におぼえた。美珠よりも愛称の美美で呼ばれることが多くなった。特に玉蘭はいつも、珠子を美美と呼んだ。

　夜になると、玉蘭は珠子をオンドルに上げ、自分と文成で珠子を挟んで眠った。しかし珠子は、この家に来てしばらくたったある夜、眠った振りをして二人が寝静まるのを待ち、眠る文成をまたいでオンドルを下りた。収容所では母が自分の帰りを待っているはずだった。こんなところにいつまでもいるわけにはいかない。

　珠子は家の扉を半分だけ開け、そのすきまから外へ出、人気のない通りをさまよった。けれども、歩いても歩いても、知っている通りには出なかった。ここは収容所のある撫順の街ではないことを知った。珠子はあきらめて二人の家に戻ろうとしたが、帰り道がわからなくなってしまった。なんとか辿りついたときには寒さに凍えきっており、それから熱を出して幾晩も寝込むはめになった。

　玉蘭はつきっきりで看病してくれ、医者に診せて、金がかかるので収容所でも故郷の村でも飲ませてもらったことのない薬まで飲ませてくれた。

元気になってからも、珠子は夜中に目をさますたびに、両脇で眠る二人の顔が父親と母親の顔でないことにおどろいた。そしてそのたびに、自分の身にふりかかったこれまでのことを思いだし、母に会いたくてたまらなくなり、涙を流しながら眠りについたが、もう出ていくことはしなかった。

中国語をおぼえさせるため、二人は珠子を瀋陽の小学校に通わせた。はじめのうちはなにもわからなかったので一年生の教室に入った珠子だったが、足し算引き算の勉強が開拓団の国民学校で習ったものと同じだったため、そこから少しずつ中国語をおぼえていった。

まちがえたりわからなかったりして困るときもあったが、そのたびに珠子は、美子のことを思いだした。朝鮮から来た美子も、同じ思いをしていたにちがいなかった。美子が言いまちがえたときにわらったことを、珠子は今さらながら悔やんだ。美子はそれでも怒らなかった。くじけそうになると、珠子はそのことを思いだしては乗り越えた。

半年ほど通ううちに、珠子は養父母や友達と中国語で話せるようになった。けれども、学校の帰り道、珠子は、あの曲がり角の先には母が待っているんじゃないかと幾度も思い、曲がり角を見るたびに曲がってみていた。曲がり角の先に母がいないということを思い知るまで、幾度も幾度も。

ある日のこと、珠子が学校から帰ると、玉蘭と文成がピンク色の生地に白い水玉模様のある旗袍を用意して待っていてくれた。

「美美、今日はあなたの誕生日だよ」

「おまえがうちに来てから一年になるんだよ」

玉蘭と文成は言った。珠子は自分の誕生日をおぼえていなかったが、養父母は露店街で珠子を買った日をおぼえており、それを珠子の誕生日として、それからも毎年祝ってくれた。

玉蘭は珠子に旗袍を着せると、写真屋を呼び、家の前で三人並んで写真を撮ってもらった。それから、饅頭ひとつとゆで卵ひとつを皿にのせ、珠子に食べさせた。

「妈妈も食べて」

珠子は言ったが、玉蘭は首を振った。いつもは玉蜀黍の饅頭を食べていたので、小麦粉で作った饅頭は貴重なごちそうだった。鶏も飼っていたが、卵は大事な売りものなので、口にすることはなかった。

「爸爸も食べようよ」

「いい、いい、美珠が食べなさい」

二人はうれしそうに珠子が食べるのを見ていた。三人で写った写真ができあがると、その写真をオンドルの上の壁に飾った。

それから毎年、珠子は、この家に買われてきた日には、饅頭ひとつとゆで卵ひとつで誕生日を祝ってもらった。

珠子が珠子だったときの記憶の上には、玉蘭と文成の笑顔が重ねられ、それはいくつもいくつも重なって、もとの記憶は消されていった。その自覚もないまま、珠子は、毎日を養父母と暮らすのに必要な中国語と引きかえに、日本語を忘れ、新しい名前と引きかえに、自分の名前も忘れた。そして、玉蘭と文成の笑顔と引きかえに、両親の笑顔を忘れた。

珠子は養父母に迷惑をかけないよう、「あの子は日本鬼子（リーベングエズ）だから」と言われないように、必死で勉強した。中国語に不自由しなくなると、いつも学年で上位の成績を取るようになった。開拓団村で勉強が嫌いだったことは、もうすっかり忘れていた。学校に行ったことがなく、簡単な計算はできるが読み書きはできない玉蘭はとても喜んで、珠子がよい成績を取ってくるたびに、言った。

「美美、あなたはわたしたちの宝物」

中国語で「珠」とは、宝物という意味だった。珠子は学校でそのことを学び、自分に対する養父母の愛情を知った。

珠子が眠るときにも、玉蘭はそう言って珠子を抱きしめた。そして、オンドルの上で、珠子は毎晩、玉蘭と文成に挟まれて眠った。やがて、真夜中に目をさましても、両親の顔がちがうことにおどろくこともなくなった。

二十七

横浜では、空襲で焼け野原になったところを進駐軍のブルドーザーがならしていき、だだっ広い道が敷かれ、かまぼこ形の兵舎が続々と建てられ、伊勢佐木町と日(ひ)ノ出町(でちょう)の間には飛行場までつくられた。

「アメリカは、自分たちが使うところを先に空襲で焼いておいたんだって」

同じクラスの男の子が、茉莉に訳知り顔で言った。親から聞いた話だという。そんな噂を真に受けずにはいられないほど、進駐軍の手回しはよかった。

反町(たんまち)駅の前にも兵舎がずらっと建てられた。茉莉たちが学校の帰り道に通りかかると、進駐軍兵士が三人ばかり出てきて、手招きをした。

「ヘーイ、カモーン」

茉莉たちは顔を見合わせた。そばにいた男の子が寄っていくと、「ノー」と言って、押し戻す。そして、茉莉たち女の子にわらいかけて、また手招きした。

「鬼畜米英が呼んでる」

「どうする？」

茉莉の友達は戸惑って顔を見合わせた。

「ギブミーチョコレート」

思い切って、茉莉は叫んだ。進駐軍兵士にそう言えばチョコレートをくれるという噂が立っていた。

配給は遅配と欠配が続き、だれもがいつもおなかをすかせていた。特に祖母と二人暮らしの茉莉の家は、闇で買うような才覚もなく、なんとか食いつないでいる状態で、さすがの茉莉も菓子をねだることすらできなかった。

友達はおどろいて茉莉を見た。茉莉は道を隔てたまま、兵士たちにむかってもう一度大きな声で言った。

「ギブミーチョコレート」

兵士たちはわらって頷くと、ひとりが道を渡り、茉莉のそばに来た。

友達は一番背の低い茉莉の後ろにかくれたが、茉莉は背すじをしゃんとのばしたままでいた。兵士は茉莉の前に立ちどまった。茉莉には兵士が山のように大きく見えた。

兵士はにやっとわらうと、手品のように、軍服のポケットのひとつから黒い紙につつまれたチョコレートを取りだし、茉莉の前に差しだした。

「サンキュー」

茉莉が言うと兵士はまたわらった。兵士が立ち去ると、女の子も男の子も茉莉が受けとったチョコレートに群がった。

「鬼畜米英がくれた」

「まりちゃんすごい」

見たことがないほど大きなチョコレートで、みんなで分けて食べながら帰った。

白楽の祖母は帰ってきた茉莉の顔を見て言った。

「なにを食べてきたの？」

茉莉の歯も唇もチョコレート色に染まっていた。

「鬼畜米英がくれたチョコレート。鬼畜米英の服ってね、ポケットがいっぱいあったのよ。そこから大きなチョコレートを出してね、まりにくれたの」

「洗っていらっしゃい」

祖母はそれ以上なにも言わなかったが、手と口を洗って戻ってきた茉莉は、祖母が手を合わせる仏壇に両親と弟の位牌を見て、空襲で殺された家族にすまないような気持になった。

それでも、甘いものの誘惑は強かった。茉莉は帰り道に兵舎の前を通るのが楽しみになった。進駐軍兵士はみな若く、体が大きくて、いつもわらっていた。

「ハロー」

「ヘーイ、カモーン」

茉莉たち女の子が通りかかると、呼びかけてくる。

茉莉たちは進駐軍兵士をハローと呼ぶようになった。

「ハローのとこ行こうよ」

学校の帰り道、だれからともなく言いだして、茉莉たちは兵舎に遊びにいくようになった。

兵舎の入り口にはゲートがあり銃を持ったMPがいたが、兵士と一緒だと通してくれた。男の子も一緒に入ろうとすると、「ボーイ、ノー」と、決まって遮られた。

兵舎ではラジオをかけてくれて、トランプや花札で遊んでくれた。コカ・コーラを飲ませてもらったときには、からくて、みんなペーペー吐いてしまったが、兵士たちはわらっていた。茉莉は、決まってもらえる菓子や甘いジュースよりも、ラジオから流れてくる、聞いたことのない歌に惹かれた。何度も通ううちに、流行していた「You Are My Sunshine」をおぼえてしまった。

兵士たちは国で自分の帰りを待っている人たちの写真を見せてくれた。恋人らしいきれいな金髪の若い女性もいれば、両親らしい年配の夫婦もいた。写真の中の人たちはみんな茉莉を見てわらっていた。けれども、それを大切そうに胸のポケットにしまう兵士たちは、だれもわらってはいなかった。

ある日、茉莉は、仲よくなった年嵩の兵士に写真を見せてもらった後、今にも泣きだしそうな兵士を励まそうとして、「You Are My Sunshine」を歌ってみた。すると兵士は喜び、ほかの兵舎からも兵士が集まってきて、大騒ぎになった。

もう一回、もう一回と、茉莉は十回も歌わされた。ひとりの兵士が自分のかぶっていた軍帽を茉莉の頭にのせてくれた。茉莉が小さくて後ろの兵士には見えないので、しまいには兵士のひとりが茉莉を肩車し、その上で歌った。涙ぐんで聞く兵士もいた。

年嵩の兵士が見せてくれた写真には、茉莉と同じくらいの年の女の子が写っていた。頭にはリボンを結び、着ているブラウスの袖は丸く膨らんでいた。

茉莉は自分もそんな格好をしていたころのことを思いだした。

おばあちゃまとおじいちゃま、おかあちゃまとおとうちゃま、そしてゆきちゃん、みんなの上に焼夷弾を雨のように落として殺した人たち。

茉莉は頭ではわかっていたが、茉莉の歌に涙し、茉莉を抱きしめ、頭をなでる兵士たちを前に、憎む気持を持つことができなかった。

鬼畜米英じゃない。ハローのおじさんたち。

茉莉には憎めなかった。

二十八

美子が朝鮮学校に通う道には土手があり、そこで毎朝同じ時間に国民学校の男の子たちとすれちがった。やがて男の子たちは堤防で美子を待ち伏せするようになった。

はじめは土手を歩く美子に草をむしって投げ、「朝鮮の山奥で静かに聞こえる豚の声」「ぶうぶう」と歌ってからかうくらいだったが、ある日、年上の子まで交じって、無視するなと言ってきた。

美子はその前を黙って通り過ぎた。

「ちょっと待てよ」

一番大きい男の子が美子の腕を摑もうとした。美子は思わず、かばんでその男の子をたたいた。その弾(はず)みで弁当箱が落ち、中身が地面に散らばった。いつものように麦飯にキムチの弁当だった。

「くさいくさい」

美子は弁当箱を拾いあげ、そう叫んだ男の子をにらみつけた。

もう美子は背中を丸めることはしなかった。背筋をのばしたまま、土手を歩いていった。

「朝鮮学校、ぼろ学校、ぼろ学校の先生は、いろはのいの字も書けないで、黒板たたいて泣いている」

後ろでいくら歌われても、美子はふりかえらなかった。だいたいぼろ学校はその通りだったし、朝鮮人の先生の中には日本のひらがなが書けない人もいた。

弁当の時間になると、美子は外へ出て時間をつぶそうとしたが、察した同級生たちは弁当を分けてくれた。その日はかえって美子が一番たくさん食べられたくらいだった。

その上、隣りの席の金朋寿(キムブンス)という男の子は、美子を家まで送ってくれた。朝鮮学校は国民学校ほど多くはなく、生徒たちはみな遠くから通ってきていた。朋寿の家は美子の家の反対側にあったので、その日は家まで帰るのに二時間以上もかかったはずだった。帰り道に日本人の男の子に会うことはなかったが、美子にはその気持がうれしかった。

翌朝、美子が土手を通ると、やっぱり日本人の男の子たちが待ち伏せしており、土手の下から美子の足許に小石をぱらぱらと投げてきた。

美子は立ち止まり、男の子たちをにらみつけた。男の子たちは一斉に手をたたき、笑い声をあげた。

「ぼろ学校のぼろ生徒ー」

そのとき、土手の反対側から金朋寿が駆けあがってきた。そして日本人の男の子たちに飛びかかり、自分よりも大きな男の子たちを殴った。一番大きい男の子が鼻血を出して泣きだすと、他の三人の男の子たちも怯えて、逃げていった。

朋寿は朝鮮学校の先生の息子で、教室ではおとなしい子だが、日本語も朝鮮語もよくできた。美子は日本語は得意だったが、朝鮮語は朋寿に教わることもあった。けんかをするような子ではなかったので、美子はびっくりして立ちすくんでしまった。

朋寿は走り去る男の子たちを見送ると、右手に握っていた石を川に投げこんだ。石には男の子の血がついていたのを美子は見逃さなかった。

美子はこわいと思った。

石を握って殴った朋寿を。そして、そうしてもらってせいせいしたと思っている自分も。

朋寿は美子を見ずに、かばんを拾って歩きだした。美子はその後を追った。

二人は土手を並んで歩きながら、朋寿は前だけをにらむようにみつめ、美子は川を見下ろしていた。

川面(かわも)の真ん中で、何匹もの魚がはねていた。白い体が日の光を浴びてきらめいた。

美子は満洲の冬、凍った川で拾った魚たちを思いだした。身をくねらせたままで凍った魚たちと同じ形をして、今、川面で魚たちがはねていた。

「なんて魚かなあ」

美子は足を止めて、つぶやいていた。朋寿も川に目をやり、言った。

「チャムスンオ」

「チャムスン?」

「ぼらだよ」

「ぼら?」

朋寿は頷いてから言った。

「よく思うんだ。ぼらって朝鮮にも日本にもいるんだけど、朝鮮のぼらと日本のぼらってちがうのかなって。朝鮮のぼらと日本のぼらが海で会ったら、何語で話をするのかなって」

美子はおもしろがってわらいかけたが、朋寿はわらっていなかった。

「ぼくは川で泳ぐのがすきなんだ。川で泳いでいるときはみんな裸だから、ぼくがこんなぼろぼろの服を着てるっていうことはだれにもわからない」

美子も朋寿も、もともとは白いシャツを着ていたが、あちこちすりきれて穴が開き、茶色くなっていた。まともな石鹸（せっけん）もなく灰で洗うので、白いものも黒ずんでしまうのだ。

「こんな格好してたら、ぼくが朝鮮人だってすぐにわかってしまうけど、川で泳いでいる間は朝鮮人も日本人もない。だからぼくは川で泳ぐのがすきなんだ」

美子は頷いた。

「ありがとう。来てくれて」

「明日も来るよ」

朋寿は言った。

それから、日本人の男の子たちが待ち伏せをすることはなくなった。それでも朋寿は毎朝、土手まで美子を迎えにきた。満洲で珠子や晴彦たちと寄宿舎に通っていたときのように並んで歩くことはなく、お互いに少し離れて歩いた。朋寿が前を、美子がその後を。

美子はそれがいやではなかった。

けれども、そんな日々は長くは続かなかった。

アメリカとソ連の冷戦のもと、南北に分断されたままの朝鮮半島では南と北の対立が深まっていた。同じ半島に暮らす朝鮮人同士でありながら政治的に相容(あいい)れないとされたが、大多数の朝鮮人にはその違いすらもよくわかってはいなかった。

南部の各地で共産主義者への弾圧が始まり、多くの人が捕らえられた。読み書きができるとか北部出身だとかいうだけの理由で北のスパイだとされた。済州島(チェジュとう)で起きた四・三事件では、なんの根拠もなく、無差別に島民が殺された。

せっかく日本から帰った朝鮮人たちも、かつて日本にいたというだけで命を狙われかねない状況に、密航してでも日本に逃げて戻ってくるようになった。

美子の両親は密航してきた同胞を家にかくまった。中には、解放前に日本の工場で女子挺身隊として働いていた女性もいた。せっかく朝鮮に戻って嫁(とつ)いだのに、戦時中に日本で働いていたために婚家で従軍慰安婦だったのだろうと疑われ、離縁されて行くあてを失った人だった。

関東大震災後の朝鮮人虐殺を便壺に隠れて生きのびたおじさんも、四・三事件で追われ、娘一家と戻ってきた。今度は近所の人たちとみんなで山へ逃げて助かったが、兵士に赤ん坊の泣き声を聞きつけられることをおそれ、途中の谷に赤ん坊を投げ落とした親もいたという。

平花里（ピョンファリ）から逃げてきた若者もかくまった。彼からは故郷のその後の様子が知らされた。結局、連絡が途絶えたままの美子の伯父一家は、解放後すぐに日本に協力した親日派として伯父とその長男が殺され、家も土地も奪われて、残りの家族も村を出ていったという。美子の母親は嘆き悲しみ、祭祀（チェサ）のたびに伯父一家の冥福（めいふく）も祈るようになった。

やがて、李承晩（イスンマン）を大統領とする大韓民国と、金日成（キムイルソン）を首相とする朝鮮民主主義人民共和国が相次いでうちたてられ、朝鮮半島は二つの国家に分断されてしまった。美子たち一家の故郷平花里は共和国に含まれることになった。

アメリカの軍事占領下にあった日本では、共産主義教育の温床（おんしょう）だとして、警察と進駐軍により全国の朝鮮学校が強制接収された。朝鮮人は日本人の学校に行くか、就学を拒否するかしかなくなった。

美子の両親はかんかんに怒っていたが、どうしようもなかった。美子ははじめに通っていた学校に戻った。いつのまにか、国民学校が小学校と名前をかえていた。

朋寿はどうしたのか。朝鮮学校は閉鎖(へいさ)され、それきり会うこともなくなった。

二十九

友達とかくれんぼをして遊ぶとき、茉莉は決まって一番にみつけられ、すぐに鬼になった。いつもそのへんにいる猫や犬を抱いて隠れるからだった。猫や犬の鳴き声で、どこに隠れているかすぐにわかってしまう。

「まりちゃん、猫逃がしてよ。すぐみつかるからつまんないよ」

友達にいくら言われても、茉莉は猫を抱いたまま隠れた。

「まりちゃんは猫がすきねえ」

そのうちに友達のほうがあきれて、そう言うようになった。

「どうやったらそんなに猫が寄ってくるの?」

「目をね、合わせるでしょ。それでぱちぱちってやるの。そうしたら、猫もぱちぱちってやるの。そうしたら、もう仲よくなれるの」

茉莉が教えた通りにやっても、友達のそばには猫は寄っていかなかった。

「まりちゃんみたいに仲よくなれないよ」

「まりちゃんは猫がすきねえ」

茉莉が猫を抱いて隠れるのは猫がすきだからというだけではなかった。茉莉はこわかったのだ。

焼け跡で猫を抱いていたとき、だれも自分をみつけてくれなかった。もう二度と、みつけてもらえないこわさを味わいたくなかった。

かくれんぼしようとだれかが言うたび、茉莉は猫や犬を探した。茉莉がその大きな目をぱちぱちして見せると、猫も犬も、そばに寄ってきてくれた。どうしてもいないときは、歌を歌った。

心に太陽を持て。

くちびるに歌を持て。

茉莉は小玉先生が読んでくれた詩を忘れなかった。たとえ心に太陽を持ちつづけることはできなくても、歌うことだけは忘れなかった。

小さい声で進駐軍兵舎でおぼえた「You Are My Sunshine」や、「Buttons and

Bows」を歌った。意味はよくわからなかったが歌うと楽しい気持になれた。そしてすぐに鬼がみつけてくれた。

戦後の食糧不足はいつまでも続いた。敗戦によりすべての植民地を失った上に、外地にいた兵士や民間人の引き揚げは終戦翌年にかけて五百万人を超えていた。

配給の遅配はひと月になることもあり、戦時中以上に食糧は不足していた。一握りの土があればなにかしら野菜を育てた。歩道さえ耕されて畑になっていた。だれもが食べることに汲々としていた。

そんなある日、茉莉の祖母が畑から大根を盗んだと隣組のおじさんがどなりこんできた。おじさんは家の中にずかずかと入ってくると、流しもとに置いてあった砂のついた大根を、玄関から投げだした。茉莉の目にもはっきりわかるほどに、葉っぱは黄色くなり、ひからびた大根だった。

「捨ててあると思ったんです」

祖母はおじさんの後ろから幾度も頭を下げた。

「この泥棒め。年寄りだからって許してもらえると思うな」

茉莉がこの家に来たころ、娘家族を空襲で失ってぼうっとしがちになっていた祖母は、茉莉と暮らすうちにその面倒を見ることが生き甲斐となって、見ちがえるようにしっかりしてきていた。それでも高齢のため働きに出ることもできず、農家に頼んで食糧と替えてもらえるような着物も財産もなく、綱渡りのような毎日を送っていた。けれどもその苦労を口には出さず気丈に振る舞っていたことを、茉莉はこのときようやく知った。

祖母の盗みは親戚に知らされ、ずっと会っていなかった茉莉の伯父や叔母たちがやってきた。三春台の家が焼かれる前、お土産(みやげ)を持ってよく遊びにきていた、東京に住む伯父もいた。

「おじさま」

茉莉は喜んで駆け寄ったが、母の兄である伯父は茉莉から目をそらした。

大人たちは一晩中話し合い、翌朝になると伯父ひとりが残って、あとの大人たちは帰っていった。そして、伯父からは思いもかけないことを告げられた。

「茉莉は新しくできた養護施設に行くことになったよ」

茉莉は耳を疑った。

「施設ならお腹いっぱい食べさせてもらえる。同じ年頃の友達もいっぱいできるよ。学校にもそこから通うんだ」

「おばあちゃんは？」

祖母はうつむいて、畳のけばをむしりつづけていた。茉莉が同じことをしたら叱る祖母が。

「おばあちゃんはうちに来てもらうことにした。もう年だからね」

「わたしはまだ大丈夫だよ」

祖母は初めて顔を上げて言った。けれどもその言葉が終わらないうちに、伯父ははねつけた。

「なにを言ってるんです。おかあさんを引き取るかわりに、警察の厄介にならないですませてもらったんですよ」

「それなら茉莉も一緒に引き取ってくれよ。茉莉がかわいそうだよ。まだ十にしかならないのに」

「うちが公職追放されて大変なのはご存じでしょう。田畑があるわけでもないうちのどこに、よその子を引き取る余裕があるとお思いですか」

よその子。

姪なのに。おじさまはいつも、三春台のうちに絵本やハンカチをお土産に遊びにきてくれていたのに。

茉莉はそのお土産を受けとって喜んだ、遠い昔の自分を悔やんだ。もらったお土産をみんなまとめて伯父に突き返したかった。けれども、あのお土産もみんな、大空襲の夜に焼かれてしまった。

「わたし、施設に行きます」

茉莉は伯父の目を見据え、はっきりと言った。伯父は目をそらし、そそくさと立ちあがった。

「それなら早いほうがいい。今度迎えにくるまでに準備しておきなさい。おかあさんも、いいですね」

伯父が帰っていくと、茉莉は、うなだれてうつむく祖母に言った。

「わたし、おじさまのために施設に行くんじゃないからね。おばあちゃんのために行くんだからね。おばあちゃんは元気でいてね。わたし、大人になったら、おばあちゃんを必ず迎えにいくからね」

自分のために泥棒をしてくれた人。

茉莉はもうひとりのことも思いだしていた。その兄は必ず自分を迎えにくると言ってくれた。でも、茉莉はもう、その言葉を信じてはいなかった。人はだれも自分のことで精一杯。自分のことは自分でなんとかするしかない。

茉莉は、祖母と離れて、施設に入った。

そこはひどいところだった。

施設の先生は空襲で焼けだされたり、外地から引き揚げてきて家のない人ばかりだったが、自分たちだけは白いごはんを食べ、こどもたちには麦飯を食べさせた。気に入らないことがあると、口で言う前に殴ったり蹴ったりする。こどもたちは施設から小遣いをもらっていたが、それにも手をつけた。飴玉を買えばなくなるくらいのわずかな金だったが、茉莉たちの手には入らなかった。

茉莉は、どうしても焼き魚とじゃがいもが食べられなかった。こんがり焼けた魚は、空襲で焼かれて死んだ人たちを思いださせたし、じゃがいもも焼け跡での記憶に結びついていた。残すと先生はぜいたくだと言って、何時間も茉莉を廊下に正座させた。

空襲で家族を失った戦災孤児が多い施設だった。たとえ親戚があっても、たらい回しにされた挙げ句に入所してきており、捨てられたも同然の身の上のこどもたちだった。そんなこどもになにをしようが責められることはまずなかった。こどもたちも自分たちは身寄りがないからこんな目に遭うのだとわかっていた。

それでもこども同士は仲がよかった。茉莉が親しくなったのは春野夕子（はるのゆうこ）という同い年の女の子だった。すらりと背が高く、切れ長のきれいな目をしていた。茉莉は初めて夕子を見たとき、美子を思いだした。夕子は、茉莉が食べられないものを先生にみつからないように食べてくれた。先生にいじめられると、お互いに慰めあって眠った。

夕子は戦災孤児ではなく、生後間もなく捨てられた孤児だった。ずっと施設を転々としながら育ってきたと言う。

「ここなんか、まだいいほうよ。ごはんを食べさせてもらえるし、そんなにぶたれないし」

これでぶたれないほうなら、いったいどれだけぶたれてきたんだろうと茉莉は夕子が気の毒でならなかった。春野夕子という名前は、春の夕暮れに拾われたからという。

夕子は茉莉のこれまでのことを聞いたとき、言った。

「まりちゃんはいいね。おかあさんが空襲で死んで」

夕子は言った。茉莉は耳を疑ったが、夕子はその後に続けた。

「わたしはいないのよ。おかあさん。最初から」

そのとき、茉莉は一生、夕子と仲よくしようと思った。

戦災孤児と一口で言っても、茉莉のようにけがひとつせずに生きのびている子もいる一方で、手や足を失った子や、顔や体に大やけどをした子、心を病んで、一日中、足を投げだして廊下にすわり、もたれた壁に頭をぶつけつづける子もいた。

決まっておねしょをするのは、空襲で倒れた家の下敷き(したじき)になり、足を悪くした幸子(さちこ)だった。先生たちは、自分では立ちあがれない幸子を裸にして石の洗い場に転がし、バケツで水をかけて罵(ののし)った。

タオルは使わせてもらえなかったので、茉莉と夕子は幸子の濡れた体を毛布で拭き、ベッドへ運んだ。

「さっちゃん、大丈夫？」

「うん」

幸子は頷くと目を閉じ、二人が枕元で見ているうちに眠ってしまった。幸子はまだ七歳だった。父親も母親も弟妹たちもみんな、空襲で焼け死んだという。なにをされても泣かないので、余計に先生の苛立(いらだ)ちを買うようだった。

茉莉の毛布は幸子を拭いて濡れてしまったので、夕子の毛布にくるまって二人で眠った。

茉莉は悔しかった。家族を失ったというだけでなぜこんなに小さい子がこんな目に遭わなくてはいけないのか。焼け跡にいた自分と幸子を重ねていた。

それでも茉莉は黙っていた。先生に小突かれたり罵られたりしても、顔を上げていた。

新しく施設に入ってきたこどもたちからは、駅の地下道で寝ているところを捕まってトラックの荷台に乗せられ山に捨てられた話や、鉄格子の嵌まる、まるで動物園の檻（おり）のような収容所に、脱走しないよう裸にされて押しこめられた話を聞いた。集団疎開から戻ってみたら、空襲で家も家族も焼かれてしまっており、やむなくたばこの吸い殻を拾って売ったり、靴磨きをしたりして路上で暮らしていた孤児たちだった。

茉莉は、祖母に世話をしてもらい施設に入れてもらった自分が、それでも彼らよりは恵まれていたことを知った。

三十

美珠（メイジュウ）が十一歳になると、それまでの国民党にかわり、瀋陽（しんよう）市に共産党の東北人民解放軍が入ってくることになった。

共産党についてはいろいろな噂が飛び交っていた。金持ちや犯罪者は真っ先に公開処刑されるという。財産はすべて没収され、平等な社会になるという。真面目に春餅（チユンビン）を売って暮らしてきた養父母にその噂はこわくなかったが、こわかったのは日帝侵略者とその協力者は厳罰に処すという噂だった。その厳罰というのも、刑務所に収容して思想改造するというものもあれば、直ちに公開処刑にするというものもあり、なにが起こるのか全くわからなかった。

美珠も養父母も、美珠の中国語が他のこどもたちとかわらないほどになっていたので、美珠が日本人だったことを忘れがちだった。けれども、美珠がまだ中国語ができなかったときや、美珠が友達とけんかをしたときなどに「小日本鬼子（シヤオリーベングエズ）」と、友達にののしられることがあった。美珠が自分は日本人だったと思いだすのはそんなときだった。

共産党に美珠が日本人であることを知られたら、美珠も、美珠を育ててきた自分たちも、なにをされるかわからない。文成（ウエンチエン）はそう判断し、それまで築いてきた瀋陽での生活を捨て、美珠のことを知る者がいない、二百五十里も離れた文成の故郷の河北（かほく）省の村に逃げることにした。

玉蘭（ユラン）がせっせと荷造りをするのを見て、美珠は、ずいぶん昔、同じように母親が荷造りをしていたことを思いだした。そのときは母親も自分も日本人だから逃げるために荷造りをしていたのだったが、今度は、自分ひとりのために、養父母は荷造りをしているのだった。

美珠はそのときの母の姿を思いだそうとした。けれども形を取りかけたその姿は、すぐに玉蘭の広い背中になってしまうのだった。もう顔も思いだせない母は、今どこにいるのだろう。まだ中国にいるのだろうか。それとも、日本に帰ってしまったのだろうか。そして、美珠は自分の名前も思いだそうとしたが、すっかり忘れてしまっていることに気づいた。

玉蘭は、オンドルの上の壁に掛けてあった、美珠の誕生日のときに三人で撮った写真を壁から外し、荷物の中に入れた。もともと家具もほとんどない、つましい生活を送っていた養父母の家だったが、写真がなくなると本当になにもなくなり、家の中は空き家のようにがらんとしてしまった。

国民党員とその関係者たちは、迫りつつある共産党から逃れるため、瀋陽を捨て、飛行機で脱出しはじめていた。脱出の判断が早かったのが幸いして、一般人の美珠たち三人も国民党の飛行機に乗せてもらえた。飛行機は天津（てんしん）まで飛んだ。天津から邢台（けいだい）までは汽車に乗れるはずだったが、すでに共産党と国民党の内戦は激化しており、鉄道は破壊されていた。天津から邢台市清河（せいが）県の牛古庄（ぎゅうこしょう）村まではるか百里の道のりを、三人は重い荷物を抱えて歩くしかなかった。

夏の終わりごろだったが、昼間は暑かった。焼けつくような日射しのもと、地面は乾いて、三人とも土煙で真っ白になり、もとの服の色がわからなくなった。唇の皮が白くめくれるほどにのどが渇いているのに、つばが出てくるのが美珠にはふしぎだった。美珠がのどが渇いたと言うたびに、文成はまくわうりや西瓜を買って食べさせてくれた。

美珠が疲れて足取りがおぼつかなくなってくると、文成はロバを借り、ロバに荷物をのせ、荷物の上に美珠をのせて、歩いていった。美珠はロバの背中で眠りこんだ。美珠がロバから落ちないよう、玉蘭はその体をずっと手で押さえて歩いた。

一日歩いてロバの持ち主が帰っていくと、そこで野宿をした。そして翌日また、別のロバを借りて先を目指した。他にもそうして戦乱の中を故郷を捨てて逃げる者や、故郷を目指して逃げる者がいた。そういう人たちは美珠たちと同じように大きな荷物を持っていたので、すぐにわかった。

ある日のこと、美珠たちと同じ何組かの脱出家族とともに山道を歩いていたとき、土匪（どひ）に囲まれてしまった。

土匪は布を巻いて顔を隠し、手に拳銃を持っていた。銃口は美珠たちを狙っていた。

「すべて置いていけ」

布越しのくぐもった声は言った。

「金もだ。みんな置いていかないと、お前たちを売り飛ばすぞ」

こんな山の中にはだれも来ない。そもそも国内戦争で治安が乱れ、警察組織も機能していなかった。それでも、一組の家族の父親がかまわずに通り過ぎようとした。そのとたん、土匪はその父親を撃った。父親は足を撃たれて地面に倒れた。

血が飛び散った。

そのとき、美珠はこの光景を自分は見たことがあると思った。それがいつのことか美珠は思いだそうとしたが、とてもおそろしい記憶だったように思えてならず、なかなか思いだせなかった。

泣き声とうめき声が響く中、文成はロバにのせた荷物の上から美珠を抱きおろすと、黙って美珠の手を引いて歩きだした。玉蘭も土匪の指示に従って、持っていた荷物を地面に下ろし、文成と美珠の後をついていった。

血の流れた場所から遠ざかるにつれて、美珠は思いだしそうになっていた記憶からも離れていった。

これまでの稼ぎの中からこつこつと貯めてきた、文成にとってはかけがえのない金だが、実際にはわずかな金が奪われた。衣類を失い着の身着のままになった。鍋などの調理器具や食器類も奪われた。そして、美珠にとってなにより残念だったのは、二年前の誕生日に三人で撮ってもらった写真をこのときに失ったことだった。

三週間後、美珠たちはようやく、邢台まで辿りついた。隠しておいたほんのわずかな金以外のすべての荷物を奪われ、ロバを借りることもできず、三人は歩きつづけた。

文成の故郷の牛古庄村は、そこからまだ三十里も離れていた。途中の村で、こんがりときつね色をした揚げたての油条(ヨウティアオ)をめぐんでもらった。けれども、美珠は油っこい油条がきらいで、どうしても食べることができなかった。文成と玉蘭は、食べないと死んでしまうよと言って、無理に食べさせようとした。美珠はすわったまま、長い道のりの疲れもあって、しくしく泣きだした。自分でも、こんなことで泣くのは赤ちゃんのようだとは思ったが、涙がとまらなかった。

するとそこへ、ひとりのおばあさんが通りかかった。

「なぜこの子は泣いている?」

玉蘭がわけを話すと、おばあさんは美珠の頭をなでた。

「ちょっと待っておいで。おばあちゃんがいいものを持ってきてやるから」

おばあさんは纏足の足でよちよち歩いていったが、すぐに戻ってきた。手には玉蜀黍で作った饅頭（マントウ）を二つ持っていた。おばあさんは美珠の手に二つとも握らせると、またよちよちと歩いていった。今度は、おばあさんは両手いっぱいに真っ赤ななつめの実を持ってきた。おばあさんの家には大きななつめの木が生えていたのだ。その木は、美珠のすわった場所からも見えるほどだった。

美珠はお礼を言って、玉蜀黍の饅頭のひとつを文成に食べさせようとした。けれども文成は首を振った。

「お前が食べなさい」

「美美、おばあさんはあなたにくれたのよ。あなたがみんな食べなさい」

玉蘭も言い、美珠は饅頭をひとりで食べた。

美珠はそのとき、美子と茉莉と三人でおむすびを分けあって食べたことを思いだした。けれども、もう美子と茉莉の名前も顔も思いだせなかった。ただ、おむすびの持ち主だった友達が、一番大きいごはんのかたまりを一番小さい友達にやり、次に大きいかたまりを自分にくれたことを思いだした。おむすびの持ち主の友達は、一番小さいかたまりを食べながら、たしかにわらっていた。

美珠はそのときのことを忘れないようにしようと思いながら、饅頭を食べた。顔を上げ、饅頭を食べる自分を、にこにこしながら見守るおばあさんと文成と玉蘭を見て、今のことも忘れないようにしようと、その笑顔を心に刻んだ。

天津の飛行場からひと月以上もかかったが、美珠たち三人は河北省邢台市清河県の牛古庄村に辿りついた。

季節はすっかり秋になっていた。寒くなる前に辿りつけたことを文成も玉蘭も喜んだ。文成の親兄弟も温かく迎えてくれ、仕事を探して邢台に出ていった弟の家が空き家になっていたので、そこで三人で暮らすことになった。土と藁（わら）で作られたその粗末な家を、美珠はなつかしく眺めた。まだらになった記憶の中に、このような家があった。そのときは、たくさんのこどもや年寄りが出たり入ったりして、とてもにぎやかに暮らしていた。だれの顔も思いだせなかったが、そのにぎやかさだけはおぼえていた。

文成と玉蘭は、ここで、小麦や大豆、玉蜀黍や綿花（めんか）を作って暮らしはじめた。美珠は農作業を手伝いながら、ここでも小学校に通わせてもらった。学校に入ってしばらくは、美珠の瀋陽の言葉がおかしいと同級生たちにわらわれたが、美珠が牛古庄村の言葉でしゃべれるようになると、だれもわらわなくなった。小さな小学校だったので、美珠の成績はずっと一番だった。

　ある日、学校の先生が美珠の家を訪ねてきた。恐縮する文成と玉蘭に先生は言った。

「美珠さんは大変優秀です。このように優秀なこどもを学ばせ、有益な人材を育てることは、国家のためでもあります。ぜひ中学校へやってください」

　美珠がおどろいたことに、二人は二つ返事で請けあった。駆けつけてきた文成の長兄も喜んだ。

「美珠は我が一族の名誉にかけて、必ず中学校に行かせます」

　美珠は自分が中学校へ行くことなど考えていなかった。玉蘭は小学校にも行っていないし、文成だって小学校しか出ていない。文成の長兄の長男でさえ、小学校を卒業してからは畑仕事をしていた。それなのに、実の娘でもない自分が中学校に通わせてもらうわけにはいかない。

　美珠はその夜、糸つむぎをする玉蘭に言った。

「おかあさん、わたしは中学校なんて行かなくてもいいよ」

　すると玉蘭は言った。

「大丈夫、大丈夫。美美、あなたはわたしたちの宝物。だからなんとかなるわ」

いつもと同じことを言って、玉蘭はほほえんだ。

ふと、美珠は、こんなに優しい母になら、実の母のことを訊いてもいいのではないかと思った。これまでは、実の両親のことは訊いてはいけないと思い、実の両親のことを思う気持をずっと押し殺していた。

「おかあさん、わたしの本当のおかあさんはどこにいるの？」

美珠は訊いた。

その瞬間、玉蘭ははっと美珠を見た。その目は、まるで見たことのないものを見るような目だった。

「まだ実の親のことをおぼえているの？」

美珠は頷けなかった。でも、おぼえているから訊いたのだ。頷かなくても、それが答えだった。

玉蘭は目を伏せ、泣きだした。玉蘭が指を離したので、糸繰り車が戻って空回りし、からからと音をたてた。

「あなたは瀋陽で売られていたけど、あなたの親は撫順の収容所にいた日本人だって、人買いから聞いた。食べるものがなくて、親はあなたを人買いに売ったんだって、人買いが言ってた」

　美珠は耳を疑った。母親の顔もおぼえていなかったが、自分が誘拐されたことはおぼえていた。美珠は否定したかったが、どう言えばいいのかわからなかった。

　玉蘭は続けた。

「あのころ、日本人のこどもがよく売られていた。日本人のこどもは頭がいいとか真面目だとか言われてた。人買いもそんなことを言っていた。わたしにはそんなことはどうでもよかった。ただ、あなたがあんまりやせほそっていて、泣いていて、かわいそうだったから。あんまりかわいそうだったから」

　玉蘭は涙を袖で拭った。

「だから、わたしはあなたを買ったの。人買いは三百円と言ったけど、とてもわたしにはそんなお金はなかった。わたしが持っていたのは金の指輪だけだった。だから、金の指輪とひきかえに、あなたをもらったの。あなたのおかあさんがどうしているかは知らない。撫順の日本人は、その後、みんな日本に帰ったと聞いた」

「おかあさん、もういいよ」

　美珠は玉蘭に抱きついた。

　もう玉蘭の背丈とかわらないくらいに、美珠は大きくなっていた。白い頬もぷっくりとふくらんでいた。

親から売られたわけでなくても、瀋陽の街で自分が売られていたことはまちがいなかった。そして、そんな自分を買ってくれたのは、玉蘭と文成だった。

美珠は言った。

「わたし、ずっとおかあさんのそばにいるから」

二人は抱きあい、泣きつづけた。

三十一

日本人の小学校に通いはじめた美子は、また、通名の富田美子に戻った。川沿いの町には朝鮮人が多かったが、本名を名乗る人は殆どいなかった。そのため、金田とか金山といった金がつく名字の子が何人もいた。

通いはじめて幾日かたつと、やはり住んでいるところを知られ、避けられるようになった。ところが隣りの席の男の子だけは、授業中も消しゴム貸して、教科書見せてと言っては、屈託なく美子に声をかけてくる。

明るい子で、日に灼けた真っ黒な顔には、いつもえくぼが浮かんでいた。吉野正という名前で、みんなからはまあちゃんと呼ばれていたが、美子は自分がまあちゃんと呼んではいけないように感じていた。

そのうち、正と一緒だからと美子も仲間に入れてもらえるようになった。美子は長い手足のせいか、ドッヂボールがうまかった。「富田さんの組がいい」と女の子は美子と同じ組になりたがった。

仲よくなった女の子に誘われ、放課後に米軍ハウスに遊びにいった。美子にとって、放課後に日本の小学校の同級生と遊ぶのは初めてのことだった。

川べりの美子の家からも、崖の上の米軍住宅は見えていた。崖下で小さな家々がせせこましく並んでいるのと対照的に、ぴかぴかの大きな屋根の家がゆったりと建っている様は、いかにも占領者の趣(おもむき)を漂わせていた。美子は見上げるばかりで崖の上に行ったことはなかった。

「男子も行くって言ってたよ」

「米軍ハウスに野球しにいくって」

「野球？　まあちゃんはチャンバラじゃないの？」

ぺちゃくちゃとおしゃべりをしながら、みんなについて九十九折り(つづらお)の石段を上っていくと、ゲートもなく、そのまま進駐軍の住居になっていた。

広々とした芝生が広がっていて、大きな家がぽつん、ぽつんと建っていた。芝生の奥の広場では、アメリカ人のこどもらしい、金髪の男の子たちが野球をやっていた。

「あれ、進駐軍の子だよね」

「男子いないじゃん」

男の子たちの白いシャツや折り目のついた半ズボンが眩しかった。編み上げの靴も、美子の小学校のこどもはだれも履いていなかった。穴の開いたズック靴はまだ恵まれているほうで、下駄履きの子が多かった。

美子には野球のルールはわからなかったが、ボールが飛ぶたびに、男の子たちの歓声が上がり、ダイヤモンドを走りまわるのを見ているだけで楽しかった。何度かそれがくりかえされると交替になるらしく、守備位置に散らばっていた男の子たちはグローブをその場に置いて、攻撃側にうつる。アメリカ人といえど、野球の道具が潤沢にあるわけではないらしい。

「あれ、男子がいる」

どこに隠れていたのか、ダイヤモンドの外側から、見慣れた同級生の男の子たちが、わあーっと叫びながら飛びだしてきた。金髪の男の子たちがおどろいている間に、地面に置かれたグローブを掴む。

「逃げろー」

叫んだのは正だった。それぞれグローブを摑んだまま、てんでんばらばらに走って逃げる。正たち何人かの男の子は美子たちのそばを走り抜けた。

「おまえらも逃げろ」

「ＭＰが来るぞ」

見ていた大人がいたのか、しばらくすると、ヘルメットをかぶったＭＰが幾人も走ってきた。そのものものしい姿を見て、思わず美子たちも走りだした。

ＭＰにつかまえてもらうよ、と大人たちが頑是無い子をおどかすのを、美子は聞いたことがあった。学校では、ＭＰにつかまるとアメリカに連れていかれるという噂も立っていた。

稲荷坂を駆けおりながらふりかえると、進駐軍のジープが追いかけてくるのが見えた。

「こっち」

道の脇の茂みに隠れていた正に腕を引っぱられ、美子ももぐりこんでしゃがんだ。ＭＰやジープが茂みの前に見えた。

「泥棒はよくないよ」

美子がささやくと、正は立てた指を口にあてた。美子はまるで自分もなにかわるいことをしたかのように身をすくめた。しばらくして、ＭＰもジープもいなくなり、人の気配がなくなると、正はようやく口を開いた。

「おれたちは敗戦国の国民だから」

正はにやっとわらった。

「少しくらいいただいたって罰は当たらないだろ」

日が傾くまで隠れ、ようやっと茂みから出たときには、美子の足はすっかりしびれていた。稲荷坂を下っていくと、太陽が沈むのが見えた。坂の下の川べりの家からは見えない、大きな夕日だった。美子は満洲にいたころを思いだした。満洲の大地に沈む夕日は、たらいのように大きかった。

「富田さんは大きいね。それって朝鮮人だから？」

盗んだグローブを嵌め、並んで歩く正に聞かれた。たしかに正よりも美子のほうが背が高かったが、美子はなぜか腹が立たなかった。

「吉野くんは小さいね。それって日本人だから？」

美子はわらいながら言い返した。正は一瞬目を丸くしたが、すぐに吹きだした。

「ごめんごめん。おれの訊き方がわるかった」

正はぺこっと頭を下げた。

「でも、なんでおれのことまあちゃんって呼ばないの？」

美子はこたえ淀んだ。

「だって、そんなに仲よくないから」

「え、仲いいよ」

正は美子にわらいかけた。美子も思わずわらった。

正は美子の家までついてきた。美子は家を見られたくなかった。崖の上の米軍ハウスを見た後では、バラックは余計にみすぼらしく見えた。あたりには唐辛子とにんにくの匂いがたちこめていた。どの家も、夕餉にはキムチと臓物の汁を食べるのだ。美子には唾が湧くほどにいい匂いだったが、同じ匂いを日本人がくさいと感じることを、美子はよく知っていた。

けれども、正は言った。

「うちは空襲で焼かれてなくなった。学徒動員で飛行機の部品作ってたねえちゃんは焼け死んだ。死体もまだみつかってない」

戸惑う美子に正はグローブを叩いて笑顔を見せた。

「米軍はなんでも持ってるからな。今度は缶詰でももらってくるよ」

夕日が沈んでも、しばらくはほの明るい道を、正は歩いて帰っていった。美子は満洲にいたときの友達を思いだした。

朝鮮人が帰るための帰国船は、朝鮮や中国からの日本人の引き揚げ船を利用していた。

たまちゃんはもう日本に戻んちょるがやろうか。

美子は久しぶりに、満洲の開拓団村でおぼえた千畑村の言葉で考えていた。

まりちゃんはどこにおるがやろうか。

もう四年が経つというのに、まだ防空壕で暮らしている人たちもいる、空襲の爪痕が残る夕暮れの風景の中に立ち、横浜から来たと言った茉莉のことも案じられた。

正だけじゃない。美子のまわりに空襲と無縁でいられた者は少なかった。

ころころとよくわらっていた茉莉なら、あるいは、と、美子は祈るように想った。

三十二

朝鮮戦争が始まった。

日本の敗戦によって解放されてからわずか五年、昭和二十五年六月二十五日に、突然、北朝鮮軍は北緯三十八度線を越えて南下した。前年にうちたてられた、中国共産党による中華人民共和国の後ろ盾もあっての進軍だった。

韓国軍はソウル市民を捨て、北朝鮮軍の追走を避けるため、漢江に架かる橋を爆破して遁走した。一時、北朝鮮軍は釜山まで迫り、朝鮮半島全土が戦場となった。

いつかは朝鮮に帰るつもりだった朝鮮人たちは、帰る望みを絶たれた。故郷は、朝鮮人同士が殺しあう国になってしまったのだ。

日本は米軍を主体とする国連軍の兵站基地と化した。国連軍は日本から朝鮮半島へ出撃し、戦闘で傷ついた米軍戦車は日本で修理され、日本はせっせと銃や砲弾を製造し納品した。戦争に関わるすべてのものの相場が高騰し、「朝鮮特需」が起きた。

武器に使われる鉄くずの値段がみるみるうちに上がっていき、美子の家は急に生活に困らなくなった。その勢いはおそろしいほどだった。だれもがぼろ屋をやるようになった。朝鮮人だけでなく、日本人までどっと参入してきた。

「ぼろ屋が来るからね、玄関の戸は閉めておかないと、靴を盗っていかれるよ」

美子が母親のぼろ屋を手伝ってリヤカーを押しているとき、聞こえよがしにそんなことを言う人もいたことが信じられないほどだった。

ところが、ある日突然、母親が言いだした。

「もうぼろ屋はやめよう」

美子も父親もおどろいた。母親は片膝を立て、すわったまま言った。

「この商売で集めた鉄くずが、大砲や鉄砲の弾になって、今、同じ民族の、あたしたちの兄弟を殺してるんだよ」

「なにを言うんだ。せっかく儲(もう)かってるのに」

父親は言った。

「おまえだって、家を買って引っ越したいって言ってたじゃないか。美子の部屋もある家を」

美子の母親はいきなり立ちあがった。美子の身長は母譲りで、母は父よりも背が高かった。

「あたしたちが集めた鉄くずで、同胞同士が殺しあって死んでいいの」

母は怒鳴った。美子は後にも先にも、これほど母が怒っているところは見たことがない。

「あたしは朝鮮の字も日本の字も書けない。おとうさんは四つも字が書ける。すごい。それなのに、こんな簡単なことがなんでわからない」

父はたしかにこどものころ書堂(ソダン)でおぼえた朝鮮語、満洲でおぼえた中国語と日本語、そして戦後に進駐軍相手の闇の商売をしておぼえた英語がいくらかできた。かたや母は自分の名前がやっと書け、美子が教えたひらがなとカタカナが読めるくらいだった。

母の道理に適(かな)った言葉に父は言い返すこともできず、間もなく二人はぼろ屋をやめた。そして、それまでに儲けた金を元手に引っ越し、川崎(かわさき)で焼き肉屋を開いた。

引っ越す前に、正が以前の言葉通り、美子の家まで牛缶を持ってきてくれた。お互いに中学生になり、学校では口もきかなくなっていた。

「どうしたの、これ」

「米軍はなんでも持ってるって言ったろ」

正はにやっとわらった。

「板に釘を打ったのを道路に置いておいて、ジープを止めるんだよ。運転手はひとりで、本部は根岸(ねぎし)のあっち側だろ。人を呼びにいっていなくなるじゃん。その隙に荷台に上がって失敬してきたんだよ」

正はわらった。あいかわらず灼けた頰にえくぼが浮かんだが、そのまわりにはぽつぽつとにきびも出ていた。中学では野球部に入って活躍していた。

「米軍て太っ腹でさあ」

正は牛缶を三つも置いていった。

「お父さんが進駐軍で働いてるんだって」

美子はそう言って母親に渡した。母親は喜んで晩ごはんに食べさせてくれた。

美子が母親に吐いた嘘とは裏腹に、正の父はニューギニアで戦死しており、正の家では母親がこどもたちに食べさせるのがやっとという生活をしていた。

さよならも元気でも言わなかった正だったが、牛缶にかこつけて別れの挨拶に来てくれたことが美子にはわかった。でも、正は引っ越し先を聞かなかったし、美子も教えたりはしなかった。二人ともまだ、そんなことができるほどには、大きくなっていなかったのだ。

まあちゃんって、呼べばよかった。

美子は牛缶を食べながら後悔していた。

三十三

美珠（メイジュウ）は中学校に通いはじめたが、ここでも成績はずっと一番だった。

学費を支払うため、玉蘭（ユラン）は綿花を育てて毎晩糸を紡（つむ）ぎ、美珠はその糸で綿布を織って売った。文成(ウエンチエン)も昼間の農作業に加え、夜は内職をして稼いだ。

　そんなある日、清河県の公安局の職員が三人、牛古庄(ぎゅうこしょう)村にやってきた。美珠が日本の残留孤児であることを聞きつけ、調査に来たのだった。

　公安局職員たちは美珠の写真を撮り、文成の長兄や文成、玉蘭に話を聞いて、個人の情報や政治的思想などを記す檔案(とうあん)を書いた。ほかの親戚や近所の人たちも集まってきた。いつもはなにも言わないが、近所の人たちも美珠が日本人残留孤児だということは知っていた。邢台(けいだい)市には、美珠のほかには日本人残留孤児はいなかった。美珠に話を聞いた職員は言った。

「中国語がうまいね。どこからどう見ても、すっかり中国人だ」

　もうひとりの職員も頷いた。

「東北地方には残留孤児がたくさんいるが、中学校に行かせてもらっている残留孤児なんて聞いたことがない。きみは恵まれているね」

　事情を知っている人間から話を聞きおわると、公安局職員は文成の長兄と文成と玉蘭に告げた。

「この子はまちがいなく日本人残留孤児だから、日本に帰ることができる」

　そのとたん、玉蘭は叫ぶように言った。

「この子はわたしたちの宝物」

美珠は玉蘭の後ろに立っていた。

「絶対に帰さない」

美珠はうつむいた。記憶もあいまいな日本に帰りたいわけではなかった。ただ、日本のおかあさんに会いたかった。

公安局職員はその後、二度と村には来なかった。けれどもそれから美珠は、それまで忘れていた、自分が日本人だということを意識するようになった。

美珠は、中学校で歴史の時間が来るたびに憂鬱になった。共産党政権のもと歴史の授業は近現代中心で、いかに日帝時代、日本軍が中国人に酷いことをしたかを学ぶたびに身の置き所がなかった。

授業が終わってもしばらくは身を縮めていた。だれも自分が日本人だと知らなくても、だれかに気づかれるのではないかとおそれた。顔に日本鬼子と書いてあって、日本人だとばれてしまい、みんなにいじめられる夢を見るようになった。

「この村にも日本軍が来てね」

まだずいぶん小さかったころ、近所のおばあさんが農作業の合間に、美珠たちこどもに話していたことも思いだした。

「夜寝るときは、いつでも逃げられるように服を着て寝てね、村の西と東に鐘があるだろ。あの西の鐘が鳴ると、日本軍が来たと東に逃げる、東の鐘が鳴ると、西に逃げるんだよ。逃げるところなんてないから、どんどん西へ逃げて、別の村にまで逃げてね。隠れる山もなかったから」

おばあさんが話すと、こどもたちはわらった。美珠は自分もわらっていたことを思いだした。

ほかのこどもたちと同じように、家を出るときポケットに入れてきたひまわりの種を食べながら。

「やってきた日本軍はまず畑を破壊してね、日本人はお米がだいすきだから、わたしたちを使って、稲を植えさせるんだ。でも悔しいからね、夜になると、昼間に植えた苗を抜くんだよ。今度は中国軍の命令でね。わたしたち百姓は、同じ田んぼに、昼間は日本軍の命令で苗を植えて、夜は中国軍の命令で苗を抜かないといけなかった」

「いつまでも生えてこないわけだ」

隣りにすわって休んでいた別のおばあさんが言ってわらった。別の村から嫁いできた人だった。

「偽満(ウエイマン)では、朝鮮人は日本人の手先で二鬼子(エグエズ)だから食べてもよかったけど、中国人が白米を食べたら経済犯として処刑されたっていうからね」

「どれだけ日本人は米がすきなんだろうね」

「おいしいものがほかにいくらでもあるのを知らないんだろう」

おばあさんたちの話に、こどもたちはわらい転げた。

わたしも、あのとき、わらっていた。

香ばしいひまわりの種をぽりぽりと食べては、ほかのこどもたちと同じように、殻を反対のポケットに入れながら。

もうわらえない。

わたしも日本人だから。

酷いことをした日本人のひとりだから。

それでも美珠は、日本の母のことはなつかしく思った。美珠は文成と玉蘭と並んで眠りながら、日本の母親のことを考えるようになった。

母は日本に帰ったのか、まだ撫順(ぶじゅん)にいるのか、そしてなにより、生きているのか。いくら考えても、答えはどこからももらえなかった。美珠は、いつか金をためて自分で撫順に行き、おかあさんを探そうと思いながら眠りにつくのだった。

美珠は中学校を卒業すると、しばらく家で農業を手伝っていたが、内職して学費の一部ができると、邢台の工業学校の機械科に入学した。邢台は遠いので、村を出て学校の寮に入った。美珠は一緒に暮らしはじめて以来、初めて文成と玉蘭から離れた。

美珠は家を出る前に、写真屋で写真を撮ってもらった。十歳の誕生日に旗袍（チーパオ）を買ってもらって三人で撮って以来の撮影だった。美珠はにっこりわらっている自分の写真を置いて、家を出た。文成と玉蘭はすぐにオンドルの上の壁に掛けた。

工業学校では、それまでのように首席というわけにはいかなかったが、それでも美珠は常に上位の成績を保った。都会での寮生活まで始まったので、文成と玉蘭の学費の調達は一層厳しくなった。美珠が長い休みに村に帰るたびに、文成の畑が売られ、少しずつ財産が減っていることがわかった。美珠はほんの一番でも成績を下げるわけにはいかなかった。

折しも、中国全土では、毛沢東（もうたくとう）の大躍進政策の失敗による大飢饉（だいききん）が始まっていた。邢台の道ばたで餓死（がし）者を見ることさえあった。本来であれば農村で餓死者は考えられなかったが、大躍進政策により鉄の増産が叫ばれ、だれもが農作業を放りだして畑にお粗末（そまつ）な溶鉱炉を作り、夜となく昼となく、鍋釜など身の回りの鉄を根こそぎ集めて投げこんでは製鉄に従事していたために、農業は大打撃を受けていた。燃料にするために木は切られ、山は丸裸になった。

美珠は、自分の学費のために切り売りされてわずかに残った畑で、どうやって両親が食べていっているのだろうと、学校にいる間もその身を案じつづけた。

寮では食事が出たが、それもだんだん粗末なものになってきた。それでも昼食には、小麦ではなかったが、雑穀の饅頭が出た。ひとりにつき、決まって三つ配られたので、美珠は二つだけ食べて、残りのひとつは布袋に入れ、寮の庭の木に登り、高い木の枝に掛けておいた。

冬の間、外は零下三十度にもなる。昼間でも零度以上になることはない。美珠はその冬、十一月から一月まで毎日ひとつずつの饅頭を袋に入れ、取っておいた。春節休みになると、その饅頭をみな持って村に帰った。

村の窮状は美珠の想像以上だった。冬を迎え、その年のわずかな収穫はすでに食い尽くしていた。凍りついた大地はすべての緑を枯らしていた。文成も玉蘭も草の根や木の皮を食べて生きていた。春節だというのに、その年は餃子を作ることさえできず、毎日毎日、村では飢えて死ぬ人が出た。多い日には十人もの人間が飢えたり、風邪をこじらせたりして死んだ。だれもがやせ細り、目だけが大きく飛びだして見えた。

美珠が持ち帰った饅頭を見て、玉蘭も文成も泣いた。そのまま食べるのはもったいないので、水を入れて煮て粥にし、みんなで食べた。それがその年の春節のごちそうになった。

「美美、ありがとう、ありがとう」

玉蘭は何度もくりかえしながら、粥をすすった。

「おいしいよ。美美(メイメイ)、おまえも食べなさい」

文成も言った。

「いい、いい。爸爸(バーバー)がいっぱい食べて。妈妈(マーマー)ももっと食べて」

美珠が口にした言葉だったが、美珠はこの言葉を聞いたことがあった。毎年の誕生日のたびに、饅頭ひとつとゆで卵ひとつで祝ってくれた両親。このごろはだいぶ豊かになって、みんなで食べるようになっていたが、幼いころ、美珠だけに食べさせ、自分たちは食べないで、うれしそうに見守ってくれていた両親。玉蜀黍の饅頭を分けてくれたおばあさんと、それを自分にだけ食べさせてくれた両親。収容所で炊いた高(コー)粱(リャン)粥の最後の一口をいつも美珠にくれた日本の母。自分は小さいかたまりを食べて、大きなおむすびのかたまりを美珠に分けてくれた友達。

美珠はそのとき初めて、これまで、自分に食べ物をくれた人たちの気持がわかった。

三十四

　サンフランシスコ講和条約が発効し、進駐軍が撤退して日本が主権をとりもどすと、戦後停止されていた旧軍人軍属の恩給が復活した。母子寮も整備がすすみ、茉莉の児童養護施設でも、父親が軍人や軍属だったこどもたちは、自活の見込みが立った母親に迎えられて出ていくようになった。

　茉莉と夕子は迎えてくれる人もおらず、中学校を卒業するまで施設に残った。施設には中学卒業までしかいられないので、高校に進学することはできない。二人は住み込みで働ける就職口を探し、夕子は病院、茉莉は美容室で雇ってもらえることになっていたが、勤め先の都合で就職がのび、施設でこどもたちの世話をしながら待機していた。二人は最後まで、出ていくこどもたちを見送る側だった。空襲で孤児となった、三歳年下の幸子も同じだった。

　ある日の夕食の時間、幸子がもうすぐ出所していく同い年の女の子とけんかを始めた。皿をひっくり返し、幸子が女の子にかみついて、大騒ぎになった。

「あの子がもうすぐここを出ていくから悔しいんでしょ。そんなことでかみつくなんて」

先生は幸子の言い分も聞かず、幸子の椅子を廊下に出した。ほかの子なら床に正座させるところだが、幸子は足が不自由で、正座ができなかった。

幸子は夕食を食べさせてもらえなかった。茉莉と夕子は、先生の目を盗んでごはんをハンカチに包み、先生が寝に行っていなくなるのを待って、幸子に持っていった。幸子は喜び、ハンカチについた飯粒一粒も残さずに食べた。茉莉はその姿を見て、満洲に行ったときのことを思いだしていた。

一番小さかったわたし。そのわたしに一番大きなおむすびのかたまりをくれた、背の高いよっちゃん。たまちゃんもわたしをじっと見ていた。

二人は今、どうしているのだろう。満洲にも、ハローのおじさんたちは行ってるんだろうか。よっちゃんもたまちゃんも、ハローのおじさんからチョコレートやガムをもらったりしたんだろうか。

「なにがあったの？」

夕子が訊ねると、幸子はうつむいて、ぽろぽろと涙をこぼした。

「一緒に、しないでって、言われた」

「なにが一緒って？」

幸子は泣きじゃくり、話せなくなった。茉莉と夕子が椅子を持ってきて、二人で幸子を挟んですわっているうちに、やっと話ができるようになった。

「うちのおとうさんとあんたのおとうさん、一緒にしないでって。うちのおとうさんは戦争で戦って死んだんだよって。戦ってお国のために死んだんだよって。空襲で死んだあんたのおとうさんとはちがうって。あんたのおとうさんは犬死にだって」

茉莉の体の血が熱くなった。

犬死に。

空襲で死んだ、おとうちゃまとおかあちゃまとゆきちゃん。朝比奈のおばあちゃまとおじいちゃま。道に倒れていたたくさんの人たち。

「うちのおとうさんは英霊になって、靖国(やすくに)神社にまつられて、神様になってるんだよって。だから国からお金がもらえて、ここを出ていけるんだって」

幸子はまた涙をこぼした。

「あんたのおとうさんは英霊じゃないから、あんたはずっとここにいなくちゃいけないんだって」

幸子の言葉は泣き声にかわった。

犬死にじゃない。

茉莉は叫びたかった。

空襲で殺されたたくさんの人たち。みんな犬死にじゃない。

でも。

茉莉ははっとした。

それじゃあ、犬死にじゃなかったら、なんだろう。

名誉の戦死なら恩給がもらえる。ここを出ていける。それなら、名誉の戦死なら、犬死にじゃなくて意味のある死だったんだろうか。

幼い娘を残して死んでいかなくてはいけなかったのは、どちらの父親も同じだった。

どちらの父親も、茉莉の父親も、戦死しようが空襲で焼き殺されようが、同じだった。幼い娘を残して、若くして死んでいった父親たち。

道で死んでいた人たち。

戦争さえなければ、だれもあの朝に道ばたで死ぬことはなかった。

みんな犬死にだ。

茉莉はおそろしくなった。自分が気づいてしまったことのあまりの大きさに。

幸子の泣き声が聞こえなくなった。

あの朝、いったい何人が死んだんだろう。

茉莉は知らなかった。

いったい、空襲で何人が死んだんだろう。日本中では何人が死んだんだろう。何人が名誉の戦死をしたんだろう。そして。

名誉の戦死をした日本兵たちは、何人のハローのおじさんたちを殺したんだろう。

茉莉には死者の数を知りようがなかった。

けれども、茉莉にはわかった。たくさんの人が戦争で死んだこと。大やけどをしたり、歩けなくなったりしたこと。横浜でも、日本でも、外国でも。

茉莉はおぼえていた。一度だけ行った満洲の中国人たちは、みんなぼろぼろの服を着て、見るからに貧しそうだった。自分たちが乗った客車には中国人はひとりも乗っていなかった。みんな日本人だった。開拓団村でも、中国人と日本人の生活には、ぱっと見てわかるほどの、明らかな差があった。そのときは、戦って「悪い支那人」を懲らしめないといけないと思っていたから、それも当然のことのように受けとめていた。そこは中国だったのに、なぜ日本人は裕福で、なぜ中国人は貧しかったのか。

満洲という国はなくなったということを茉莉は知っていた。台湾も、朝鮮も、もう日本ではなくなった。

伊勢佐木町で提灯行列をした夜。あの夜、学徒出陣で出征した進一お兄ちゃま。お兄ちゃまだって、戦地できっと人を殺した。

　そして。

　わたしはあの夜、日の丸の旗を振って、お兄ちゃまを送りだした。おばあちゃまとおかあちゃまと一緒に。

　人を殺してこいと、日の丸の旗を振って。

　まだ、両側から手を握って持ちあげてもらわないと、道の上の馬糞を踏んでしまうくらいに小さかったのに。

　わたしは、お兄ちゃまを戦地に送りだした。

　鉄砲の弾が足りないからと、金属供出に躍起になった。嬉々として、家中の金属を集めてまわった。駄々をこねて、弾丸切手を買わせた。

　わたしが、鉄砲の弾を送って、お兄ちゃまに人殺しをさせた。「鬼畜米英」を殺させた。「悪い支那人」を殺させた。

　わたしが。

　茉莉はもう、泣きじゃくる幸子をなぐさめることはできなかった。気づいてしまったことが、茉莉には受けとめきれないほどに大きく、全身をこわばらせることで、かろうじて支えていた。口を開けば、崩れてしまいそうだった。

夕子にも幸子にも言えなかった。こんなにそばに二人がいるのに、茉莉はひとりぼっちだった。

冬が近づいていた。深夜の長い廊下と同じほどに、茉莉の心は冷えきっていた。

三十五

その後間もなく、夕子は施設を出て、住み込みで見習い看護婦として働きはじめた。

遅れて茉莉も施設を出た。茉莉はあいかわらず音楽がなによりもすきだったが、孤児が生きていくためには住み込みで働くしかなかった。

施設の講堂には、爆弾の破片が当たって穴のあいたピアノが置かれていた。先生はだれもピアノを弾けなかったので、施設のこどもたちが歌を歌うときは、いつも茉莉がピアノを弾いた。

施設を出る朝、茉莉は最後にもう一度ピアノを弾かせてもらい、「Buttons and Bows」をひとりで歌った。さみしい歌は歌いたくなかった。

東は東。西は西。

今では歌の意味もおぼろげながらわかるようになっていた。

わたしにぴったりな場所。きっとどこかにあるはず。

だれもいない講堂に、軽やかなピアノと茉莉の澄んだ声が響いた。

茉莉は、伊勢佐木町の美容室で住み込みで働きながら、夜間の専門学校に通い、美容師になる道を選んだ。

ひと月に休みは一日しかなかった。朝の五時から真夜中まで立ったまま、働きづめに働いた。すきで始めた仕事ではなく、生きていくためにはしかたがなかったとはいえ、茉莉にむいていたらしく、店主にはかわいがられ、美容師の免許も取れた。店主や先輩、お客さんたちに「センスがいい」とほめられるたびに、幼いころを思いだした。元町で買ってもらっていた赤い靴、フリルのついたエプロン、牛乳をかけたいちごの色、きれいなものに囲まれて、きれいなものだけを見て育っていたころ。

母と朝比奈の母のおかげだと思った。

でも、あいかわらず焼き魚とじゃがいもだけは食べられなかった。店では、土曜日は必ず小麦粉を炒めてカレーを作ったが、茉莉はじゃがいもをよけてついでもらった。焼け跡で近所の人たちにじゃがいもを奪われたことを思いだし、気持が悪くなるのだった。

　がむしゃらに働くうちに、茉莉は十八歳になっていた。ある夕暮れ、茉莉は店主の赤ちゃんを背負って、ねんねこを着、晩ごはんの買い物に出かけた。店主の赤ちゃんはお誕生を迎えたばかりで、茉莉によくなついていた。

「茉莉ちゃんは動物にもこどもにもすかれるのね」

　店主や先輩にはいつもわらわれていた。

　買い物をすませ、店の裏口から戻ると、店主が言った。

「茉莉ちゃん、茉莉ちゃんの親戚っていう人が、さっきから茉莉ちゃんを待ってるのよ」

　その人が置いていったという、店主から渡された名刺には、朝比奈勝士と書いてあった。白楽の祖母の家の前で別れてから、忘れようとはしたけれど、一度も忘れたことのない名前だった。茉莉は表へ飛びだした。

　電信柱の街灯の下に、勝士が立っていた。のばした髪をきれいに分けてなでつけ、黒のダブルのスーツを着、見ちがえるほどに立派になっていたが、茉莉にはそんなことは目に入らなかった。

「かっちゃん」

茉莉は叫んで抱きついた。「十年たったら必ず迎えにくる」という約束もずっと忘れられないでいたが、そんなことが自分の身に起こるわけがないと思っていた。

それなのに。

かっちゃんは約束を守ってくれた。わたしのことを忘れないでいてくれた。

勝士は、遅れておずおずと茉莉を抱きしめたが、すぐに離れ、茉莉の顔をみつめて言った。

「茉莉ちゃん、迎えにきたんだよ。白楽のおばあちゃんの家を訪ねていったら、家がなくなってて、びっくりしたよ。でも、近所の人が教えてくれてね。元気そうでよかった。でも、遅すぎたみたいだね」

茉莉にはなにが遅いのかわからなかった。勝士は笑顔を浮かべ、茉莉の背中を見て言った。

「かわいい子だね。よかったね、幸せそうで」

茉莉ははっとした。茉莉は自分が子守りをしていたことを忘れ、赤ちゃんを背負ったまま飛びだしていたのだ。

「この子は店主の赤ちゃんよ」

勝士と茉莉は顔を見合わせて、大笑いした。

「住み込みで働いてるのに、赤ちゃんなんか生めるわけないじゃない」

勝士はいつまでもわらっていた。

三十六

高校を卒業した美子は、両親の焼き肉屋を手伝うようになった。活気がある店で、はじめは朝鮮人の客が多かったが、安くておいしいというのが評判になり、日本人の客も増えて店は繁盛(はんじょう)した。美子と美子の母が愛想よく、てきぱきと接客をするのも喜ばれた。

美子の毎日は肉の仕入れと仕込みと接客に終始した。ところが、働きはじめて一年で縁談が持ちこまれた。美子の知らないうちに、美子の背の高さを心配した父親が、若いうちに結婚させないと嫁(い)きそびれるのではないかと、良い相手を探しまわっていたのだ。ひとり娘である以上、この店を継いでくれる人間でないといけないし、在日(チェイル)同胞(ドンポ)は在日同胞同士で結婚しないといけない。ついでにできれば、背の高い美子よりも背が高い人がいい。

そんな都合のいい相手も、美子の若さのおかげでなんとかみつかった。同じ在日同胞の二世で三男なので、結婚したらこの家に住み、焼き肉屋を手伝うと言う。残念ながら、背の高さは美子に敵わなかったが、背の高い花嫁でもいいと言ってくれた。

美子の両親は喜んだ。美子は漠然とした不安を感じたが、別にすきな人がいたわけでもなく、在日同胞は在日同胞同士、親が決めた人と結婚するのは、儒教の教えを尊ぶ在日社会では当然と思われていたので、漠然とした不安くらいでは拒否する根拠にもならないのはよくわかっていた。美子が戸惑っている間に話はどんどんすみ、結婚式の日取りまで決まってしまった。美子は婚約者と二人で話したこともなかったのに。

そんなある夜、ひとりの青年が店にやってきた。

「いらっしゃいませ」

ふりかえった美子は、その青年に見覚えがあった。

「あれ、あなた」

朝鮮学校で一緒だった金朋寿だった。

「久しぶりだね。ここで働いてるの？」

朋寿も美子をおぼえていた。朋寿は背が高くなり、美子を見下ろすようになっていた。

「ここ、うちの店なの」

「引っ越したの？」

「ええ、偶然ね」

「ほんとだね」

朋寿はできたばかりの朝鮮大学校に通っていた。

「朝鮮学校の先生になりたくて」

「朋寿らしいね。昔から、頭がよかったもんね」

学問を重んじる在日同胞の社会では、朝鮮学校教師は最も尊敬される職業だった。

眼鏡を掛けるようになっていた朋寿は、否定も肯定もせずにほほえんだ。

「美子はかわってないね」

眼鏡越しにみつめられて、美子の胸は高く鳴った。

それから、朋寿は毎日のように美子の店にやってくるようになった。

朋寿はあいかわらず言葉少なだったが、やってくるたびに、ぽつりぽつりと、美子にいろいろな話をした。

自分が日本人の学校へ本名で通ったときのことや、朝鮮戦争で親戚が殺されたこと、朝鮮中高学校に通っている生徒たちが通学途中で心ない人たちに嫌がらせをされること、通名(つうめい)と呼ばれる日本名を名乗り、出自を隠して生きざるをえない在日同胞のこと……。

中でも美子の心に残ったのが、朋寿が朝鮮学校の修学旅行で北朝鮮に行ったときのことだった。

「在日同胞は同胞(ドンポ)の過去を保存しているんだよ」

同胞とは、現在の北朝鮮と韓国、二つの国に分かれてしまった朝鮮民族をまとめて呼ぶことのできる便利な言葉だった。

「日本の植民地だった時代の記憶をそのまま保存して、更新しない。日本にいることで純粋培養されて、言葉も文化も、もう朝鮮半島に暮らす同胞たちが捨ててしまったものまで、そのまま使っている。共和国へ行ってそれがよくわかった。だいたいね、朝鮮半島の同胞は、在日同胞のことなんて知らないんだよ。在日同胞は故郷をなつかしみ、故郷と同じようにしようと必死だけど、肝心の故郷の人たちは、在日同胞のことも知らないし、昔のことにも興味がない」

朋寿はさみしそうにわらった。

「共和国も韓国もどんどんかわっていく。でも在日同胞はかわらない。だから、同胞は同胞でも、同じじゃないんだ。在日同胞は朝鮮人でも韓国人でもない。在日同胞なんだよ。日本に住んで、日本の文化を吸収して、かつ同胞の古い文化を残している。ぼくたちはもう、日本人でも朝鮮人でも韓国人でもないんだ。そしてもう、後には戻れない」

美子はおどろいたが、理解できるような気がした。日本で焼き肉屋をしている自分がまさに在日同胞の存在を具現化している。

一世の両親はまだ、もしかしたらいつか、朝鮮半島に戻れるかもしれないと思っている。戻れば、朝鮮にいたときの暮らしができると心のどこかで夢見ている。しかし、故郷を出て十年以上がたっていた。伯父一家はいなくなり、平花里(ピョンファリ)は北朝鮮となった。故郷も、故郷の人たちもかわっているはずだった。日本で暮らすわたしたちのように。

美子は朋寿ともっと話したいと思った。これまで考えないでいたこと、気づいていても気づかない振りをしていたことに、朋寿なら気づかせてくれるように思った。

ところが、はじめは朝鮮学校の同級生で、朝鮮大学校の学生だという朋寿を喜んで迎えていた美子の両親も、あまりに頻繁にやってくる朋寿を警戒するようになった。朋寿が来ると、美子を買い物に出したり、裏での仕込みに回させる。

「金さん、美子は来月、結婚するんですよ。お祝いを考えてやってください」

美子の父は店中に響くような声で朋寿に言った。

「おめでとうございます」

「親父さんもやっと一安心だね」

なじみの客が手を叩いて喜んだ。

「もちろん後を継いでもらうんだろ」

「もうチマチョゴリは準備した？」

客のひとりは美子の母に訊いた。

「もちろんよ。純白のね」

「それはきれいでしょうね」

朋寿はささやくように言って、ほほえんだ。厨房にいた美子は、そのやりとりを見ていた。

それまで、酒も煙草もやらず、店の隅で焼き肉定食を食べると帰っていく朋寿を、美子は調理場から見送るしかできなかった。

でも、両親にこんな話をされては、もう明日から朋寿はこの店に来てくれないかもしれない。美子はおそろしくなった。

もう会えないかもしれない。もう二度と。

「ありがとうございました」

会計をすませて店を出た朋寿の後を、美子は裏口からこっそり出て、追いかけた。

「朋寿、待って」

立ちどまってふりかえった朋寿と、街灯の明かりの下でむかいあい、美子は、自分が初めて恋に落ちたことを知った。

美子は腕をのばし、朋寿に抱きついた。

朋寿はなにも言わずに美子を抱きしめた。

もう、後には戻れない。

美子は朋寿の言った言葉を思いだしていた。こうやって人間というものは生きていくんだと、身を以(もっ)て知った。置かれた場所で、精一杯生きていく。

在日同胞が辿ってきた道のように、たとえそこが故郷とは遠く離れた場所でも。そして、自分を生み育ててくれた両親の思いとは遠く離れた相手とでも。

「ずっとお礼が言いたかったの。昔、助けてもらったお礼。きちんと言えてなかったような気がしていて」

でも、本当は、ずっと気になっていたのはお礼じゃなくて、朋寿のことだった。

それは、朋寿ともう一度会えたときにわかった。

「ぼくはあのときのことをずっと後悔してる」

けれども、朋寿は美子から目をそらして言った。

「別のやり方はなかったかと思ってる。ずっと思ってる。殴るんじゃなくて、なにか別のやり方。やればやられる。憎まれる。考え方がちがう、やり方がちがう、それで共和国は侵攻した。韓国はやり返した。そして祖国は分断したままだ。そうじゃなくて、そういう連鎖を断ち切るやり方。だからぼくは美子に会うのがこわかった。あんなやり方しかできなかった自分は、嫌われて当然だと思ってたから」

美子は思いだした。土手の上で、朋寿が握っていた石。血がついた石を、朋寿は川に投げた。

投げてしまっても、消えない。川に沈んで、きっとそこに今もある。

朋寿が殴りつけた日本人の男の子たちの心の中にも。

「人を守るってこわいことだと思う。ぼくは今も別のやり方を探してる。今度同じことがあったとき、まだぼくはどうしたらいいのかわからない」

美子にもわからなかった。

朋寿と美子は、ともに迷っていた。

どうして自分たちがここにいるのかわからなかった。

暗闇の中、朋寿と美子は黙ったまま、慰めあうように、お互いにお互いを抱きしめた。

三十七

月に一度の休みの日、勝士は茉莉を誘いにきてくれた。

勝士は茉莉を伊勢佐木町のフランス料理店に連れていった。毎日その前を通るけれども、茉莉が一度も入ったことのない店だった。

「茉莉ちゃんはなにが食べたい？」

「シチュー」

茉莉は即答した。

「母がよく作ってくれたから」

勝士は頷いた。

「ビーフシチューか。なつかしいね、おふくろが」

運ばれてくる料理を食べながら、勝士はこれまでの話をした。

弟の清三は厚木の米軍基地で靴磨きをして大学に行き、靴メーカーで働いていた。

勝士は会社を興していた。ゆくゆくは清三にも手伝ってもらうつもりだと言う。

「空襲にやられて、戦争に負けて、横浜は職のない人であふれかえってただろ。いつまでも防空壕で暮らすしかない人も多かった。ぼくは、なにより職を作らないといけないと思ってね。もともと化学がすきだったからね、あれから働いて、お金をためて、接着剤を作る会社を興したんだ」

「接着剤」

「これから、すべての機械は小型化していく。これまでのように螺子に頼っていては小型化は不可能なんだ。接着剤の時代なんだよ。今は海外で原料を買い入れているけど、いずれは工場も海外に作る。戦争で侵略したアジアの人たちに罪滅ぼしをしたいんだ」

茉莉には、白いシャツにぴったりとしたベストを着、熱っぽく語る勝士が眩しかった。まわりのテーブルには、腰がきゅっとしまったワンピースを身にまとい、髪の毛を波打たせた女性たちがいた。ワイングラスに口紅が残るくらいに念入りに化粧もしていた。茉莉は簡単服の上に毛玉だらけのカーディガンを羽織って来ていた。足元は足袋に下駄履きだった。化粧もパーマもお客さんにするだけ。店の同輩同士で互いに練習台になる以外ではしたこともなかった。

茉莉はうつむいた。

「どうしたの？　疲れた？」

茉莉ははっとして顔を上げた。勝士が心配そうに茉莉の顔を覗きこんでいた。

「かっちゃん、わたし、場違いかもしれない。こんな格好で来ちゃってごめんなさい」

茉莉は勝士に頭を下げた。

「もうわたしは前の茉莉じゃないの。わたしは孤児になって、施設で育ったんだし、かっちゃんとはもう釣りあわないと思う」

「なに言ってるの」

勝士はわらった。

「茉莉ちゃんはちっともかわってない。なんにもかわってない。おかしいくらいだよ。その大きな目も、赤いほっぺたも」

勝士は一息に言ったが、すぐに照れくさそうにうつむいた。

「進一お兄ちゃまは？」

茉莉の問いに、勝士ははっと顔を上げた。

「無事だった？」

勝士は、しかし、首を振った。

「戦争が終わっても音沙汰なしだった。二年近くたって、やっと、フィリピンで戦死してたって知らせがあった」

茉莉は呆然と勝士をみつめた。勝士はそっとわらい、肩をすくめた。

「しかたないよ。戦争なんだから」

勝士は窓の外を見た。

「ここで見送ったよね。おぼえてる？」

茉莉は頷いた。

わたしが送りだした。進一お兄ちゃまを。日の丸の旗を振って。

あのとき、進一お兄ちゃまは生きていた。わたしの手を握ってくれていた朝比奈のおばあちゃまも母も生きていた。

「なつかしいよ。有隣堂もまだあるんだね。もう英語は敵性言語になってたのに、裏口から行っててね、関東学院に入学した者ですって言ったら売ってくれることになっててね、英語の授業もあった。戦後、あの辞書のおかげでどれだけ助かったか」

勝士の話も、茉莉の耳には入らなかった。

わたしが進一お兄ちゃまをフィリピンに送った。お兄ちゃまはフィリピンで戦って死んだ。きっと人を殺し、そして自分も殺された。

わたしたちがお兄ちゃまをフィリピンに送ったから。「鬼畜米英を撃滅せよ」と鉄砲の弾を送ったから。

「大丈夫？　茉莉ちゃん」

勝士の声にはっとした。

「顔色がわるいよ」

「大丈夫」

茉莉は首を振ったが、勝士は茉莉の顔を覗きこんで、そっと言った。

「出ようか」

店を出ると、伊勢佐木町の通りは込みあっていた。クリスマスを控えた週末、ジングルベルの歌が鳴りひびき、だれもが楽しそうに歩いていた。勝士は、ちょっと歩こうと誘い、茉莉の手を握って、歩きだした。茉莉が勝士を見上げると、勝士は空を見上げて言った。

「星がきれいだよ」

勝士に言われ、茉莉も空を見上げた。夜空を見上げるのは何年ぶりだろう。いつも時間に追われて、常に空の下に暮らしながら、まともに空を見上げたこともなかった。

「ほんとねえ」

茉莉は勝士と手をつないだまま歩き、五丁目の交差点から大岡川に出た。勝士は川べりで足を止めて、茉莉に訊いた。

「大丈夫？」

茉莉は頷いた。川面は黒く静まり返っていた。繁華街の明るさがなくなった。夜空は底のない穴のように黒くなり、星の輝きが増した。

「茉莉ちゃんが生まれた夜もね、こんな星のきれいな夜だったよ」

勝士は空を見上げたまま言った。

「兄さんと清ちゃんと三人で外に出されてね、生まれるまで帰って来ちゃいけないって言われて。寒かった。三人でうろうろしてね、関東学院の運動場で鉄棒なんかして。生まれたよってお父さんが迎えにくるまで」

茉莉は自分が生まれてきたときのことを初めて知った。茉莉は朝比奈の家で、産婆さんと朝比奈の母に見守られ、三人の兄たちに待ち望まれながら、生まれてきたのだった。

祝福されて生まれてきたわたし。

空襲で家族を失ってからずっと、自分の存在は望まれていないと心のどこかで思っていた。でも、わたしはちゃんと祝福されて生まれてきていた。

「茉莉ちゃんは真っ白くてまんまるで、かわいかった。やっぱり目が大きくて、ほっぺたは真っ赤で。もうそのときから、みんな、清ちゃんのお嫁さんが生まれたよって言ってた」

勝士は茉莉を見下ろした。

「茉莉ちゃん、大きくなったら、清ちゃんのお嫁さんになるって約束、おぼえてる？」

茉莉は頷いた。

「今もそうしたいって思ってる？」

茉莉はこたえられなかった。白楽の祖母に引き取られてから、清三には一度も会っていなかった。両方の親が死んでしまった以上、そんな約束はもうなくなっていると思っていた。

「ぼくはね、茉莉ちゃんが生まれたときからずっと、茉莉ちゃんはぼくのお嫁さんにしたかった。そんなこと、言えなかったけど、ずっとそう思ってた。でも、兄さんは知ってたんだと思う。出征するとき、ぼくに、茉莉ちゃんを頼んだよって言って行ったから。いや」

勝士はうつむいた。

「兄さんもきっと、茉莉ちゃんをお嫁さんにしたかったんだと思う。だからぼくの気持がわかったんだと思う」

勝士は茉莉をみつめ、空いていたもう片方の茉莉の手も取った。勝士の手はあたたかかった。

「茉莉ちゃん、ぼくの気持はずっとかわらない。ぼくのお嫁さんになってほしい」

茉莉は真っ赤になってうつむくしかなかった。両手は勝士に握られていて、赤くなった頰を覆うこともできない。

ずっとお兄ちゃまだと思っていた。でも、うれしかった。すごくうれしかった。

茉莉は、自分もずっと、勝士をすきだったことに気づいた。清ちゃんや進一お兄ちゃまや、ほかのだれよりも、ずっと。

期待しないようにしようと思いながら、ほんとは心のどこかでずっと待っていた。

勝士がいつか迎えにきてくれることを。

茉莉はうつむいたまま、頷いた。

一度は頷いたあと、茉莉は勝士に手を握られ、うつむいたまま、首を振った。

茉莉には見えていた。この川面に浮かんでいたたくさんの人たち。黄金町の駅の階段に折り重なって死んでいた人たち。焼け跡で大人たちから聞いた、たくさんの人たちの死にざま。

茉莉は三年も伊勢佐木町で働きながら、六丁目から先には行ったことがなかった。行けば思いだす。今、自分の手を握る、かっちゃんのこの手を握って、三春台の家から下っていった坂道。空襲で焼き殺された人たちの手や足が散らばっていた。片付ける人もいない。だれもが忙しなく通りすぎていき、初夏の日差しに腐っていく手や足。

茉莉はなにもかもおぼえていた。空襲の朝、真っ黒に焼かれて死んだ家族。

そしてまだおぼえていた。

わたしの手を無理やりに開いてキャラメルを奪っていったおばさん。わたしのお皿のじゃがいもを食べたおじさん。かっちゃんにみつけてもらうまで、だれもわたしを助けてくれなかった。養護施設ではひどい目に遭わされた。

自分だけじゃない。道ばたで死んでいる人たちの懐から財布を盗んでいった人。空襲で親を失い、不自由な体になってなお、守られるどころか、いじめ抜かれた戦災孤児たち。

　こんな日本人なんていらない。この世界に、憎むべき日本人を増やしたくない。

　そして。

　茉莉にはわかっていた。

　日本人。それは、わたしも。

　日の丸の旗を振って、進一お兄ちゃまをフィリピンに送りこんだ。鉄を集めて、弾丸切手を買って、鉄砲の弾を送った。シンガポール陥落のときも提灯行列をして祝った。「陥落」されたシンガポールの人たちがどうなったのか、考えもせずに。

　そして、なにもかも忘れた。日本人が何人殺されたのか、日本人が何人殺したのか。

　玉砕しても撃滅せよ、一人一殺と言って、学校で竹槍を藁人形に突き刺した。

　その鬼畜米英を迎え入れ、クリスマスを祝い、ジングルベルの歌を歌う。ハローのおじさんと遊ぶ。チョコレートをもらう。

　ハローのおじさんたちは、わたしたちの頭の上に焼夷弾をばらまき、機銃掃射をし、原子爆弾まで落としたのに。

　進駐軍がいなくなってからやっと、報道規制がなくなり、原爆や空襲のむごたらしさが報道されるようになっていた。正気の沙汰とは思えないことを、ハローのおじさんたちはしていた。

なにもかも忘れ、なかったことにする。

茉莉は白楽の祖母の家に引き取られてから通った国民学校で、教科書に墨を塗ったことをおぼえていた。

あのとき、黒く墨で消してはいけなかった。墨を塗ったから、なにが書いてあったのか忘れられた。学校で先生はなにを教えてしまったのか、なにを教えてはいけなかったのか、学ぶことができなかった。

そして、くりかえす。

日本は、朝鮮戦争から始まった特需景気に沸いていたが、軍隊を持たないようになったはずの日本に警察予備隊が作られ、米軍は日本から朝鮮半島へ進軍していった。家族の写真をわたしに見せて涙ぐんでいたハローのおじさんたちは、今度は朝鮮に爆弾を落とした。

もしかしたら、朝鮮人だと言っていた、よっちゃんの頭の上に。わたしにおむすびをくれた、よっちゃんの。

「わたし、お嫁さんにはなれないの」

茉莉は言っていた。

「みんな死んだのに、わたしだけ幸せになれない。見えるのよ。瓦礫の中で死んでいた母やおばあちゃまが」

茉莉は勝士の手の中から、自分の手を引きもどした。

「忘れようとしても、忘れられないの。どうしても。この手にね、残ってるのよ。焼け跡で、ぎゅうって開かれて、キャラメルを奪われたときの感触が」

そしてそれは、わたしもしかねないことだった。そういう状況だったら、だれでもしかねないこと。

あのおばさんは、わたしでもあった。

そしてきっと、弱い人間はくりかえす。きっと、みんなはくりかえす。わたしはくりかえす。

くりかえしてはいけなかった。

長兄の進一が戦死した以上、次兄の勝士は朝比奈家を継いでいかなくてはいけなかった。こどもは生まないなんてことが許されるわけがない。

「おぼえてるよ。ぼくはあの日、黄金町の駅の階段で、人が折り重なって死んでいたのを見た。この川にもたくさんの人が浮かんでいた。みんな、苦しそうに、それから無念そうに、目を見開いてたり、歯を剝いたりしてた。黒こげになって、人間とは思えない人たちもいた。それから、お母さんとお父さん、おふくろとおじさんもね」

勝士は川面に目をやった。

「今思えば、お父さんは火を消そうとして残ってたんじゃないかと思う。ナパーム弾が火たたきなんかで消せるわけないのに」

「みんな死んだの。だから」

茉莉の言葉をひきとって、勝士は言った。

「だから、茉莉ちゃんは幸せにならなきゃいけないんだよ」

勝士の声は揺るぎなかった。

「茉莉ちゃんは、みんなの分も幸せにならなきゃいけない。死んだお母さんもお父さんもそれを望んでる。兄さんだって」

茉莉は勝士を見上げた。勝士は茉莉をみつめて、言った。

「ぼくが茉莉ちゃんを幸せにする」

勝士は茉莉を抱きしめた。

幸せ。

きっとこれが幸せなのだと、勝士の胸の中で茉莉は思った。

勝士の体は、その手よりももっと、あたたかかった。このままずっとこうしていたいと願わないではいられないほどに。

「ごめんなさい」

茉莉はその胸の中から逃れた。

「やっぱり、わたしは幸せになれない」

幸せになるつもりだった。みんな。

戦争をして、幸せになるつもりでいた。

自分のためだけじゃない。だれかを幸せにするために、戦地へ行って、ほかのだれかを殺した。

だれかを幸せにするために、みんなで工場で武器を作り、みんなで食べ物をがまんした。

だれも、決してだれかに不幸せになってほしくはなかったのに。

それなのに、だれかの幸せのために、たくさんの人が不幸せになった。

茉莉は、戸惑う勝士の顔を見上げた。

いつか、わたしの幸せのために、この人はだれかを不幸せにするかもしれない。

「わたしは、幸せにならなくていいの」

約束を守ってくれた。わたしのことを忘れないでいてくれた。

この優しい人にだけは、わたしの幸せのために、だれかを不幸せにしてほしくはなかった。

茉莉は走って店に帰った。下駄の音が石畳(いしだたみ)に響いた。

勝士はそれからも何度か店に訪ねてきてくれたが、茉莉はもう会わなかった。

「いいの？　茉莉ちゃん」

店主はいつも、心配そうに訊いてくれた。

「いいんです」

茉莉は勝士が立ち去るまで、店の奥で背をむけて立っていた。弱い自分の未練を断ち切ろうと、二度と、その姿を見なかった。

三十八

朋寿(プンス)は美子との結婚を許してもらうために朝鮮大学校をやめ、朝鮮学校教師の職をあきらめて焼き肉屋で働くと言った。これには、朋寿の両親が大反対した。朋寿の家はもともと両班(ヤンバン)で文事を重んじる一族であり、朋寿の両親も兄も教師だった。また、美子の両親も、結婚式の日取りまで決まっている縁談を今さらなかったことにはできなかった。在日社会は狭い世界だった。同胞の信頼を失うことになる。客商売をしている美子の家にとっては死活問題だった。

朋寿は言った。

「ぼくはなにもかも捨てていい」

二人の思いを遂げるために失うものは、朋寿のほうが大きかった。それでも朋寿の気持は揺るがなかった。

「その覚悟はできてる。でも、そうして一番苦しむのは、ひとり娘を失う美子のお父さんとお母さんだ」

「朋寿のお父さんとお母さんもね」

二人は幾度も両親と話し合った。朋寿の兄と妹ははじめから二人の味方で、話し合いのたびに応援してくれた。朝鮮学校の日本人教師で、朋寿と美子を教えてくれた谷口先生も来て、間に入ってくれた。

「美子と朋寿はお似合いだと、当時から思っていました。美子が日本人のこどもたちにいじめられたとき、家まで送るように言ったのは自分です」

谷口先生はわらった。

「これが日本人と在日というならわかりますよ」

谷口先生は朋寿の両親に言った。

「同じ在日同士じゃないですか」

その言葉は双方の両親の心を動かした。

婚約者の家にはもらった結納金の倍の金額を返し、美子の両親が頭を下げて謝り、なんとか穏便(おんびん)にすませることができた。

「おれは反対したんだけどな、チョッパリの先生に説得されたんだよ」

美子の父は、うれしそうにそう言って回った。

結婚式は、焼き肉屋の二階で行われた。美子は純白のチマチョゴリを身に纏(まと)い、白い花で飾られたベールに包まれた。

朋寿は古くからの習わし通り、メンテという干した鱈(たら)で足の裏を叩かれた。花嫁を奪った花婿への意趣返しだが、それが、花婿を花嫁として認める祝福でもあった。北朝鮮でも韓国でもとっくに廃(すた)れた古い慣習(チエイルドンボ)だった。

「こんなことやってるのは在日同胞だけだよ」

朋寿は、かちかちのメンテでなんべんも叩かれながらわらった。

やがて、生まれてきたこどもは男の子だった。

朋寿は、美子の父に名前をつけてもらおうと言った。長幼の序を大事にする在日社会ではよくあることだった。美子の父も母も喜んだ。

美子の名は、結局、父がつけた名ではなかった。それは、父が七年ぶりに満洲から帰ってきたときにわかった。父は、妻がその兄に書かせた手紙を受けとっておらず、娘が生まれたことすら知らなかった。兄は手紙を書かなかったのだ。

朝鮮人はふつう、女児に子のつく名前はつけない。当時、朝鮮は日本の植民地下にあり、創氏改名が徹底されるのはまだその四年後ではあったが、すでに日本におもねった改名や命名は始まっていた。面(ミヨン)事務所の役人だった妻の兄は、妹が文字を知らないのをいいことに、姪に日本風の名前をつけたのだった。

美子の父は一度も口にはしなかったが、娘に日本風の名前をつけられたことを、ずっと無念に思っていた。一方、母は、自分が字を知らなかったばかりに、娘の名づけの問題に気づかず、止められなかったことを、ずっと申し訳なく思っていた。美子は自分の命名についての経緯をうすうす感じ取っていたので、婿に入ってくれたばかりか、気遣って名づけを父に譲ってくれた朋寿に感謝した。

父は初めての孫息子に、朋根(プングン)と名づけた。

「婿どのの名前からいただいてね。わが孫息子が、その父のようにすばらしい人間になるように」

父が言うと、朋寿は顔を赤くした。

「光栄です。ありがとうございます」

「この子はこの国で生きていくことになる。わたしたちにとっては異国の地であるが、わたしたちにはもうこの場所しか生きていけるところはない。ここでこの国の人たちと朋として親しく交わり、しっかりと根を張って生きていってくれるように」

朝鮮戦争は終わったが、祖国は北と南に分断されたまま、四年がたっていた。在日社会も、北を支持する総連と、南を支持する民団との、まっ二つに分かれた。

もし、美子たちが帰るとすれば、どちらの国に帰ればいいのだろう。故郷は北にあったが、国交は断絶していた。こちらでの商売は順調で、もう、美子の父も母も、祖国に帰ることはできなかった。頭ではまだ夢見ていても、現実が許さなかった。

つらい思いもしたが、生まれ育った平花里(ピョンファリ)のことを、美子はおぼえていた。畑から母が帰ってくるのを待つとき、かたわらで大きな白い木槿(むくげ)の花が咲いていた。

「いい名前ね」

漢字の意味を教えてもらった美子の母は喜んだ。

「日本読みだとなんになるの?」

日本で商売をしていく上で差し障りがあるので、美子の父も母も、ふだんは創氏改名以来の富田姓を名乗り、日本式の通名で暮らしていた。美子も、本名の金美子（キムミジャ）だったのは朝鮮学校に通っていたときだけで、日本の学校では通名を名乗っていたので、美子の母がそう訊ねるのも無理はなかった。

けれども、朋寿の家は両親が朝鮮学校の教師で朝鮮の文化を守っていたので、朋寿はこれまでずっと本名で暮らしてきていた。朋寿の顔は美子の母の言葉に曇（くも）った。

「ともね、だな」

美子の父は、婿の顔色を窺いながら、そっとつぶやいた。

二つの名前を持って生きることになるとも知らず、朋根は小さな小さな手を握りしめて、すやすやと眠っていた。

三十九

朋根（ブングン）はすくすくと大きくなった。大きくなりすぎるほどだった。美子と朋寿（ブンス）の血をひいて、まだ小学校に上がらないうちから、小学生にまちがわれるくらい大きかった。近所のこどもたちと遊びまわって、毎日暗くなるまで帰ってこなかった。メンコやプロレスごっこに夢中になり、あちこちすりむいて帰ってくることもあった。

テレビ放送が始まり、力道山(りきどうざん)のプロレス中継に日本中が熱狂していた。美子の焼き肉店にも客寄せのためにテレビを入れていた。金曜日の午後八時になると、近所の人やこどもたちまでやってきて、なにも注文せずにテレビを見た。しかし、美子も朋寿もわらって迎えて、とがめなかった。

朋根は小学校に上がっても、学年で一番背が高かった。朋寿と朋寿の両親は、民族教育を受けさせるために朝鮮学校に行かせたがったが、朝鮮学校は遠く、とてもひとりでは通えそうになかった。店は忙しく、送り迎えもできない。朋根は通名で日本の小学校に入学した。

それでも、美子は婚礼のときに仕立てた、桃色のチマチョゴリを着て入学式に出た。こんなときに着なければ、着ないままで終わってしまいそうだった。まだ二十代半ばの美子は、人がふりかえるほどに若々しく、美しかった。在日が珍しくない地域ではあったが、チマチョゴリを着てきたのは美子ひとりきりだった。朋根は美子と手をつなぎ、いつものエプロン姿とは見ちがえるほどに美しい母を喜んでいた。

ところが数日して、うかない顔をして学校から帰ってきた朋根は、店で仕込みをしていた美子と朋寿に訊いた。

「ねえ、チョーセンジンってなんのこと？」

訊くと、帰り道にそう言って、上級生からからかわれたと言う。美子は、自分が石を投げられた川べりの土手を思いだし、ぞっとした。

「朝鮮人というのは、わたしたちのことだよ」

朋寿は肉を切って血で汚れた手を洗い、カウンターから出て、穏やかに朝鮮語で朋根に言った。

「在日同胞（チェイルドンポ）のことを日本人は朝鮮人というんだ」

「朝鮮に帰れって言われたよ。朝鮮ってどこ？」

うつむく朋根の前にしゃがんで、朋寿は朋根の顔をまっすぐに見た。

「もともと、わたしたちは朝鮮から来たんだけど、帰る必要はないんだよ。わたしたちは日本に来て、日本で働いて、日本に貢献している。帰れというのは日本人がよく言うことだけれど、わたしたちがみんな朝鮮に帰ってしまったら、困るのは日本人だよ」

朋寿の思いがけない言葉に、朋根は顔を上げた。

「おまえも力道山がすきだろ。彼は在日同胞だよ」

「ほんとに？」

「ほんとの名前は金信洛（キムシルラク）という」

公表してはいなかったが、在日社会ではだれもが知っており、自分たちの希望の星だとその活躍を応援していた。

「野球の張本勲（はりもといさお）だってそうだ」

朋根の目は輝いた。

「おまえだって同じ在日同胞だ。自信を持て」

「うん」

朋根は力強く頷いた。

「遊んでくるね」

朋根は外へ走っていった。

朋寿はその後ろ姿を満足げに見送っていたが、美子は違和感をおぼえていた。たしかに活躍している在日同胞はいる。けれども、それほどのスーパースターにならなければ、在日の存在はこの国では認めてもらえないのだろうか？　この国の役に立たなければ、この国に置いてもらえないのだろうか？

焼き肉店は繁盛しており、日本人の客も多かった。その意味で、自分の店が日本人の役に立っていることはわかっていた。

じゃあ役に立たなかったら？　役に立たなくても、ただここにいることは、在日には認められないんだろうか？

美子にはわからなかった。

四十

文化大革命が始まった。

工業学校を首席で卒業した美珠（メイジュウ）は、同級生数人と一緒に邢台（けいだい）の工場に配属されていた。綿布を織る織機の部品を作る工場だった。近所のおじさんが木で作ってくれた機織（はたお）り機を使って、玉蘭（ユラン）と毎晩綿布を織っていたころがなつかしかった。機械化してもその仕組みは同じだった。

美珠は工場で働きはじめて五年目に、郵便局の職員の孫徳林（ソンデリン）と結婚し、邢台のアパートに住んでいた。

美珠は自分が日本人の残留孤児だったことは、徳林には言わなかった。あえて隠そうとしたのではなかった。そのころには、もう自分が日本人とは、美珠自身も思えなくなっていた。邢台では他に日本人がいるとは聞いたこともなく、新聞やラジオで耳にする日本人は、遠い外国の人間だった。自分がそんな異国の人間だとは信じられないような気がしはじめており、話す必要もないように思えた。

二人は休みのたびに村に帰り、文成(ウエンチエン)と玉蘭に顔を見せた。徳林の両親はすでに亡くなっており、ひとりっ子だったので、親といえるのは美珠の両親しかいなかった。徳林は二人を実の両親のように大事にしてくれた。

文化大革命が始まっても、美珠も徳林も、自分たちのようなつましい労働者には、なんの関わりもないことだと思っていた。

ところが、ある日突然、美珠は工場長に呼びだされた。公安局の職員が、日本人である美珠のことを工場まで調べに来たという。中学生のときに村に来た公安局職員の書いた檔案(とうあん)の記録が、ずっと残っていたのだった。

「あなたが日本人だとは知らなかった」

美珠の上司である管理部長は言った。

「けれども、あなたがどれだけ真面目でよく働いているか、わたしは知っている。だから公安局にはそう言った。日本とのやりとりがあるかどうかも聞かれたが、わたしはそんなことは見たことも聞いたこともないと伝えた」

工場長も頷き、美珠にほほえみかけた。

「日本人を見たのは、解放後、初めてだよ」

美珠はつられてほほえみそうになったが、工場長は急に厳しい顔になり、太い腕を前で組んだ。

「わたしがこどものころ、わたしのいた山西省(さんせい)の村に日本軍がやってきた。日本軍の兵隊はみんな大きなブーツを履き、大きな馬に乗っていた。馬の蹄(ひづめ)もすごく大きかった。わたしは祖父と一緒に、道ばたでそれをずっと見ていた。あの地響きのようなおそろしい音を、わたしはずっとおぼえている。今でも思いだすとおそろしくなる。わたしの祖父は村長だったが、日本軍の兵隊は祖父を殴って地面に倒し、その頬の上に足をのせた。ブーツを履いたままでね。理由があって殴るんじゃない。自分の楽しみのために、自分の親よりも年上の人間を殴ったんだ。それから何年も、日本軍はわたしの村にいて、何人も殺した。わたしの叔父も、幼なじみも殺された。わたしは今も日本人が憎い」

美珠は目をそらすことも忘れ、工場長の顔をみつめていた。なんとこたえていいかわからない。ただただ、足が震えた。

中学生のころ、見ていた悪夢を思いだした。顔に日本鬼子(リーベングエズ)と書いてあり、自分が日本人だとばれてしまって、みんなにいじめられる夢。工場で働くようになり、結婚して、ずっと忘れていた、悪夢。

管理部長がとりなすように言った。

「だれもが多かれ少なかれ、日本人には恨みを持っている。あなたは終戦当時、こどもだったのだからその罪はないが、そういう日本人のこどもであることはまちがいない。だから気をつけなさい」

工場長はまた、美珠にほほえみかけた。

「あなたの檔案を見たよ。あなたは農村出身なのに工業学校まで行かせてもらっている。ご両親にはいくら感謝してもしたりないね」

美珠は頷いたが、工場長はまた厳しい顔に戻った。

「ご両親はあなたが不幸になることを決して望んでいないはずだ。だから言っておく。わたしのように思う人間もいる。まして日本特務と疑われると大変なことになる。気をつけなさい」

特務とはスパイのことだった。美珠にはそれが自分にかけられた疑いとはとても信じられなかった。

仕事を終えて帰ると、徳林が先に帰っていた。徳林は夕食に麵(めん)を作っていた。

「おいしそうだね」

美珠は言った。麺はほとんど打ちあがっていた。固くて大きいなつめの麺棒を使って打つ徳林の麺が、美珠はとてもすきだった。家でも、麺を打つのは文成だった。徳林の麺は文成の麺と同じくらいにおいしかった。

「もうすぐできるからね」

徳林は、麺を寸胴鍋（ずんどうなべ）でゆでながら言った。美珠はその背中に抱きついた。公安局が来たということは、やはり自分は日本人にちがいないということだった。徳林にその事実を告げなくてはならない。けれども、この優しい人は、その事実を知っても、かわらずに自分を愛してくれるだろうか。

今までに幾度も聞いた、この国で日本人がしたことを思いだす。偽満（ウエイマン）では、わずかな金で農民から土地を取りあげ、家から追いだした。行くあてのない農民は小作となって、かつての自分の畑を耕（たがや）し、日本人は賃金を地面にばらまいて支払ったという。

自分の親も開拓団員だったという。信じたくないが、同じことをしていたのかもしれない。中国人から奪ったものを食べさせて、わたしを養っていたのかもしれない。

美珠は言えなかった。

徳林と一緒に、卵とトマトといろいろな野菜がたっぷり入った、あつあつの麺を食べながら、美珠は、打ち明けられない自分を情けなく思っていた。

それから日を追うごとに、革命闘争は激しさを増していき、批判集会がひんぱんに開かれるようになった。共産党が掲げる理念に反した、出自が悪いと言われた人を全員で囲み、声を荒らげ、時には何時間も糾弾するものだった。工員、農民、革命に参加した人間、つまり軍人のこどもたちはよい出自とされ、学生たちが憧れる紅衛兵にもなれたが、教員や医師、地主や裕福な家の者は、知識分子とか反革命分子などと言われ、右派として徹底的に糾弾された。

大飢饉を引き起こしたときとは異なり、今度の革命の担い手は学生たちだった。革命は道理があると言った毛沢東の言葉に熱狂し、赤い腕章を巻き、毛沢東語録をかざした紅衛兵が、大手を振って街を行くようになった。彼らによって、寺の仏像は首を折られ、顔には墨でばってんが書かれた挙げ句に、こなごなに壊された。博物館の収蔵品も破壊され、図書館の本は焼かれた。

この若者たちは一体どこから湧いて出てきたのかと美珠はふしぎに思ったが、同僚の妹が紅衛兵になって工場へ来たとき、納得した。紅衛兵はどこかからやってくるのではなかった。自分のすぐそばにいる人が紅衛兵になるのだった。

美珠も毛沢東語録をいつも持ち歩くようになった。商店に買い物にでかけても、毛沢東語録の一文を諳んじてからでないと、店員はなにも売ってくれない。美珠は、ばかばかしいと思いながらも、生活のために毛沢東語録を暗記し、「世界はきみたちのものだ。中国の前途はきみたちのものだ」と、工場のそばの小学校から聞こえる、毛沢東語録を音読するこどもたちの声に感動もしていた。学校では教科書が使われなくなり、毛沢東語録だけを学ぶようになっていた。

たしかに、一年に一度、誕生日にしか食べられなかった小麦粉の饅頭（マントウ）も卵も、今では一年中食べることができるようになっている。世の中は少しずつよくなっている。田舎で暮らす両親の顔を思い浮かべ、美珠は思った。貧しい農村の両親が幸福に余生を過ごすためには、革命は必要なことかもしれない。

批判集会は毎日のように開かれた。美珠の工場でも、集会が開かれると伝えられると、作業を中断し、全員が参加しなくてはならなかった。

ある朝、美珠は、工場に着いて早々に、工場の事務所の前の広場に集まるように言われた。事務所の前には高い壇が作られていた。そして、広場を埋めつくした工員の前に引き出されたのは、工場長だった。壇に上げられた工場長は、三角帽子をかぶせられ、首からは四角い板を下げられていた。そこには名前がペンキで書きなぐられ、その上にばってんがされていた。そしてその名前の上には罪状が書いてあった。

「走資派領袖」

役職に就き、指導的立場にある人間は、しばしば、資本主義者を示す走資派と糾弾された。退職を二年後に控える工場長は、その髪の毛の薄くなった丸い頭を力づくで押さえこまれて、腕は後ろでねじりあげられ、反省の態度を示すようにひざまずかされていた。

工場長の息子や娘、中には孫といってもおかしくないほどにあどけない顔をした若い工員たちに責めたてられている間、工場長は一度も顔を上げなかった。毛沢東語録をかざして、美珠のまわりの工員たちも、工場長を罵倒し、走資派を打倒する言葉を叫んでいた。けれども美珠にはその声が聞こえなかった。

三角帽子を外され、工場長の頭に墨が掛けられた。蹴り倒され、肩から地面に倒れた工場長の頭を、若い工員たちが踏みつけた。自分の親とも祖父とも言えるほどの年齢の工場長を。美珠は思わず目をつむった。

「革命は暴動である」

壇上の工員の叫びに呼応し、広場を埋めつくす工員たちも、毛沢東語録の一文を一斉に叫んだ。

美珠には聞こえなかった。ただ、自分にかけてくれた、工場長の声が聞こえた。

ご両親にはいくら感謝してもしたりないね。

工場長の笑顔とともに。

美珠の身を案じてくれていた工場長だったが、先に大変なことになったのは工場長のほうだった。

その後、部長と課長クラスの人間が一斉に批判の対象となった。批判集会の後は拘束され、工場長も部長も課長も、管理職にあった人間はすべていなくなった。

工場の生産は滞（とどこお）った。主任たちも、いつ自分たちが批判されるかわからず、怯えて、共産党員の工員たちの言うなりだった。自分が告発されたくないがために、家族であろうが同僚であろうが、なにもしていない人を先に告発することも、めずらしいことではなくなった。

ありとあらゆることが告発の種になった。おぼえていることもいないことも。かつてしたことをおぼえている人たちによって告発された。革命は総決算だった。したことがよいことかわるいことかではなかった。それをどう思っていた人がいたかだった。親が裕福だったこと、大学に行ったこと、有能で仕事ができたこと、そんなことが批判された。あることもないことも。もはや、それが真実かどうかさえ関係がなかった。それを人がどう思ったか。どう思って見ていたか。その思いが溢れだした。

これまで口にできないでいた、その思いが。

だれもがだれもを疑い、これまでの人間同士の信頼や親しさというものが、すべて消えた。そもそもそんなものはありえない夢だったかのように。

そしてある朝、美珠は工場長室に呼びだされた。

そこには工場長ではなく、共産党員となった工員たちがいた。中でも若い工員が、赤い地に毛沢東の横顔が浮き彫りになった毛沢東バッジを襟元に光らせ、工場長の椅子にすわり、美珠に言った。

「李美珠。おまえの出自は日本鬼子だな」

美珠はなんと答えるべきかわからなかった。工場長や管理部長は気をつけるように言ってくれた。けれどもこうなってしまっては、なにをどう気をつければよいのか。

「どうだ！　答えないか！」

やはり美珠よりも若い女性工員が工場長の机を叩いて叫んだ。美珠はびくっとして、あわてて頷いた。

「日本人だと聞いています」

美珠はつっかえながら、ささやくような声で言った。若い工員はわらった。

「やっと白状したな。おまえは、日本鬼子でありながら、それを隠し、織機生産工場という国家の経済基盤の中枢ともいうべき場所に入りこみ、なにをしようとしていたんだ」

「ただ、働いていただけです」

「嘘を言うな！」

また女性工員が机を叩いた。美珠は身を縮めた。

「おまえの成績を見た。これまでずっと首席で通している。これだけの成績を上げながら、単に工員として働いていたというのは、どう考えてもおかしいだろう。日本帝国主義の手先となって特務行為を働いていたとしか思えない。正直に言え！」

甲高い叫びとともに机が叩かれる。

「批判集会にかけられたいのか！　なにをしようとしていたんだ！」

何度も机が叩かれた。

墨をかけられ、頭を踏みつけられた工場長。髪の毛を半分刈られた管理部長。美珠はぞっとしたが、言うべきことを知らなかった。

終業時間になるまで、立ったまま責めたてられ、美珠はなにがなんだかわからなくなった。

帰り道も、自分がどこをどう歩いてアパートの三階の部屋に入ったのかわからなかった。気がつくと寝台に横たわっていた。目の前には徳林の顔があった。背が高いだけでなく、大きな顔と手をした人だった。その大きな手で美珠の手を包みこんで握ってくれた。

「わたし、あなたに言ってなかったことがある」

美珠は横たわったまま言った。

きっと徳林はわたしのもとを去っていくだろう。でも、遅かれ早かれわかってしまうことだった。日本鬼子だという批判が、これですむとは思えない。

「わたしは日本人なの」

徳林は頷いた。

「知ってた」

美珠は耳を疑った。

「いつ？　いつから知ってたの？」

「結婚する前から知ってたよ」

中学校でも工業学校でも、美珠はだれにも自分が日本人だとは打ち明けなかった。

「手紙が届いたんだよ」

徳林は言葉少なに説明した。

「結婚する前に。差出人は書いてなかった。きみが小日本鬼子（シャオリーベングエズ）だと書いてあった」

「じゃあ」

美珠は信じられない思いだった。

「わたしが日本人だとわかっていて結婚したの？」

徳林は頷いた。

「今日、郵便局にも共産党員が来て、日本の特務と結婚したと言われた。わたしは知らなかったことにした。でも本当は知っていた」

美珠は、徳林のシャツの襟元が縦に裂けていることに気づいた。きっと共産党員に胸ぐらをつかまれて、破れたのだろう。

「殴られたの？」

「いや、大丈夫だよ」

徳林は頰を押さえてわらった。

「知っていても、一緒にいたかった」

美珠は徳林の首にしがみついて泣いた。

四十一

茉莉は八年間住み込みで働いたが、伯父の家で暮らしていた祖母の体調が悪くなり、引き取るために独り立ちをすることにした。

銀行勤めだった伯父は、わずか五年で公職追放が解除され職場に復帰したのに、結局一度も茉莉を引き取るとは言ってくれなかった。茉莉が祖母を引き取るときも、自分の母親がどこに暮らすことになるのか、その住所さえ尋ねなかったことに、茉莉は気づいていた。

けれども、久しぶりに見た伯父の頭は白くなり、顔には深く皺が寄っていた。もうこの敷居を跨ぐことは二度とないと思いつつ、祖母を連れて伯父の家を出た茉莉だったが、一年もしないうちに伯父は亡くなり、足の弱った祖母を支えて、葬列に加わった。

茉莉の独り立ちに、伯父からはもちろん、ほかの親戚からも援助はなかったが、なじみの客が借金の保証人になってくれた。とんとん拍子に話はすすみ、元町商店街の外れに店を開くことができた。

　はじめは経費を抑えるために、田舎から出てきた中卒の子を住み込みで雇い、殆どひとりで働いた。この子たちもいずれは独立させるために、夜間の専門学校に入れ、美容師免許も取らせなければならないので大変だった。茉莉は娘を育てるつもりで気長に教えた。お客さんの髪の洗い方やカールの巻き方以前に、箸の持ち方、箒の掛け方、雑巾の絞り方から教えなくてはならない娘たちばかりだった。職業安定所を通して雇ったが、他の店では三ヵ月ももたないで辞めていくらしく、職業安定所の職員が店を見に来たことがあった。

「おたくの店だけですよ。こんなに辞めないで定着してるの」

　職員は茉莉を褒めた。

　駅から遠く、立地条件は悪かったが、それでも元町と銘打って看板を出せたことが幸いしたのか、茉莉の腕がよかったのか、元町の奥さんたちが常連客になってくれ、店は繁盛した。雇った娘たちもみな、育つといい子ばかりで、新しい店舗を出すたびに、彼女たちを店長にして店をまかせることができた。

　だれもがおしゃれをすることに餓えていた。高度経済成長の波に乗り、気がつくと、元町を中心に、神奈川、東京、千葉に八店舗を持つほどになっていた。

　祖母と二人で暮らしはじめてから十年後、祖母が老衰で息を引きとった。茉莉にとって、自分の最後の肉親の死だった。

わたしが幼いころのことを知っている人は、もうだれもいなくなった。

葬儀には、どこで聞いたのか、清三が訪ねてきてくれた。白楽にあった祖母の家で別れてから、初めての再会だった。

茉莉が焼け跡で弁当を盗んできてくれたときのことを話すと、清三はおぼえていなかった。

「ぼく、そんなことしたかな」

清三はそう言ってわらった。

茉莉は清三から、勝士が結婚し、こどもも三人いることを知らされた。

「かっちゃんに伝えてくれる？　おめでとうって。それから」

茉莉は、夜の川べりの道を二人で歩いたときのことを思いだしていた。

「わたしが生まれたときのことをおぼえていてくれて、ありがとうって」

待ち望まれて生まれてきたわたし。だれよりも愛されて生まれてきたわたし。

おぼえてくれていた人のおかげで、それは茉莉にとって、かけがえのない記憶になった。

それから、茉莉は社会福祉事業にも手を出した。介護が必要で店に来られない高齢者や障碍者の家を訪問して散髪をしたり、児童養護施設にボランティアで入所児童の散髪に通ったりした。

　茉莉は初めて児童養護施設を訪れたとき、空襲のない今の時代にも、施設に入れられて、親に育ててもらえない子がいることを知っておどろいた。自分の入所していた地獄のような施設は閉鎖され、なくなっていたことには安堵した。しかし数は減ったとはいえ、施設は存在し、親に育ててもらえないこどもたちの家となっていた。

　茉莉はある日、スタッフがこどもたちの髪を切っている間、園庭でこどもたちと遊んだ。一番小さい子は二歳ぐらいだった。大きいお兄ちゃんやお姉ちゃんに挟まれ、その女の子は転んだ。泣くだろうと思ってそばに寄っていったが、女の子は泣かず、自分で立ちあがった。茉莉はのばした手を引っこめた。

「あの子はどういう子なんですか。小さいのにずいぶん強い子ですね」

　茉莉が施設の職員に訊ねると、中年の女性職員は「ああ」と頷いた。

「生まれたときからここにいる子なんですよ。捨てられてたので身寄りがない子で。強いというか、泣かないんですね。手がかからない、いい子ですよ」

　茉莉はおどろいて職員の顔を見た。泣かないから手がかからない、いい子。

　茉莉にはちがうとわかった。

茉莉は女の子のそばに行ってわらいかけた。女の子はひざをすりむいていた。真っ赤な血がにじみ、珊瑚（さんご）の粒のように丸く光っていた。

ああ、この子は泣くことを忘れている。

茉莉にはわかった。

焼け跡にいた、自分みたいに。

茉莉は女の子のそばにしゃがみ、その顔を見上げた。女の子の大きな澄んだ目は、まばたきもしなかった。

「痛いでしょう」

茉莉は訊いたが、女の子は茉莉の目をみつめかえすばかりだった。

「泣かなきゃだめよ」

茉莉は言っていた。

この子は泣かなくてはいけない。この子を泣かせたい。

「お名前はなんていうの？」

「うたこ」

歌子は答えた。茉莉は歌子を引き取った。それからうたと呼んで育てた。

茉莉はうたのために、山手（やまて）に家を買い、引っ越した。

芝生の庭に、色とりどりのばらが咲いていた。白い壁に緑色の屋根の洋館だった。猫も飼うようになった。買ってきたわけではなく、庭に迷いこんできた猫だった。

茉莉はこどものころ、自分がいつもよく泣いていたことをおぼえていた。泣いたらきまって朝比奈の母に、「茉莉ちゃんは歌が上手だねー」と言ってもらった。いつでも泣いてよかった。泣きたいときにいつでも抱きつけるお膝があった。

茉莉はうたにも、いつでも泣いていいんだよということを教えてやりたかった。いつでも抱きついていいお膝があるんだよと伝えたかった。けれども、うたは階段から落ちても、ばらのとげを刺しても、泣かなかった。

茉莉は辛抱強く見守った。洋館にはアップライトのピアノが残されており、茉莉が弾くと、うたも興味を持って寄ってきた。ピアノを弾くのは施設を出て以来だった。茉莉はうたに歌を歌ってやりながら、一緒にピアノを弾いて遊んだ。

うたが初めて泣いたときには、もう一年がたっていた。庭から聞いたことのない声がした。茉莉は犬の声でも猫の声でもないその声に、なんだろうと庭に出ていった。

そのとたん、うたが茉莉の腰にしがみついてきた。わあわあと泣きながら茉莉に抱きついてきた。抱きついたまま泣きつづけていた。

うたは、茉莉が庭の柘榴（ざくろ）の木に作ってやったばかりのブランコから飛びおりてつんのめり、おでこをすりむいたのだった。

茉莉はぼうっと熱いほどのうたの体温を感じながら、うたを抱きしめていた。うたのおでこににじんだ血が、茉莉の白いエプロンに赤いしみをつくった。うたは茉莉の胸の中で泣きつづけていた。茉莉はそのとき、自分がうたの親になれたことを知った。

四十二

朋根(プングン)は朋寿(プンス)に似て勉強がよくできたが、朋寿が糖尿病になって働けなくなったため、大学進学はあきらめて店を継いでくれた。

月に二度の休みの日、朋根は決まって、つきあっている彼女と朝から出かけていった。両親に似て背が高く、切れ長の目をした朋根は、中学生のころからいろんな女の子との交際が絶えなかったが、今つきあっている彼女と出会ってからは落ち着いていた。「そのうち紹介する」という朋根の言葉に、美子も朋寿もその日を楽しみにしていた。

美子は、いつもなら仕込みに忙しい時間に、北朝鮮に渡った朋寿の兄家族と妹家族のために送る荷物を作った。

　朋寿の家は、一九五九年に始まった朝鮮民主主義人民共和国への帰還事業にごく早いうちに参加し、朋寿の兄と妹が北へ渡っていた。当時の日本でのきびしい差別と貧しさにあえいだ末に、まだ建国間もない祖国の礎になろうと選んだ道だった。朝鮮学校の教師である朋寿の両親は、勤め先でもさかんにこどもたちに北の祖国のすばらしさを話し、帰還をすすめていた。息子と娘をすでに帰還させている教師の説く話には説得力があり、すすめに応じて中学生で単身帰還した者も少なくなかった。朋寿の両親は、帰還させた人たちの後を追って、自分たちも帰るつもりだった。

　ところが、帰る支度をしていたところへ、朋寿の兄からの手紙が届いた。あたりさわりのない手紙だったが、文章の一番上の文字だけを拾って読むと、来るなと読めた。検閲があることはまちがいないようだった。それからは、兄も妹も頻繁に金や衣類を送るよう頼む手紙を寄越してくるようになった。送ったものがたしかに兄と妹に届いているのか、それさえ定かでないままに、朋寿の両親は帰還することを先延ばしにし、求められるものを送りつづけた。

　今となっては、「地上の楽園」と喧伝された北の祖国がどういう国かは、だれの目にも明らかになっていた。それでも心のどこかで祖国を信じていた朋寿の両親だったが、一度も日本に戻ってこられない息子と娘と孫たちに会いに行き、信じていた祖国の実情を知った。

「貧富の差がひどすぎる。本当の社会主義国ではない」

帰ってきた朋寿の父は悔しそうにそう言った。

「わたしは取り返しのつかない過ちを犯してしまった」

息子と娘だけではなかった。朋寿の父が帰還をすすめた、かつての教え子たちも、祖国で飢餓にあえいでいた。

美子も朋寿の兄家族と妹家族のために、せっせと食料品や衣類を段ボール箱に詰めては送った。特に朋根のお下がりが喜ばれた。朋根には会ったことのない従兄弟（いとこ）が何人もいたのだ。

けれども、北と南に分かれた祖国は、お互いにお互いの国を南朝鮮、北韓と呼び、その存在を認めなかった。もとは同じ民族、同じ国でありながら、北緯三十八度線を挟んで、もっとも憎みあう、世界でもっとも遠い国となっていた。

いつか、北の祖国となった平花里（ピョンファリ）に帰りたいと願っていた美子の両親は、結局一度も故郷の村に帰ることなく、亡くなっていた。

美子も朋寿も、いつのころか、この状態に慣れてしまっていた。一族がばらばらで、肉親の墓が海を隔てた異国にあり、従兄弟同士、兄弟同士が別の国に暮らしていることを、ごくあたりまえな毎日として、受けいれてしまっていた。

美子は、送る衣類のタグをひとつひとつ確かめ、メイドインコリアと書いてあるタグをはさみで切り取った。こうしないと、むこうで朋寿の兄や妹が大変なことになるという。

二人は、美子と朋寿の結婚を、はじめからずっと応援してくれていた。特に妹は、初めて美子に会ったとき、はにかみながら言った。

「ずっとお姉さんがほしかったの」

妹は中学生だった。美子にはそのときの妹の笑顔が忘れられなかった。

別れて二十年近くがたっていたが、妹がその笑顔を失っていないことを祈りながら、美子は妹への荷物を作った。そのとき、荷物の隙間に詰める新聞紙を手に取って、中国残留孤児の記事に気づいた。

戦後三十年以上もたった今ごろになって、急に中国残留孤児のことが報道されるようになり、身元が判明するたびに、大きなニュースとなっていた。

たまちゃんはどうしよるろう。

珠子のことを考えるときだけは、美子はいつも、千畑村の言葉に還った。

もう日本に戻んてきちょるがやろうか。それとも、まだ満洲におるがやろうか。

そこへ、朋根が店に駆けこんできた。まだ早い時間だったのでおどろくと、朋根は美子をにらみつけ、椅子がすべてテーブルに上げられている店の床を踏みしめて、叫んだ。

「なんでぼくを朝鮮人に生んだんだ」

美子は自分の耳を疑った。声を聞きつけて、二階で寝ていた朋寿も下りてきた。

「日本人にして返してくれよ」

そう叫ぶと、朋根は美子と朋寿の横をすりぬけ、二階の自分の部屋に駆けあがっていった。

その日、朋根は夕食もとらず、風呂にも入らず、部屋にこもったきりだった。

それでも、翌朝の店の仕込みには、朋根はいつも通りの時間に厨房に降りてきた。顔色が悪く、別人のように頬がこけていた。

朋根がつきあっていた彼女は日本人だった。両親から朋根との交際を朝鮮人だからという理由で反対され、別れたのだと言う。

朋根はぽつぽつと話しながら、仕入れた牛の腸を洗い、脂肪を丹念に包丁でこそげとった。肉の処理は根気のいる作業で、体を壊した朋寿にはできなくなっていた。朋寿は店の隅の椅子にすわり、朋根の話を聞きながら、まだ熱い玉蜀黍茶を飲んでいた。

「昨日は、ごめんなさい」

うつむいて包丁を使いながら、朋根は、昨日の自分の発言を父と母に謝った。美子も朋寿も、かける言葉がみつからなかった。

美子は、チョーセンジンとからかわれて帰ってきた、朋根の幼いころを思いだした。あの昼下がり、朋寿は力道山や張本勲の名前を挙げて、朋根をはげました。あのときの美子の不安は現実のものとなった。

そんなことではごまかしようのない現実が、そこには横たわっていた。

朋根はもう一度腸を洗い、一口大に切って、美子のつくった特製のたれに漬けていった。

人生が壊れるような状況になっても、店のために、肉を仕込まなくてはいけない。

それが、朋根にとって、それでもここで生きていくということだった。

それは、美子にとっても同じだった。

朝鮮から来た人間だという理由で、いくらこの国で嫌われようが、美子にも朋寿にも朋根にも、ここよりほかに生きる場所はなかった。

自分たちにはこの小さな店しかなく、今仕込んでいる肉は、日が暮れれば焼かれて、この国に暮らす人たちを生かす糧になる。

わたしたちがこの国に暮らす人たちを生かしている。日本人も朝鮮人もない。この国に暮らす人たち。

それは、美子も同じだった。

わたしはもう、何人でもない。

美子は気づいた。

包丁を器用に使って肉を仕込む朋根。もう働くことはできないけれど、かつて義父母から教えられた肉の処理を朋根に教えた朋寿。もやしやほうれんそうを茹で、ナムルを作るわたし。

わたしたちは、ただ、この国に暮らす人間のひとりだった。

四十三

工場長は下放され、河南省で豚を飼う仕事をさせられた後、行方がわからなくなった。黒竜江省のソ連との国境地帯の農村に送られていた管理部長は、三年で戻ってきた。

管理部長は、美珠(メイジュウ)が無事だったことを喜んでくれた。下放されていたほかの幹部たちも戻ってきて、工場の生産も復旧しはじめた一九七二年、日中間の国交が正常化した。

「これでいつでも日本に帰れるね」

徳林(デリン)が言った。美珠は訊いた。

「帰ってもいいの」

「そのときは一緒に帰ろう」

徳林はわらった。

「生まれてくる子も、おばあちゃんもおじいちゃんも一緒に」

なかなかこどもを授かれないでいた二人だったが、美珠は初めての子を宿していた。

「そんなにおおぜいで帰れるかしら」

美珠はわらった。

結婚して七年目にしてようやく、二人が授かったこどもは、女の子だった。

その子が生まれる前、美珠と徳林は、狭いアパートから広い家に引っ越し、玉蘭(ユラン)と文成(ウェンチェン)を牛古庄(ぎゅうこしょう)村から呼び寄せた。文成の長兄はさみしがったが、玉蘭と文成のために喜んだ。二人はもう年を取って、農業もできなくなりかけていた。文成の長兄も年老いて腰が曲がり、すべてを長男に譲っていた。

　玉蘭は生まれたばかりの孫をおそるおそる抱いた。子を生んだことのない玉蘭には、生まれたばかりの赤ん坊はどうしていいのかわからないものだった。自分が壊してしまうのではないかとおそれた。

「子のいないわたしたちに孫ができた」

　文成が言った。玉蘭も頷いた。

「美美(メイメイ)、あなたはわたしたちの宝物」

　美珠と徳林は、いつもくりかえす玉蘭の言葉から、娘を宝珠(バオジュウ)と名づけた。美珠と徳林にとっても、文成と玉蘭にとっても、宝珠はかけがえのない宝物だった。

　宝珠は元気なこどもで、よく泣いた。それでも玉蘭は宝珠をうっとりとながめては言った。

「こんなにかわいいものが、この世にあるかしら」

　美珠と徳林が働いている間、玉蘭は辛抱強く宝珠につきあい、よく育ててくれた。文成は春餅(チュンビン)や麺を作って食べさせ、大きくしてくれた。

二年後、美珠は男の子を生んだ。福宝（フーバオ）と名づけた。福宝も玉蘭と文成に見守られ、すくすくと育った。

毎晩、徳林と二人で福宝と宝珠を間に眠った。美珠は、こどもたちの寝顔をみつめていると、自分の実の両親もこうやって自分を育ててくれたのだと思わないではいられなかった。玉蘭と文成は年老いて、特に玉蘭は体調を崩すことが多くなっていた。日本の両親もきっと老いを迎えているにちがいない。きっと自分に会いたいと思っているにちがいない。

一緒に暮らしはじめて四年目に、文成は脳出血を起こして亡くなった。トイレで倒れたきり、話すこともできずに、運ばれた病院で息を引きとった。その後、玉蘭も弱ってしまい、寝台に横になって一日を過ごすようになった。その姿を見るたび、美珠は、日本の親も今日にも亡くなっているかもしれないとおそれた。

一九七六年、毛沢東が死に、実権を握っていた妻の江青（こうせい）を含む四人組が逮捕され、十年に亘（わた）って続いた文化大革命が終結した。

文化大革命が終わっても、工場長は戻ってこなかった。杳（よう）として知れなかった行方がわかったときには、雲南（うんなん）省のベトナムとの国境付近の農村で病気にかかり、すでに亡くなっていた。

言葉を交わしたことは一度しかなかったが、その厳しさと優しさをあわせもつ面差(おもざ)しを美珠は忘れなかった。

わたしが日本鬼子(リーベングエズ)だとわかっていて、黙っていてくれた。それなのに、わたしだけは、あの狂奔(きょうほん)の渦から抜けだしてきてしまった。

この十年を生きのびた人間は、だれもみな、負債を背負うことになった。文化大革命に関わらないで生きられた人間はひとりもいなかった。赤ん坊にせよ老人にせよ、生きのびた人間はみんな関わっていた。毛沢東の遺体は天安門(てんあんもん)広場の毛主席記念堂に冷凍保存された。個人崇拝は残り、あの時代について語られることはなくなった。

「おかしな時代だったね」

美珠が工場長の死を告げると、徳林はぽつりとつぶやいた。

おかしな時代。へんな時代。そう言ってすませるしかなかった。

美珠はうなずいた。

徳林にも美珠にも、ほかに表現のしようがなかった。殺された人、自殺に追いこまれた人、失脚した人、辺境に下放されて戻ってこられなかった人、みんな、おかしな時代の犠牲者となった。

そして、いつまたおかしな時代が始まるかは、だれにもわからなかった。

文化大革命後、残留日本人孤児の身元が判明し、日本に帰国したというニュースを、美珠は時おり耳にするようになった。

そして一九八〇年七月、八路軍将軍だった聶栄臻党中央軍事委員会副主席が、河北省の炭鉱を攻撃したときに保護し、交戦中の日本軍兵舎に送りとどけた日本人の女の子と四十年ぶりに再会したというニュースが、大々的に報道された。四歳だった美穂子ちゃんはその後無事に日本に帰り、大人になって新聞の呼びかけに名乗り出、訪中し、人民大会堂で聶栄臻副主席と、しっかりと手を握りあった。

その写真を新聞で見ながら、徳林も玉蘭もなにも言わなかった。そのころから、日本からの孤児探しの訴えが新聞にも載るようになってきた。美珠はそれを欠かさず見ていたが、自分の名前もわからないので、どれも自分のことのようにも思えるが、どれも自分のことでないようにも思えた。撫順の収容所で行方不明になった九歳の女の子ということで探したが、該当する記事はなかった。

こどもたちが小学校へ通うようになり、玉蘭は老いていく。ある夜、美珠がその日の新聞の孤児探しの記事を読んでいると、寝ていたと思っていた徳林が起きてきた。

「今日の新聞にもそれらしいのは載ってなかったよ」

「あなたも探してくれてたの？」

「だって、一緒に帰ろうと約束しただろう」

徳林はほほえんだ。その口許には皺が寄っていた。

「おかあさんの前では申し訳ないからね。でも、日本の親に会えないままじゃ、あんまり美珠がかわいそうだと思って」

美珠は徳林の胸に抱きついた。徳林はしっかり美珠を抱きしめた。

「そうだ、こっちから手紙を書いてみたら？　探してくれるのを待つだけじゃなくて」

「もう日本特務と疑われないのかしら」

美珠は文化大革命のときの取り調べで受けた恐怖を忘れていなかった。

「もう大丈夫だよ。どんどん帰国している人がいるんだし」

「でも日本語は全然おぼえてないのよ」

「中国語で大丈夫だよ。この前両親がみつかって日本に帰った人は、中国語で日本の赤十字に宛てて手紙を書いたって記事に載ってたじゃないか」

その記事は美珠も読んでいた。徳林に背中を押され、美珠は肉親を探してくれるように、日本に手紙を書くことにした。

しかし、書きはじめて美珠は愕然(がくぜん)とした。美珠が日本人だったころのことについておぼえていることは、あまりにわずかだった。

日本だと思える記憶には、兄と姉がいた。家の前に川が流れていて、後ろは山だった。家のすぐそばにはトンネルがあった。姉と山で柿を取り、兄とは川で釣りをした。兄や姉におんぶをしてもらった。しかし、それだけだった。兄と姉の顔も、故郷の地名も、自分の名前も、なにもおぼえていなかった。

次におぼえているのは、日本人開拓団村での記憶だった。見渡す限りの大地がすすきに覆われて真っ白だった。トラックに乗っており、そばには父と母と幼いきょうだいがいた。その子が弟だったのか妹だったのかさえおぼえていなかった。なぜ兄と姉がいなかったのかもわからない。

それから、よくおぼえているのは、同じ年頃の女の子二人とともに三人で廟にいて、おむすびを分けあって食べたこと。みんなわらっていたし、歌も歌ったように思うが、その歌も女の子たちの顔も名前もなにもおぼえていない。きっとあの川べりの廟も、文化大革命のさ中に壊されてしまっただろう。こんなことが肉親探しに役に立つのかどうかわからなかったが、自分にとっては大事な記憶だと思えたので、そのまま書いた。

もうひとつおぼえているのは、冷たい床の上にいたときのこと。ここがおそらく、撫順の難民収容所らしい。母が高粱（コーリヤン）の粥を食べさせてくれた。

　そして、最後の記憶は、暗闇の中。母親が泣いていた。そのとき、自分の弟か妹が亡くなったことを知った。そこには父親はいなかった。

　その後、人買いにさらわれてからのことは、ふしぎなほどによくおぼえていた。なんの役にも立たないのに、人買いの女の着ていた旗袍（チーパオ）の柄までおぼえていた。殴られるのをおそれて隠れた壺に、雲に乗る龍が描かれていたことも。けれどもこのことは身元探しには関係ないと思い、書かなかった。

　それから、瀋陽（しんよう）で養父母に買われたことまでを簡単に書いた。そのとき養父母は、人買いから九歳だと聞いたという。人買いが玉蘭に言った、親が食べ物がなくて金で自分を売ったということは書かなかった。思い返してみても、記憶の中の母親が自分を売ったとはとても思えなかったのだ。

　これだけの記憶で身元が判明するとは、美珠にも徳林にも思えなかった。判明した人たちはみな、特徴的なあざやほくろがあったり、自分や親の名前をおぼえていたり、生き別れになった幼いころの写真を持っていたりした。美珠は土匪に奪われた十歳の誕生日の写真があればと何度も思った。仕方がないので、玉蘭にも日本に手紙を書くことを打ち明け、おぼえていることを教えてくれるよう頼んだが、玉蘭はうつむいて言った。

「これまでにあなたに話した以上のことはなにもおぼえてないわ」

それが本当のことなのか、それとも美珠の身元が判明することを望んでいないからなのかは、美珠にも徳林にもわからなかった。

「美美、あなたが日本人じゃなければよかったのに」

玉蘭はつぶやいた。

美珠はしわだらけになった玉蘭の手を両手で握りしめ、うつむく玉蘭の顔を掬いあげるようにみつめた。

「おかあさん、大丈夫よ。わたし、ずっとおかあさんのそばにいるから。ただ、自分がどこのだれか知りたくて、日本の親兄弟に会ってみたいだけだから」

親や兄姉が生きているなら、一目でいいから会いたかった。それだけでいい。日本に帰れなくてもかまわない。すくすくと育っていく宝珠と福宝を見るにつけ、親もきっと自分に会いたいと思っているにちがいないと思った。

でも。

もしおかあさんの言うように、日本人の両親がわたしを売ったのなら、だれも名乗り出てはくれないだろう。

その不安を抱えたまま、手紙を書きおわると、徳林が日本の赤十字に宛てて出してくれた。祈るような気持で返事を待った。でも、いずれにせよ、こんなにわずかな記憶しかなくて、自分の身元が判明するとは思えなかった。

ところが二年後の一九八四年九月、日中両政府による中国残留日本人孤児の訪日調査に、美珠は参加できることになった。養父の故郷の牛古庄村で檔案が作られていたことで、日本人孤児であるという判定は早かった。この檔案のせいで文化大革命のときには批判を受ける羽目になったのに、皮肉なものだった。日本に滞在できる十日の間に、すでに日本で大きく報道されている情報を手がかりに、訪ねてきてくれる家族がいるかどうか。

美珠は、瀋陽から天津に逃げるときに乗った飛行機に再び乗って、日本に渡った。あのときは日本人である自分を守るために乗った。日本人であることを隠すために。そして、養父母が一緒にいてくれた。その養父も今は亡く、養母は病床にあった。今は、自分が日本人であることを伝えるために乗っている。

窓の外は雲に覆われて、真っ白だった。

美珠は、開拓団に両親といたころの、すすき野原の白さを思いだした。

美珠は四十七歳になっていた。

四十四

日本に着いた日本人孤児五十名は熱烈な歓迎を受けた。

報道されていた、孤児たちが滞在する京都のホテルには、中国東北部で生き別れた子や弟妹を探す何十人もの日本人がつめかけていた。新聞やテレビの取材もあった。

すぐに面接調査が始まった。

だれも訪ねてきてくれているわけがないと思っていた美珠(メイジュウ)だったが、兄と名乗る男性が九州から、姉と名乗る女性が高知から訪ねてきてくれていた。

通訳を介し、美珠は二人と会うことになった。二人が待つという部屋に中国側の職員と入っていくと、中年の男性と女性が立ちあがり、美珠を見るなり叫んだ。

「珠子」

「たまちゃんや」

女性は泣きだした。

日本側の厚生省の職員が二人をとどめてすわるようにうながした。

「ゆっくりお話ししましょう」

「けんど珠子ですよ。まちがいない」

「まだそうと決まったわけじゃありませんから」

「やってそっくりやないですか。この姉と」

「たまちゃん」

女性はそうつぶやいては泣きつづけていた。美珠には二人がなにを言っているのかまったくわからなかった。それでも肉親かもしれないと思うと、涙がこぼれた。

二人は高知県の西部千畑村の出身で、林純一と京子と名乗った。京子は美珠と同じように髪の毛が多く、波打っており、目鼻立ちも美珠によく似ていた。

二人は長女と長男ということで千畑村の祖父母の家に残されたが、両親と幼かった下の妹二人は中国東北部樺甸県の開拓団村へ渡ったという。戦後、一番下の妹は撫順の収容所で亡くなり、母ひとりが引き揚げてきた。出征していた父親はシベリアで抑留され、終戦後四年たってから戻ってきたが、十年前に病気で亡くなった。

撫順の収容所にいたとき、行方不明になったという上の妹、珠子が美珠ではないかと言う。

「家の前が川、後ろが山、家のそばにトンネル。この写真を見ちゃってください。まさにその通りの家です」

純一は、跡を取って実家で暮らす京子の家の写真を出して、美珠に見せた。

「おぼえちょらん？　たまちゃん」

京子は涙に濡れた目で美珠の顔を覗きこんだ。

「おぼえちょるろう？」

その目は優しかった。美珠は祈るような思いで写真を見たが、立派な瓦葺きの家は、美珠の記憶にあるものではなかった。

「もちろん、その当時の家やないです。当時は杉皮葺きでしたし、貧しかったけん満洲へ行ったわけですし」

「川で釣りしたり、山で柿を取ったりしたろ」

「名前はおぼえちょるがやろう？　珠の字がおんなしやないか」

純一と京子は美珠に迫った。

「兄と川で釣りをして、姉と山で柿を取りました。それはよくおぼえています」

美珠は大きく頷いて言った。純一が自分の兄で、京子が自分の姉であってほしかった。けれども、職員も通訳も慎重だった。

「川で釣り、山で柿なら、どこの田舎でもありますからね」

「撫順、瀋陽、長春は難民収容所があったので、生き別れになった方が大変多くてですね、みなさん似たようなことをおっしゃるんです」

「たしかに林さんと李さんは似ているようにも思えますがね、李さん、なにかほかに思いだすことはありませんか?」

美珠はそれ以上なにも思いだせなかった。用意されていたその日の面接時間は終わり、翌日に持ち越すことになった。

美珠は純一と京子の後から部屋を出た。二人は近くのホテルに宿を取っているという。

美珠はせっかく会えたのに、兄であり姉であるかもしれない人と別れたくなかった。ホテルの入り口まで下りて、二人を見送らせてもらった。京子と美珠が別れを惜しんでいると、ロビーと外から、殆ど同時に叫ぶ声が響いた。

「たまちゃん」

「たまちゃんや」

ロビーから走ってきたのは、小柄ながらおしゃれなワンピースを着こなした、美珠と同年代の女性だった。ホテルの車寄せから駆けてきたのは、やはり同じ年代の背の高い女性だった。

二人は、立ちすくむ美珠のそばに来るなり、互いに気づき、名前を呼びあった。

「よっちゃんじゃない」

「まりちゃんやろう」

二人は歓声を上げ、美珠を挟んで両側から抱きついた。背の高い美子が美珠と茉莉を抱きしめる形になった。

「よく生きちょったね、たまちゃん」

「かわってないね、二人とも」

「まりちゃんもね、すぐにわかった」

美子と茉莉は口々に言い、再会を喜びあった。美珠だけが二人がなにを言っているのかわからなかった。

「たまちゃん、どうしたが？」

「おぼえてないの、よっちゃんだよ」

美珠はなにも言えず、戸惑って、自分を抱きしめる女性たちの顔をかわるがわる見た。

「李さんは日本語がわかりません」

通訳が二人に言った。美子も茉莉もその言葉に衝撃を受け、思わず体を離し、まじまじと美珠を見た。

「なんで」

「たまちゃん？　ほんとに？」

「李さんのご親戚ですか」

日本側の職員が間に入った。

「友達です。満洲のときの」

「李さんのお友達ですか」

美子と茉莉は頷いた。

「たまこさんの友達です。そのころはたまちゃんって呼んでました」

「珠子？　ほんまに？」

「ほんまに珠子ですか？」

純一と京子は美子と茉莉に訊いた。二人は頷いた。

「わたしたち三人、四十年前の戦時中に満洲のお寺で、おむすびを分けあって食べたんです」

美子が言った。茉莉も頷いた。

「よっちゃんがわたしたちに分けてくれてね」

日本側の職員が美子と茉莉に訊いた。

「たまこさんの姓は林でしたか？」

「さあ、そこまでは」

美子の言葉に茉莉も頷いた。

「まだこどもでしたから」

職員は慎重だった。

「他におぼえておられることはありませんか？　体の特徴とか」

「そういえば」

茉莉は遠いところを見るように視線をさまよわせた。

「日本にいたとき、柿を取りに行って、転んで眉を切ったって言ってました」

「眉？」

職員は京子をふりかえった。

「林さん、おぼえてますか」

「そういえば、そんなことがありました。たしか、右の眉やったと思います」

京子は言った。

「血が止まらんで、よもぎをもんで、血止めにしたがです」

純一も頷いた。

「家に戻んでから、わたしらあは、ええばあ両親に叱られました」

美珠も通訳から訊かれたが、美珠は首を振った。

「そんな傷はありません」

美珠はそう言ったが、念のためにということで、通訳の女性が美珠の右の眉の豊かな毛を分けた。

そこには、ななめにくっきりと、一筋の傷が走っていた。

「これは、李さん、李さんは林珠子さんでまちがいないようですね」

日本側の職員が興奮した声を上げた。その語尾はかすれていた。

美珠は、美子と茉莉の顔も名前もおぼえていなかったが、二人は美珠の顔も名前もおぼえていた。初めて会うとしか思えないのに、二人は自分を知っている。

美珠は頷いた。

二人の顔をみつめ、記憶に刻みこんだ。

もう二度と忘れないように。

美珠は美子と茉莉を抱きしめた。

「謝謝你们来看我（ありがとう、来てくれて）」

美子と茉莉にはその言葉の意味がわからなかったが、美珠の気持はわかった。

「謝謝你们记着我（わたしのことをおぼえていてくれて、ありがとう）」

美珠が珠子に戻った瞬間だった。

「珠子」

「やっぱりたまちゃんやった」

京子と純一が言った。珠子は頷いた。

「姐姐、哥哥（お姉さん、お兄さん）」

珠子は二人とも抱きあった。

「李さんの身元が判明しました」

職員がロビーにむかって叫んだ。他の職員や、待機していた報道陣が押し寄せてきた。

「李美珠さん、日本名は林珠子さんと判明しました。お姉さんとお兄さん、それから満洲の開拓団にいた当時の友人が確認しました」

「河北省的李美珠、日本名是林珠子」

日本語と中国語が飛び交い、カメラのフラッシュが瞬く中に、珠子はいた。

かたわらには兄と姉、そして、美子と茉莉がいた。

その後、珠子の兄と姉は宿泊先のホテルに戻ったが、美子と茉莉は新幹線の時間まで珠子と過ごした。

けれども三人はなにも話せなかった。珠子は自分の名前もなにもかも忘れて、日本語も一言もわからなくなっていた。美子や茉莉が話しかけても、珠子には二人の話がわからない。二人には中国語がわからない。

「あんなに仲よしやったに」

美子は泣いた。珠子もそんな美子を見て泣いた。

「たまちゃんはきっと、みんな忘れないと、生きていけなかったのよ」

茉莉は言った。

通訳に入ってもらい、お互いの来し方を披露し合った。茉莉の半生を聞いたとき、美子はおどろいた。

「三春台だったら、すぐ近くにいたんだね。あたしは中村橋だったから」

茉莉もおどろいた。

「川を挟んで暮らしてたのね。ふしぎね」

珠子も美子も、茉莉の半生には涙を流さずにはいられなかったが、茉莉は淡々と語り、決して泣かなかった。

「もう一生分泣いたから、わたしは泣かないの」

茉莉は二人にわらって見せた。

「今ね、自分みたいな孤児を育ててるの。わたしみたいに歌がうまくてね、名前もうたっていうの。バイオリンを弾いてる」

「そういえば、まりちゃんは歌がうまかったねえ」

美子は目を細めた。茉莉はその顔をじっとみつめた。すわっていても、茉莉からは見上げる形になる美子の背の高さは、四十年前とかわっていなかった。

「わたし、ずっとずっとふしぎだったの。よっちゃんがお寺でおむすびをくれたこと。どうしてよっちゃんは、わたしに一番大きなかたまりをくれたの？　どうしてよっちゃんはあのとき、あんなことができたの？」

訊かずにはいられなかった。

「わたしもそう思ってた」

珠子も頷いた。茉莉は美子の返事を待たず、続けた。

「でもね、わたし、うたを育ててわかったの。わたし、うたになら、なんでもあげられた。そのとき、思いだしたの。自分が母たちにしてもらったこと。それから、よっちゃんにしてもらったこと」

美子は照れくさそうにわらった。茉莉はその顔を見上げて続けた。

「いくらみじめで不幸な目に遭ってもね、享けた優しさがあれば、それをおぼえていれば、その優しさを頼りに生きていけるのね。それでその優しさを人に贈ることもできる。うたを育てて、わたしやっとわかったの。よっちゃんはだれに優しくしてもらったの？」

「母かねえ」

美子は遠くに目をやった。

「朝鮮におったこどものころね、親戚の家に、母と二人きりで暮らしよったが。それはそれは貧しいてね。それでもごはんを食べるときは、母はいつもあたしに多いほうをくれた。どんなものでも、必ず、おいしいほうをあたしに食べさせてくれた。でも、そんなが、あたりまえやない？」

美子は恥ずかしそうにわらい、茉莉にむかって言った。

「あたしこそね、まりちゃんには助けられたがで。まりちゃん、教えてくれたろう。胸を張っていなさいっておかあさんに言われた話。あたし、それからずっと、まりちゃんみたいに胸を張って生きろうって思うてね、いじめられたときも、きっとこの世界のどこかでまりちゃんも胸を張って生きておりよるって思うてね」

そこで美子は珠子を見た。

「たまちゃんもね。やけん自分もがんばろうって、ずっと思うて生きてきたが。あたし、まさかまた、まりちゃんやたまちゃんに会えるとは思わんかった。けんど、もしかしたらたまちゃんが中国残留孤児になっちょるかもしれんと思うてね、調査が始まってからずっと探しよったが」

「わたしも探してた」

茉莉も頷いた。

「新聞に開拓団の友達とお寺でおむすびを分けおうて食べた、そのとき洪水で川が氾濫したって書いてあったけん、絶対たまちゃんやと思うて」

「たまちゃんが、自分の名前も日本語も忘れたのに、あたしたちのことをおぼえていてくれたから、あたしたちは会えたんだよ」

「たまちゃんのおかげで」

通訳の女性は残留婦人だった。終戦時に成人していたので日本語をおぼえており、引き揚げられずに中国人と結婚して中国で暮らし、中国人の家族とともに、今は日本で暮らしていた。女性は涙を拭いながら、珠子に二人の話を通訳した。珠子は何度も二人に頷いた。

新幹線の時間は近づいていた。

三人は珠子を真ん中にしてソファにすわり、写真を撮ってもらった。必ずまた会うことを誓いあい、美子と茉莉は帰っていった。

四十五

珠子が日本にいられるのは十日間だけだった。厚生省の計らいで、珠子は三日間だけ、故郷の千畑村に帰らせてもらえた。

兄と姉に伴われ、京都からバスに乗り、船に乗って瀬戸内海(せとないかい)を渡り、汽車に乗った。それからまたバスに揺られ、丸一日かかってようやく千畑村に辿りついた。山また山のふもと、千川の流れのたもとに、珠子の故郷はあった。

村では「林珠子さん、お帰りなさい」と大書された横断幕と村人総出で迎えられた。歓迎の会が用意された公民館の前で、珠子は三十八年ぶりに母に会った。

なぜかはわからない。その人垣の中で、珠子はすぐに母親がわかった。

「妈妈(マーマー)(おかあさん)」

珠子は叫んで駆けより、自分よりも一回り小さくなった母を抱きしめた。

母は泣いた。

「珠子。すまんかったねえ」

母親は泣きながら珠子の背中をなでた。

「よう戻んてきてくれたねえ」

その母の言葉が珠子にはわからない。

「妈妈、我好想你。你为什么没来找我（おかあさん、会いたかった。どうしてわたしを探してくれなかったの？）」

珠子は思わず言っていた。

「你为什么把我丢下回了日本（どうしてわたしを置いて日本へ帰ったの？）」

その珠子の言葉は、母には理解できなかった。あんなに会いたいと夢見ていたのに、目の前の実の母と、珠子は一言も話せないのだった。

通訳が後から来て、やっと珠子の思いは母に届いた。母は幾度も頭を下げ、珠子に謝った。

「ずっと探したに、みつからんかってねえ、ほんまにすまんかったねえ。あんたを置いてきてしもうてねえ」

珠子は母を抱きしめた。高粱粥の最後の一さじを、いつも食べさせてくれた母。

もう二度と、この母の顔を忘れない。

「珠子、久しぶりじゃのう」

公民館に入ると、珠子より年上の男性が中国語で声をかけてきて、武と名乗った。傍らに珠子と同年代の女性がいて、八重子と名乗った。珠子は二人に見覚えはなかった。

「太うなったのう。美子と横浜の子が来てくれたとのう。わしらあが洪水のときにおまえらあを探したが、おぼえちょるか。この八重子はおまえと隣り同士で住んで、仲がようて、ぎっちり一緒に遊びよったが、おぼえちょらんか」

八重子は手をのばし、珠子の手を握りしめた。

「たまちゃん、先に戻んてきてしもうて、すまんかったねえ」

珠子はおぼえていなかった。自分の名前も、日本語もおぼえていない珠子に、武と八重子は泣いた。

「許してくれ」

武は珠子に頭を下げた。

「おまえはわしを武兄さんいうて呼んでは慕うてくれた。おまえをそんなにしたがは、年長者やった我々じゃ」

珠子は首を振ったが、武は珠子の前に立ったまま、涙をこぼした。

珠子は二人を見て、記憶にはないが、自分がこの人たちから愛されていたことを知った。そして、自分は忘れても、この人たちがずっと自分のことをおぼえていてくれたことも。

「おかあさんを恨まんでやってくれ。おまえはおぼえちょらんかもしれんが、引き揚げのとき、そりゃあ苦労してのう。わしは両親と弟を亡くしたし、八重子らあ親兄弟みな失うて、八人家族やったにみなしごになったがじゃ。まさか九歳やったおまえが生きておれるはずがないと思うてのう」

武の言葉に、八重子も頷いた。

「あたしはあの後、修道院に引き取られて世話してもろうたけん、生きて戻んてこれたがよ。ひとりやったらとても戻んてこれんかった。たまちゃんはよう生きておれたねえ」

「ほんまに、えっころええ人に育ててもろうたがやのう」

「中国人に感謝せんといかん」

だれもが口々に言った。珠子は中国に残してきた養母と亡くなった養父のことを思いだした。日本鬼子（リーベングエズ）の自分を守りぬいてくれた養父母。

「中国のお父さんとお母さんには、どればあ感謝してもしたりん」

珠子の母も言い、涙を拭った。

先祖の墓参りにも連れていってもらった。十年前に亡くなった父が眠っており、珠子は手を合わせた。

墓銘板(ぼめいばん)には珠子の名前も刻まれていた。墓の中には珠子の履いていた草履が入れてあるという。

「みんなが満洲に行た後、わしらあはまだこどもやったけん、さみしいてのう、二人で家出して、満洲まで追うていこうとしたこともあった」

珠子の兄の純一が言うと、姉の京子も頷いた。

「どればあ歩いても、満洲には行けざったのう。あたしはよう、珠子が置いていた、こんまい草履を見ては泣きよった」

「遺骨もなんちゃあないけん、その草履を墓に入れたがじゃ」

純一は言った。珠子は戦時死亡宣告を受け、すでに戸籍から抹消されていた。

「役場から言われてのう、お父さんは嫌がったがじゃけんど、全国でそうすることになっちょったらしいのう。お父さんは復員してきてからもずっと、赤十字に手紙を書いて探してもろうたりしたがじゃけんど、結局わからんずくやったけん」

珠子は父が自分を探していたという当時の新聞記事を純一に見せてもらった。珠子は両親の思いを改めて知った。

やっぱり、わたしは、親に売られたわけじゃなかった。捨てられたわけでもなかった。わたしは、探してもらっていた。みつけてはもらえなかったけど。

珠子は母の手を握りしめた。母も握り返してくれた。

通訳を介してではないと意思の疎通ができない会話はもどかしかった。珠子の母は言った。

「あんたがこまいころ、珠子は何人か、いうて、あんたに訊かれたことがあった。そんときはわらいころげたばあやったけんど、ほんまにあんたは何人ながやろうねえ」

珠子の母は遠くを見ていた。珠子がおぼえていないそのころ、珠子はたしかに、母と千畑村の言葉でしゃべっていたのだ。

「あんなこと訊いてきた子はあんたばあやった。あんたがこういうことになるがも、なんかの因縁があったがかもしれんねえ」

その夜、珠子は母親とひとつの布団に入り、一緒に眠った。

通訳がいないので、一言も言葉を交わすことはできなかった。けれども母親は珠子の髪をなで、頭をなでてはなにか言い、涙を流してはまた髪をなでた。いつまでもくりかえし、夜は更けていった。

四十六

結局、珠子を含め、五十人の日本人孤児のうち、身元が判明したのはわずか十三人だった。戦争が終わって三十九年。その歳月はあまりに大きかった。

美子と茉莉が来てくれなかったら、自分の身元もはっきりしないままだったろうことを思うと、珠子は自分の幸運に感謝しないではいられなかった。

珠子が中国の家に帰ると、玉蘭（ユラン）は寝台に横たわって待っていた。徳林（デリン）に訊くと、珠子が日本に行ってからずっと、体調がひどく優れないと言う。珠子を見ると、それでも、玉蘭は体を起こした。そのそばにすわって、珠子は言った。

「わたし、林珠子という日本人だった」

「そう」

自分を見るときはいつもほほえんでくれる玉蘭の顔は、めずらしくこわばっていた。

「日本に帰るの？」

玉蘭はそっけなく訊いた。珠子から言われて傷つきたくないから、自分から先に口にしていることが珠子にはわかった。珠子は強く首を振った。

「日本の家族に会えた。みんないい人だったよ。日本もきれいなところだった。もう満足。わたしは日本には帰らないよ。ずっとおかあさんのそばにいるから」

「でも、帰りたいでしょう。日本のおかあさんには会えたの？」

「会えたよ。日本のおかあさんはね、おかあさんにとても感謝していたよ。日本のおとうさんはもう亡くなってたけど、お兄さんとお姉さんにも会えた。友達にも。たくさん」

「よかったね」

言葉とは裏腹に、玉蘭の表情はなかった。

「おかあさんも元気になったら、一緒に日本に行こうよ。日本のおかあさんがお礼を言いたいって言ってたよ」

「わたしは日本へは行かないよ」

その口調の強さに、珠子ははっとして、話をかえた。

「名前の珠っていう字がね、同じだったの。日本語でも宝物とか宝石とかいう意味なんだって。おかあさんはわたしの名前を知ってたの？」

「知るわけがないよ。でも、美美、あなたはわたしの宝物だったから」

玉蘭は珠子から目をそらし、うつむいた。

「きっと、日本の親にとっても、あなたは宝物だったんだね」

思わず、珠子は玉蘭に抱きついた。

「おかあさん、わたし、ずっとおかあさんのそばにいるからね」

玉蘭の病状は一進一退で、病院に連れていき、薬を飲ませても、はかばかしい回復は見られなかった。

年が明けてしばらくして、玉蘭は食事が取れなくなり入院した。枯れた草が一本、一本、野に倒れるように、玉蘭は少しずつ衰えていった。

最後の日、玉蘭は、おむつを替えてもらった後、珠子にささやいた。もう起きあがることはできなかった。

「美美、あなたはわたしの宝物」

珠子は頷いた。

この言葉を、おかあさんはこれまで、幾度わたしに言ってくれただろう。

「美美、ありがとう」

玉蘭は目を閉じた。それきり二度と目をさまさなかった。

玉蘭の葬式がすむと、徳林は珠子に、玉蘭がなぜこどもを授かることができなかったか、そしてなぜ、玉蘭が日本に行きたがらなかったかを伝えた。珠子が日本に行っている間に、玉蘭が徳林に話してくれたという。

「おかあさんね、昔、初めての子を妊娠していたときに、日本の兵隊にお腹を蹴られて流産したんだって。それでこどもができない体になったって言ってた。屋台をやってたらしいけど、売り物を取っていかれて、代金を払ってくれるように言っただけだったのに」

美美、あなたが日本人じゃなかったらよかったのに。

いつかの言葉がよみがえった。

珠子は玉蘭の写真を食い入るように見た。

恨んでいるはずの日本人である自分を愛してくれた母。それは父も同じ思いだったはずだった。

「でも、日本には行こう」

徳林は言った。

「おかあさんも本当はそれがいいってわかってたんだよ。美珠の日本のおかあさんがまだ元気でいるうちに」

日本に手紙を書くことをすすめてくれた日に冗談でわらいあって以来、珠子は日本に帰るとは一言も言っていなかったのに、徳林は準備をしてくれていた。

「早く帰らないと、日本のおかあさんに親孝行できなくなるよ」

早くに親を失った徳林は、親孝行できない後悔をだれよりもよく知っていた。

「日本人は一日に三回、ごはんを食べるらしいね」

その日の夜、徳林は夕食に葱餅(ツオンビン)を手で裂いて食べながら言った。いつも主食には葱餅や饅頭(マントウ)や麺を食べることが多く、ごはんはめったに食べなかった。

「わたしはごはんがすきよ」

宝珠(バオジュウ)はそう言うと、芥藍菜(ジエンランさい)と豚肉の炒め物に箸をのばした。

「一日三回でもいいよ」

「ぼくはやだなあ」

ごはんがきらいで麺がすきな福宝(フーバオ)は言った。

「麺ならお父さんが作ってくれるから、大丈夫よ」

「それなら世界中どこに行っても大丈夫だね」

福宝はほっとしたように言った。その言い方がおおげさで、宝珠も珠子も徳林もわらった。

今は工場長となったかつての管理部長も、珠子の日本行きを喜んでくれた。

「日本の技術はすばらしいよ。お子さんたちの未来のためにも、その決定はまちがっていないと思う。もちろん、有能なきみを失うことは国家にとっては損失だけれど」

工場長はそこで声を低めた。

「それに、いつまた世の中が変わって、日本鬼子（リーベングエズ）だと批判されるかもわからない。今度はお子さんたちにも累（るい）が及ぶ」

工場長の左のこめかみには、茶色いあざがあった。批判集会で殴られたけがの跡だった。

半年後、徳林は郵便局の仕事をやめ、家族揃って、千畑村の珠子の故郷に移り住んだ。珠子の姉は珠子たち家族の住む家を、敷地内の離れを改装して用意し、待っていてくれた。

四十七

自分の名前を忘れても、忘れないでいた千畑村の山と川に抱（いだ）かれた土地に、珠子はやっと戻ってくることができた。

中国ではまだ凍(い)てついた地面が広がる早春にもかかわらず、故郷では川べりに菜の花が咲き、白い蝶が飛びまわっていた。

「夢のようにきれいなところね」

珠子の言葉は、しかし、母にも、姉の京子にも、京子の息子夫婦たちにも通じなかった。

珠子と徳林(デリン)は京子の家の農作業を手伝いながら、県が用意してくれた、帰還者の自立支援のための日本語教室で学んだ。けれども、なかなか日本語を話せるようにはならず、日本の家族と意思の疎通をはかることはできなかった。終戦後、同じ開拓団村から引き揚げてきた武が来て通訳をしてくれなくては、どうしようもなかった。

それでも、教室はわずか半年で打ち切られた。その間におぼえられた日本語はごくわずかだった。自立支援と謳(うた)いながら、これでは自立のしようがなかった。

こどもたちも日本語と格闘していた。中学生の宝珠(バオジュウ)も小学生の福宝(フーバオ)も、週に三回、放課後に先生から日本語を学んだが、なかなかうまく話せるようにならなかった。

それでも福宝は、参観日に来てくれるよう、せがんだ。珠子も徳林も気が進まなかった。先生ともほかの親とも話ができないのはわかっていた。また、麦の収穫で忙しい時期だった。姉家族の手前、参観日だからと仕事を休むわけにはいかない。

「麦の収穫が終わって、おかあさんが日本語を話せるようになったらね」

珠子は言い逃れた。

「いつ？」

福宝はべそをかきながら訊いた。

「いつになったら話せるようになるの？」

珠子はそれにこたえられなかった。福宝は参観日を知らせる学校からの手紙を、食卓の上に置いたままにした。

珠子は翌日、畑の草取りの合間に昼飯を食べに家に戻り、食卓の上の手紙を見た。指定された時間は過ぎていたが、昼飯の間だけならかまわないだろうと思い、学校に行ってみることにした。

一学年一クラスしかない小さな学校なので、福宝の教室はすぐにわかった。廊下からそっと覗くと、こどもたちが小さな手をしきりに挙げていた。一番前の席の福宝だけが、うつむいて、手を挙げていなかった。一年遅らせて入学したので、福宝は教室の中で目立つほどに体が大きかった。その一際大きな背中を一番前の席で丸めてちぢこまっている姿は、あわれだった。先生はおそらく、日本語ができない福宝のために配慮して一番前の席にしてくれているのだとは、珠子にもわかってはいたが。

「福治（ふくはる）くんのおかあさんだ」

廊下側の一番後ろの席の女の子が珠子に気づき、大きな声を上げた。教室のこどもたちが一斉に珠子をふりかえって見た。珠子はあわてて頭を幾度も下げてから、廊下を走って帰った。先生がこちらにむかってなにか言っていたが、わからなかった。頭を下げる視界の端に、福宝のうれしそうな笑顔がちらっと見えた。

日本に来るにあたり、珠子以下、家族全員は、珠子を筆頭として日本国籍を取った。その際、こどもたちは日本風の名前に変えた。孫（ソン）宝珠は林珠美（たまみ）、孫福宝は林福治。それでも家では今まで通り、宝珠、福宝と呼んでいたので、そんな名前にしていたことも珠子は忘れていた。

わからない日本語の飛び交う学校で、慣れない名前で呼ばれながら、福宝はがんばっていた。川べりの道を歩きながら、珠子は何度も涙を拭った。

学校から帰ってきた福宝は、珠子が来てくれたことを喜んだが、ふしぎそうにたずねた。

「でも、なんでおかあさん、今日来たの？」

参観日は二日後だった。珠子は手紙が読めずに、てっきり今日だとかんちがいをしていた。日本に来て以来、初めて、珠子たちは心からわらいあった。

珠子たち一家が身を寄せた離れには、武や八重子がよく顔を出してくれた。

とくに八重子が跡取りとなって継いだ家は近く、二日にいっぺんはおかずを差し入れに訪ねて来てくれた。巻きずしや山菜の煮物や鮎の天ぷらといった、珠子たちにはなじみのないものも、八重子が作るとすばらしくおいしく、福宝はきらいだったごはんを食べるようになった。互いに話すことはできなかったが、八重子はいつもほほえみながら、珠子を呼んだ。

「たまちゃん」

そして、両手で珠子の手を包みこみ、最後にぽんぽんと甲を叩いた。

その手は農作業でひび割れ、かさかさに乾いていた。母や姉の京子、そして牛古庄村にいたころの玉蘭と同じ手だった。

珠子は八重子のことをなにもおぼえていなかったが、自分がこの人にとても愛された存在であったことを知った。

珠子は、週に一度は訪ねてきてくれる武に、八重子のことを訊いた。

「おまえと八重子はこんまいときから仲がようてのう、ほんまの姉妹みたいなかった。おまえがかわいいてたまらんがやろう。八重子は親も兄弟四人もみな亡くして、親戚の家に引き取られて跡を取ったけん、おまえが唯一の姉妹みたいなもんや」

武は、東北地方のなまりの強い中国語で話してくれた。

「八重子も戻んてきてからは、ええばあ『みなしご』じゃの『浮浪児』じゃの言われてのう。弁当に砂を入れられたとも言いよった。むごいもんじゃ。家族を亡くしてようよう戻んてきた子に」

中国語が話せるのは、千畑村では武だけだった。徳林は茶を淹れながら訊いた。

「武兄さんも日本に戻ってから苦労したんですか」

武は頷いた。

「わしも結婚するときに相手の親に嫌われてのう、満洲帰りの貧乏人に娘はやれん言われて、結婚式には相手の親も親戚もだれっちゃあ来てくれざった。村で行け言われて、無理に行かされて行たがやに。村のために言うてのう。それやに、ようやっと戻んてきてみたら、『貧乏人が貧乏人になって戻んてきた』言われてのう。ほんでもしかたない。認めてもらうために必死で働いたもんじゃった」

武の家は、このあたりではめずらしい、瓦屋根の門の建つ、立派な家だった。

「けんどもう、満洲へ行かんもんは国賊じゃらあて言うて、わしらあを行かした村長さんも議員さんらあもみな亡うなってしもうた。今思うたら、村長さんは村始まって以来の人物じゃった。国鉄を敷(ひ)けたがも村長さんの力あってのことじゃった。国やら県やらとのしがらみもあったがやろう」

千畑村は山深かったが、汽車が通っていた。

「けんどまあ、行かされた者にとってはたまったもんじゃないわ。亡うなるときは、なにがあっても村長にはなるないうて孫子(まごこ)に遺言したいうけんね」

「日本人みんなが偽満(ウエイマン)を占領しようと思っていたわけじゃないんですね」

徳林が訊いた。頷くかとばかり思った武は首を振った。

「そうとばあは言えん。わしらあはええばあ貧乏じゃった。満洲に行たら、この貧乏がなんとかなるがじゃないか思うた。みんな、のっかったがよ。満洲いう希望にねや」

武は徳林に頭を下げた。

「あんたら中国人にはすまんことをした。わしが満洲で住みよった家は、中国人を追いだして手に入れた家じゃった。開拓団村ではぎっちり日の丸の旗を立てよった。よその国に日の丸を立てたがはいかんことじゃった」

「武兄さん」

「わしの兄は満(みつる)いうが、先遣隊で満洲へ行かせる若者を選ぶとき、村長さんが、満いう名前は満洲に行く運命やったがよいうてみんなをわらわした。ほんで兄は満蒙開拓青少年義勇軍で、猟銃やない、軍の鉄砲を持って満洲へ行た。行てからじきに、家族で満洲行け言われても絶対に来るないう手紙を寄越してきた。えっころのことがあったがやろう。それやにわしらあは行てしもうた」

珠子は頷いた。

「戦争が終わったら、兄はソ連軍に捕まって、シベリアに連れていかれた。シベリアでもええばあひどい目に遭うたらしい。けんど、けがをしたときにリトアニア人の医者に助けてもろうて、『おまえが無事で日本に戻んたら、お互いに力を取り戻してソ連軍をぶちのめしちゃろうぜ』いうて言われたそうじゃ」

珠子も徳林も頷いた。

「戦後五年もたってからようやっとシベリアから戻んてきた兄は、両親の墓を叩いて泣いた。来るな言うたに、なし来たがじゃいうて」

武の目は赤かった。

「満洲ではなに蒔いてもよう育った。だれかに空から引っ張られよるみたいに、よう育った。なしあんなに肥えちょったがか。今思うたら、中国人の涙で地がうるおうちょったがやないか」

武は徳林と珠子をかわるがわる見た。

「わしにはそう思えてならんがじゃ」

武はひとりで何度も頷いた。

「なにしろ言葉ができんと話にならんのう」

そう言って帰っていった武は、翌日から、勤めが終わると毎晩のように家にやってきては、珠子のこどもたちに日本語を教えてくれるようになった。中国語もわかる武は教え方がうまく、こどもたちはみるみるうちに日本語が上達していった。一方、徳林も横で聞いてはいたが、昼間の農作業の疲れもあって眠くなってしまい、どうしても頭に入らないようだった。

珠子は眠くなってくると自分で自分の太ももをつねりながら、日本語の勉強をしていたが、ある晩、武から、ひとつ、ふたつ、みっつと、日本語の数の数え方を学んでいるうちに、耐えきれなくなり、思わず叫んでしまった。

「こんなことを学びたいんじゃない」

珠子は机に突っ伏して泣きだした。

数が数えたいんじゃない。日本の家族としゃべりたい。いつも訪ねてきてくれる八重子さんと話したい。思っていることを伝えて、みんなが思っていることを知りたい。

それなのに、今の自分は、ひとつ、ふたつ、みっつを学ぶしかないのだった。学ぶべきことはあまりに多く、その道のあまりの遠さに、珠子はもう、耐えきれなくなっていた。

日本語が話せるようになるまでに、きっとわたしは年を取って死んでしまう。

珠子のそのおそれは、ちがう形で的中した。

珠子たちが千畑村に暮らしはじめてからわずか七ヵ月目に、珠子の姉の京子が脳出血で急逝した。

間に合わなかった。

珠子は葬式の間中、そのことばかり考えていた。

ずっとわたしのことを探してくれていた姉と、結局、話ができないままだった。話したいことはたくさんあった。聞きたいこともたくさんあった。でも、わたしが話せないから、お姉さんはいつも、ただ、ほほえんでくれていた。

たまちゃん、たまちゃんと、言葉も通じない妹を、それでもかわいがってくれ、この家で珠子たちが暮らすための縁となってくれていた京子がいなくなると、珠子たち一家は、とたんに居づらくなった。

戦前とかわらず、農作物の栽培で生計を立てるしかない千畑村で生きていくためには、農作業ができなければ話にならなかった。珠子たちは、いずれは田畑を分けてもらい、自立することになっていたが、京子の急逝で、その話は白紙になった。京子の息子夫婦としても、言葉の通じない、自分たちより年嵩の徳林と珠子と農作業をするのは苦痛だった。また、若者がどんどん出ていくこの村で、こどもたちに引き継ぐはずのわずかな田畑を、空から降るようにやってきた叔母一家に分けてやるわけにはいかなかった。

徳林と珠子は県に相談し、住まいと働き口の斡旋を受け、村を出た。自活の道は、千畑村にはなかった。

紹介された、高知市の街中の一隅の、二間きりのアパートに、珠子たちは引っ越した。

斡旋してもらった仕事は、徳林に工場での部品の組み立て、珠子には食品会社での弁当の仕込みなどの調理補助だった。日本語ができないと就ける職業は限られていた。二人は低賃金の職に就くしかなく、勤務時間の長さで収入の足りない分を埋めていった。中国の工場では主任として働いていた珠子にとっても、郵便局の局長だった徳林にとっても、受け入れがたい仕事の内容だったが、日本で生きていくためには受け入れるしかなかった。慣れてくると、少しでも収入を増やすため、珠子は早朝の清掃の仕事も入れた。こどもたちの弁当や朝食は、徳林が受け持った。

アスファルトに一面霜が降りた朝、白い息を吐きながら、まだ人気のないアーケードを、珠子は掃き清めていた。

どうしてこうなってしまったのだろう。

なにもかも忘れても、おぼえていた故郷。かわいがってくれた母と兄姉。せっかく日本に戻ってきたのに、あんなに会いたかった彼らと別れ、あんなに帰ってきたかった故郷を離れなければならなかった。

四十八

高知の街中で暮らしはじめて三年。学ぶ機会もなく、珠子と徳林はあいかわらず日本語ができないでいたが、宝珠と福宝は日本語に不自由しなくなり、日本人の友達と遊び、日本のテレビ番組を見てわらい、お互いに日本語で話したりするようになった。

けれども、一日、外で働いて帰ってくる珠子と徳林には、家族揃って囲む夕食の食卓が、中国語で存分に話せる唯一の場だった。珠子も徳林もその日あったことを中国語で話し、なぐさめあったりわらいあったりした。宝珠も福宝も両親に合わせ中国語で話したので、二人は中国語を忘れないままでいた。

テーブルには、徳林の打つ麵や、養父の文成（ウエンチエン）から伝えられた春餅（チユンビン）だけでなく、日本の料理も並ぶようになっていた。中でも、千畑村にいたころ、珠子の母親や八重子が作ってくれた巻きずしが、徳林もこどもたちもだいすきで、珠子はよく作った。

砂糖をたっぷり使い、珠子の母親が年に一回、ゆずの収穫のときに搾（しぼ）って凍らせて送ってくれる柚（ゆ）の酢（す）をきかせ、甘酸っぱく作ったすし飯を、薄焼き卵で巻けば卵のすしになり、板昆布で巻けば昆布のすしになった。これは中にはなにも入れず、すし飯だけで巻く。

中国にいたころ、ごはんがきらいだったとは信じられないほどに福宝はこのすしがすきで、珠子が巻くすしを弁当にも入れてもらうほどだった。料理が得意な徳林は、日本の煮物も天ぷらも見よう見まねで作るようになったが、すしだけは珠子にまかせていた。

「昔は貧しゅうてね、白いごはんがなによりのごちそうやったけんね」

帰国したばかりの珠子に、珠子の母親はそう言いながら、珠子の手を取って巻き簀（まきす）

の使い方を教えてくれた。巻きずしは母親が初めて教えてくれた日本の料理だった。

「やけん、中にはなんちゃあ入れんと、すし飯ばあで巻くがよ」

珠子にはその言葉の意味がわからなかったが、そばにいた姉の京子が、珠子にもわかるように、「ごはん、ごちそう。だから、ごはんだけでつくる」と、ゆっくりくりかえして言ってくれた。珠子がわかったと頷くと、京子はうれしそうにわらった。珠子はすしを作るたびに、そのときの京子の笑顔を思いだした。

日本の春はいつも、珠子が思うよりも早く訪れた。

夜明けが早くなり、寒さがやわらいで、早朝の清掃が楽になる。アスファルトが黄砂(こうさ)で黄色くなると、珠子は春が来たことを知った。

千畑村の空も、春になると黄砂で白くけぶった。畑で初めて黄砂を見たとき、京子は、ならしてほうれん草の種を蒔いたばかりの茶色い土に、「黄砂」と書き、空を指さして教えてくれた。

黄沙(ホワンシャ)。

珠子がわかったと頷くと、やっぱり京子はうれしそうにわらってくれた。

「黄砂は春が来たことを告げるもんじゃ」

京子は言った。

「中国から飛んでくるいうて、栄養があるけん、畑にはええもんじゃ」

京子は、言葉がわからない珠子のために、土に漢字で書いて意味を伝えた。珠子はそのとき、中国の黄沙が日本まで飛んできていることを初めて知った。

それから毎年、春になるたびに、もう戻ることもない中国から、黄色い風が飛んでくる。

珠子は洗濯物をベランダで干しながら、空を見上げた。

養父母の眠る中国の大地。撫順(ぶじゅん)の収容所で死んだ妹光子も、そのどこかで眠っている。日本に帰ることができなかった人たち、わたしのおぼえていない、わたしが日本人のこどもだったころの友達や、近所のおじさんやおばさんたちも。

春になると、その大地の土が巻き上げられて、日本まで飛んでくる。わたしのいるこの場所まで。

妈妈(マーマー)、爸爸(バーバー)、見ていてください。

わたしはここで生きていくから。

わたしも徳林も仕事に慣れた。宝珠も福宝もすっかり日本語がうまくなって、日本人の友達もたくさんいる。時々、福宝はおじいちゃんの春餅を食べたいと言っているけど。まだわたしも徳林も、爸爸の作ってくれた春餅にはかなわない。

光子ちゃん、あなたの名前も忘れていてごめんなさい。

優しいおかあさんもおにいさんも、そしてわたしも日本にいる。わたしたちは、あなたのことを忘れていない。

黄砂にのって、帰ってきてちょうだい。

アパートのベランダの手すりも窓ガラスも黄砂に黄色くそまっていたが、愛おしくて、珠子には黄砂を拭くことができなかった。

雨に流され、夏が来るまで、珠子はそのままにしておいた。

四十九

ある夏の朝、珠子はシャツ縫製工場で倒れた。暑い日で、いつものように清掃の仕事をすませた後の勤務中だった。

過労と診断され入院したが、入院中の検査で小さな脳梗塞（のうこうそく）が起きていたことがわかり、退院しても体が思うように動かず、以前のように働くことができなくなった。

日本に戻ってから二十年がたち、実の母も兄も亡くなり、二人のこどもたちは大学を卒業してそれぞれの家庭を持っていた。珠子は仕事をやめ、年金で暮らすようになった。

しばらくすると、珠子のアパートのそばの団地の集会所で、元中国残留邦人のための日本語教室が開かれるようになった。中国語の堪能な日本人のボランティアの先生が教えてくれるので、珠子のように日本語ができなくても大丈夫だった。

そこで、珠子は、他の中国からの帰国者と親しくなった。珠子よりも年上の人が多かったが、互いに励ましあい、毎週欠かさずに教室に通った。一週間に一度、二時間ほどの授業だったが、これまでこれほどしっかり日本語を教わったことはなかった。二年間休まずに通った珠子は、ようやく片言ながら、日本語が話せるようになった。

そこへ、武から、八重子が亡くなったと電話があった。珠子は徳林とともに母の葬儀以来、十五年ぶりに千畑村に帰った。汽車でも三時間以上かかる千畑村に、ずっと休みなく働いていた珠子は、なかなか帰ることができないでいた。

姉の息子夫婦が葬儀に連れていってくれた。通夜では久しぶりに武に会った。珠子は初めて武と日本語で話した。

「こりゃあたまげた。えらい日本語がうもうなったもんじゃ」

武はおおげさに褒めてくれた。

「おまえはこまいころから努力家やったもんねや」

武は無数の皺の刻まれた顔で、同じように皺の寄った珠子の顔をみつめた。

「おまえはおぼえてないかもしれんが、笛陵の開拓団村から吉林まで百五十キロ、六日間もかけて歩き通した。おまえは国民学校の二年やったが、ようあのこまい体で、百五十キロの道のりを歩いたもんよ」

武には、桃色の頬に一本の皺もなかった、おかっぱ頭の珠子の顔が見えていた。

「撫順でも、ひとおりで市場へ行っては、草履を売ってきてのう。おまえはこまいに、ほんまにえらかった。開拓団で行った人間のうち、結局七割の人が引き揚げのときに亡いなったけんのう、日本に戻んてこれたがは三割、それも戻んてきてから力尽きたがか、じっきに亡いなった人が多かった。おまえもわしも、それからこの年まで長生きした八重子も、よう生きのびたもんやと思う。生き運があったがやろうのう」

通夜にはたくさんの人が訪れていた。家族を失ってひとりで帰郷した八重子が、一から築いてきた人との縁がしのばれた。喪主を務めた長男は、母が生した子は四人、孫は十二人、曾孫もいると参列者に伝えた。珠子はその死に顔をみつめたが、やはりなにも思いだせなかった。

通夜振る舞いが終わり、珠子が帰ろうとすると、八重子に似た女性に引きとめられた。

「珠子さん。わたし、八重子の娘です。晴子といいます」

晴子は八重子の唯一の娘だった。

「お忙しいとは思いますが、少しだけ、お話ししてもよろしいでしょうか」

徳林に車で待っていてもらい、珠子が招き入れられた座敷には、古びたアルバムがあった。

「これが母のこどものころの写真です。満洲から戻ってすぐに、引き取られた家で撮られたものですが、おぼえていらっしゃいませんか？」

茶色い写真には、短いおかっぱ頭の女の子が写っていた。スカートからのぞく足が、痛々しいほどにか細い。

晴子はじっと珠子をみつめていたが、珠子は首を振るしかなかった。晴子はあからさまに落胆した顔をした。

「母は、珠子さんのことをいつも話していました。満洲では、自分のことをやえちゃんと呼んでは、姉のように慕ってくれていたそうです。だから、たまちゃんがわたしのことをおぼえてないがよねと、いつも残念がっていました」

「ごめんなさい。わたし、いっぱいおぼえてない」

珠子は頭を下げた。自分でももどかしかった。千畑村に帰ってきてから、いつも自分のことを気遣ってくれた八重子なのに。

「いいんです。わたしは、お礼を言いたかったんです。母は、自分が生きて帰ってこれたのは、珠子さんのおかげだと言っていました」

珠子はおどろいて顔を上げた。

「収容所で家族を亡くし、優しかった兄、わたしの名前はその兄から取ったと申しておりましたが、その兄も亡くして、母はひとりぼっちになりました。孤児になると、だれもが生きるか死ぬかという生存競争の中です。母がお手洗いに行った隙に、母の布団はだれかに奪われてしまったそうです。部屋の中でもあたたかい真ん中の場所も取られ、母は入り口近いところでうずくまって、着の身着のままで寝るしかなかったそうです。そのとき、珠子さんが自分の布団に入れて、一緒に寝てくれたと、母はとても感謝していました。自分があの収容所であの冬を越すことができたのは、珠子さんのおかげだと申しておりました。お礼が言えなかったことを、母はずっと気にしていました」

晴子は深々と頭を下げた。

「ありがとうございました」

「とんでもない」

珠子はおぼえていなかった。自分がしたこととはとても思えず、あわてて手を振った。なんと言っていいかわからなかった。

「母はそれから修道院に引き取られました。修道院では大変よくしてもらい、修道女になるつもりでいたそうですが、中国の政情が不安定で、やはり日本へ戻ったほうがいいということになり、信者の方に日本に連れて帰ってもらって、今度は横浜の修道院に入ったそうです。ところが、親戚のこの家でぜひ引き取りたいという申し出があり、母は修道女になることをあきらめて、この家の跡取り娘になりました」

八重子に掛けられた白い布団の上には、小さな花鋏が置いてあった。晴子はそれを取りあげて、珠子に渡した。

「これは、母を生んだ祖母が遺した唯一のものだそうです。中国ではすべてを失ったそうで、母はこれを、写真一枚残さずに収容所で亡くなった実の母のただひとつの形見として、とても大事にしていました」

花鋏は小さいが、ずんと持ち重りがした。

「母が大事にしていたものですから、魔払い(まばらい)の鋏代わりにしたんです」

珠子が晴子に花鋏を返すと、晴子は花鋏をまた布団の上に戻した。

「修道院では中国語のお祈りを教えられたそうで、母はずっと朝晩に祈っていましね」

た。ワンフーマリア、マンベイシェンチョンジョア、わかりますか？　中国語ですよ

万福马丽亚、满被圣宠者。

珠子は頷いた。

「中国語です。わたし、わかります。マリアさま、愛がいっぱい、いう意味です」

一言も中国語をおぼえておらず、珠子と話せなかった八重子は、修道院でおぼえた中国語の祈りだけは正確におぼえていた。八重子が六十年もの歳月、ひとりでその祈りをずっとくりかえしてきた証だった。

「きっと、母はこのお祈りに助けられて、ずっと生きてきたんです。引き取ってくれた家は貧しくて、中学校もろくに行けず、紙すきをして働いたそうです。跡取り娘なので自由はありませんでした」

晴子はうつむいた。

「わたし、本当は生まれてきてはいけなかったのかなって、母のお祈りを聞くたびに思っていました。母は本当はずっと、修道女になりたかったんじゃないかって」

珠子は首を振った。

「そんなふうに考えたらいけない。八重子さん、優しい人。わたしにずっと優しい

人。あなたのことだいすき。優しい人だから」

「ありがとうございます」

晴子はほほえんだ。

「母が日本に帰るとき、中国人と韓国人の修道女たちは、きっともうこの世では会えないから、天国で会いましょうと、母に言ってくれたそうです」

晴子は、目を閉じた母親の顔をみつめた。

「母は、天国へ行けたでしょうか」

珠子は頷いた。

「天国で会えたんでしょうか」

珠子はもう一度頷いた。

「わたしもいつか、天国で会えるでしょうか」

「会える。きっと」

珠子はきっぱりと言った。

「わたしも八重子さんと会う。天国で」

今なら八重子さんと日本語で話せる。ずっとそう呼べないでいたけど、今ならきっと、昔、呼んでいたように彼女を呼べる。

やえちゃん、と。

珠子は思った。

五十

三人が日本で再会してから、三十年が過ぎた。

珠子と茉莉は七十七歳、美子は七十八歳になっていた。

茉莉の育てた娘、うたは、バイオリニストとして成功し、チェリストの夫とともにイタリアを拠点に活動していたが、年を取った茉莉と一緒に暮らすため、日本に戻ってくることになった。帰国を記念し、横浜のホールで開かれたコンサートは、チケットを入手するのが困難なほどの人気ぶりだった。

その客席には、茉莉と美子と珠子の姿があった。三人は並んですわり、茉莉の解説のもと、うたとその夫の演奏を楽しんだ。

アンコール曲は観客の驚きをもって迎えられた。

昭和二十年代に流行した、「Buttons and Bows」だったのだ。

コンサートが終わると、山手の茉莉の家で食事をした。芝生の広がる庭の生け垣から、咲き乱れた色とりどりのばらが、夜の闇の中でもその存在を香りで伝えた。

「あいかわらずすてきなおうちね」

美子は暖炉とピアノのある部屋を見回しながら言った。再会してからずっと、三人は二年に一度は会っていた。仕事が忙しく、金銭的なゆとりもない珠子の高知の家を、茉莉と美子が二人で訪れることが多かったが、美子はときどき、茉莉の家を訪れていた。

「ここなら、今度いつ戦争になっても、アメリカも爆弾を落とさないからね。外国人墓地もあるし、外国人がたくさん住んでいたから、空襲でもここは焼け残ったのよ」

そう言ってわらう茉莉の頰は、昔と変わらず、赤いままだった。

「今日のコンサート、よかった。わたし、感動した」

珠子は言った。やっと三人で日本語で話すことができるようになっていた。

「うたさん、あなた、すばらしい。わたし、とても、感動した」

飲み物を運んできたうたは、照れくさそうにわらった。

「珠子さん、日本語上手になりましたね」

うたの夫が褒めた。

「わたし、毎日日本語勉強しています。でも、もっと早く勉強できたらよかった。息子の参観日、娘の卒業式、全部、行きたかった」

　忘れられなかった故郷を離れ、街中で暮らしはじめてからは、仕事は忙しいし、あいかわらず日本語がわからなかったので、参観日にも卒業式にも行けなかったのだった。

　それでも、珠子と徳林(デリン)は二人のこどもを育てあげ、二人とも結婚してそばに住み、孫は三人と四人の七人もいた。

　美子は焼き肉屋を続け、今はひとり息子の朋根(プングン)夫婦に譲っていた。日本人の彼女との別れ話に傷ついた朋根だったが、両親とも話しあって、結局その日本人の彼女と結婚した。花嫁は、美子が着た純白のチマチョゴリを結婚式に着てくれた。孫は三人生まれ、今年になって、初めての曾孫が生まれていた。

「曾孫なんて、よっちゃん、すごいね」

　珠子は手をたたいた。

「あら、孫でも十分よ。二人とも、さぞかしにぎやかでしょうね」

　茉莉は膝の上の猫をなでながら言った。

「でもうちは生まれなくてよかったのよ。この子たちは結婚が遅かったからね。ほんとによかったわ。わたしね、こうしてても思いだすのよ、わたしの手をぎゅって開いて、キャラメルを取っていった人のこと。この手にね、まだ残ってる。そのときの感触がね」

茉莉は猫をなでていた右手を持ちあげ、ぎゅうっと握りしめた。美子と珠子ははっとして茉莉の顔を見た。

何度も何度もくりかえされるこの話を、ずっと聞いてきたうたと、うたの夫はうつむいた。

「わたしね、死にたくないの。わたしが死んだら、わたしの記憶もみんな消えちゃうでしょ。そうしたらきっとなにもかも、なかったことになる。そうしたらきっと、愚かな人間は、同じことをくりかえす」

茉莉はひとりひとりに目を移しながら言った。

「わかってるのよ。わたしも同じ、愚かな人間だから」

珠子も美子も返答に窮し、相槌を打つこともできないでいたが、茉莉はふっとほほえんだ。

「でもね、わたしは幸せよ。うたを育てさせてもらえて。本当に楽しかったわ。施設で一緒だった友達はね、結婚してこどももいるんだけど、このごろおかしくなってしまったの。電話を掛けても、うるさいって切られちゃうの」

施設で仲がよかった夕子は息子夫婦と同居していたが、このごろは茉莉が電話をしても様子がおかしかった。

「でも当然だと思う。わたしがこれまでやってこられたのは、わたしを大事にしてくれた人たちのおかげ。そういうのが最初からない人だったら、きっと生きていけない」

茉莉は美子と珠子をみつめた。

「だからわたしはあきらめないの。明日も電話してみるわ。彼女にも大事に思ってくれている人がいるって、わかってもらうために」

「わたしも死にたくないよ」

珠子も言った。

「わたし、一生、日本語勉強する。でも、日本語うまくならない。きっとわたし、一生、日本語うまくならない」

奪われた日本人としての自分を、その拙(つたな)い日本語が物語っていた。

美子は珠子の手を握りしめた。

満洲のあの川べりで、珠子はたしかに、流暢(りゅうちょう)な千畑村の言葉でしゃべっていたのに。

自分と千畑村の言葉でわらいあって、おかしなしゃべり方をするのね、と、茉莉にからかわれていたのに。

「だから死にたくない。日本語うまくなるまで、わたし、ずっと死にたくない」

そのときが、珠子にとって、日本人に戻るときであるはずだった。

けれども、珠子はそう言うと、わらって見せた。美子も思わず、つられてわらった。

「じゃあ、あたしも死にたくない」

美子は珠子の手を握っていないほうの左手を上げて、わらいながら言った。

「あたし、昔ね、朝鮮学校に通ってて、日本人の男の子たちに石を投げられたことがある。そのとき、朋寿（プンス）がその子たちを殴って、やっつけちゃった」

「さすが朋寿ね」

茉莉はわらった。

「でも朋寿はね、ずっと後悔してた。死ぬまでね。あんなやり方をしちゃいけなかったんじゃないかって。それであたしね、最近気づいたのよ。ばかみたいだけどね」

朋寿は亡くなって五年がたっていた。

「あのとき、あの子たちはもしかしたら、あたしと遊びたかったんじゃないかって。

朋寿が死んでから気づいたのよ。あの人、もっと長生きしてくれればよかった」

美子は茉莉と珠子を見た。

「本当はちがうかもしれないよ。でも、そういうやり方もあったんじゃないかって、このごろ思う。だから、もっともっと長生きして、もっともっと賢くなれたら、本当のことがいつかわかるようになる気がする」

「じゃあ、美子おばさんも珠子おばさんもママも、いつまでも絶対に死なないで永遠に生きていてくださいね」

うたの夫が真顔で言った。

「それはちょっと困るんじゃない」

うたがわらった。

「わたしね、うたは本当にいい人と結婚したと思うの。今日の演奏もすばらしかった。わたしのために日本に帰ってきてくれてありがとう」

茉莉はすわったまま、うたの夫に頭を下げた。

「どういたしまして」

うたの夫は立ちあがり、茉莉に深々と頭を下げた。

「ほら、わたし、この人のこういうところがすきなのよ」

茉莉は花が咲くように晴れやかにわらった。鳥がさえずるような高い笑い声を立てて。

この声を耳障りに思った日があったことを、美子は思いだした。

「アンコールもよかったわ」

「あの曲、なつかしいね」

美子も頷いたが、戦後ずっと中国にいた珠子は知らなかった。

「なんて歌？　わたし知らない」

「ママがだいすきな歌なんです」

うたが答えた。茉莉は頷いた。

「ずっとね、わたしを支えてくれた歌なの」

「歌って。まりちゃん」

珠子の言葉に、美子も頷いた。茉莉の歌は、いつも二人に元気をくれた。

うたがピアノの前にすわり、茉莉はうたの夫に支えられて立ちあがった。長年の立ち仕事で、茉莉は膝も腰も悪くしていた。

茉莉はうたのそばに立つと、歌いだした。高い声は、昔とかわらず、澄み切っていた。

「East is east and west is west
And the wrong one I have chose
Let's go where I'll keep on wearin'

Those frills and flowers and buttons and bows」

東は東、西は西。

わたしたちはちがう道を辿った。

「この曲、わたしね、ママたちみたいだって思ったの」

伴奏をしたうたが言った。

「満洲のお寺で一緒にいて、それから別れて、それぞれの場所で生きてきて」

忘れようとしても忘れられない、つらい記憶。でもそれ以上に忘れられないものがあった。

「わたし、幸せ。日本に戻ってきて。よっちゃん、まりちゃん、わたしのこと、忘れてなくて」

珠子が言った。

「たまちゃんがおぼえていてくれたから、あたしたち会えたんだよ」

美子が言うと、茉莉も頷いた。

川べりの寺で、雨に降り籠められながら、分けあって食べた、たったひとつのおむすび。

今、あの川べりから遠く離れた場所に、三人はいた。

主要参考文献（著者敬称略）

『文化大革命と現代中国』　安藤正士・太田勝洪・辻康吾　岩波書店
『在日一世』　李朋彦　リトルモア
『小さな引揚者』　飯山達雄　草土文化
『戦場に舞ったビラ　伝単で読み直す太平洋戦争』　一ノ瀬俊也　講談社
『宣伝謀略ビラで読む、日中・太平洋戦争―空を舞う紙の爆弾「伝単」図録』　一ノ瀬俊也　柏書房
『皇軍兵士の日常生活』　一ノ瀬俊也　講談社
『故郷はなぜ兵士を殺したか』　一ノ瀬俊也　角川学芸出版
『横浜の関東大震災』　今井清一　有隣堂
『関東軍壊滅す―ソ連極東軍の戦略秘録』　エル・ヤ・マリノフスキー　石黒寛訳　徳間書店
『関東学院と横浜大空襲』　関東学院中学校・高等学校・関東学院橄欖会編　関東学院中学校・高等学校
『在日一世の記憶』　小熊英二・姜尚中編　集英社
『中国近現代史』　小島晋治・丸山松幸　岩波書店

『朝鮮人強制連行』　外村大　岩波書店
『日本軍事史』　高橋典幸・山田邦明・保谷徹・一ノ瀬俊也　吉川弘文館
『万山十川開拓団史資料集』　田辺末隆編　十和村教育委員会
『朝鮮人強制連行調査の記録　関東編1』　朝鮮人強制連行真相調査団編著　柏書房
『朝鮮人強制連行調査の記録　四国編』　朝鮮人強制連行真相調査団編著　柏書房
『在日・強制連行の神話』　鄭大均　文藝春秋
『さいはてのいばら道―西土佐村満州開拓団の記録』　西土佐村満州分村史編纂委員会編　西土佐村
『百萬人の身世打鈴（シンセタリヨン）　朝鮮人強制連行・強制労働の「恨（ハン）」』　「百萬人の身世打鈴」編集委員会編　東方出版
『図録植民地朝鮮に生きる　韓国・民族問題研究所所蔵資料から』　水野直樹・庵逧由香・酒井裕美・勝村誠編著　岩波書店
『高知県満州開拓史』　三宮徳三郎編　高知県満州開拓史刊行会
『毛沢東語録』　毛沢東　竹内実訳　平凡社
『横浜の空襲と戦災』全六巻　横浜市・横浜の空襲を記録する会編　横浜市
『週刊日録20世紀』　講談社

その他、多数の書籍を参考にいたしました。

解説

梯（かけはし）久美子
（ノンフィクション作家）

本を閉じて、ふうっと息をつく。三人の少女と一緒に、長い長い旅を終えたような気がする。

物語の終わりでは、彼女たちはもう少女ではない。けれども、ページをめくる手が止まらないまま読み続け、過酷でありながら、同時に限りなくあたたかいこの物語を読み終えたとき、目に浮かぶのは、満洲（まんしゅう）で出会った頃の無垢（むく）な少女たちの姿である。

私がこの作品に出会ったのは、単行本が刊行された直後の書店の店頭だった。中脇（なかわき）初枝（はつえ）という名前を見て、あ、『きみはいい子』の人だ、と思った。中脇さんの作品は、そのときまでにそれ一冊しか読んでいなかったが、深く心に残る、忘れられない小説だった。今度はどんな話だろうと思って本を手に取り、ページをめくってみたのだ。

真っ白に波打つ、すすきの海原。その先に、てっぺんに鉄条網を巡（めぐ）らせた土の壁がそびえたっている。大きな木の扉が開いて、一台のトラックが中に入っていくところから物語は始まる。そこには、珠子（たまこ）という女の子とその家族が乗っていた——。

二、三ページ後に、「満洲」という単語を見つけてはっとした。帯を見ると、そこにも「満洲」「戦争」の文字があった。そうか、これは満洲の話なのか。あの中脇初枝が、満洲を舞台にした小説を書いたのか。

私は本を持ってレジに向かった。戦争にかかわるノンフィクションを書いてきた私は、満洲から引き揚げてきた人たちに何度か取材をしていた。それは忘れられない経験で、満洲には思い入れがあったのだ。

本書の三人の主人公は、国民学校一年生のときに満洲で出会う。

高知（こうち）県の貧しい村に生まれ、家族とともに開拓移民として満洲に渡ってきた珠子。

皇民化政策によって日本の教育を受けて育った朝鮮人の美子（ミジャ）。

横浜（よこはま）の裕福な貿易商の娘で、家族に愛され、甘やかされて育った茉莉（まり）。

境遇も性格もまったく違う三人は、内地から遠く離れた、広大な満洲の地で友情をはぐくむ。それは、彼女たちが歩む人生から見れば、ほんの短い間である。けれどもその時間が、その後の人生に待ち受ける、他人の悪意や運命の不条理、生きることの悲しみを乗り越えていく力になるのだ。

記憶が人を生かす、ということがある。三人にとって、それは一個のおむすびだった。ある日、連れ立って出かけた遠くの寺。そこで大雨に遭い、周囲は洪水になる。身動きが取れず、不安の中で身を寄せ合って過ごす間に、美子はひとつだけ持っていたおむすびを三つに割って分ける。身体が小さくて子どもっぽい茉莉に一番大きいかたまりを、珠子には次に大きいのを、そして一番小さいのを自分に——。

思いやりと信頼の、ごく自然なやりとり。おしゃべりをして、歌を歌って、おむすびを分けて、三人は不安な夜を乗り切った。その記憶は、茉莉が横浜に帰り、美子が一家で日本に渡ってからも、それぞれの胸に仕舞われて消えることがなかった。

珠子たち一家が満洲にやって来たのが昭和十八年、三人が寺で洪水に遭ったのが翌十九年。そして昭和二十年八月、ソ連軍が満洲に侵攻する。

関東軍の撤退、日本の敗戦。満洲に移民すれば召集されなくてすむはずだったのに、男性たちはその前に根こそぎ動員されていて、集落には老人と子どもと女性しかいなかった。珠子の父も、四十四歳という年齢にもかかわらず、召集されてしまっていた。母と幼い妹とともに、辛苦の極みとも言うべき逃避行が始まる。難民となって撫順の収容所にいたとき、人買いに誘拐された珠子は、中国人夫婦に引き取られ、のちに中国残留孤児とよばれる運命をたどることになる。

横浜に帰った茉莉は空襲で家族を失い、孤児となる。戦時中の日本で差別を受けながら暮らした美子は、戦争が終わっても祖国に帰れず、在日朝鮮人として生きていく。

力のない子どもに、戦争は容赦がない。十歳になるかならないかの彼女たちがたどった運命の、何と非情で過酷であったことか。しかしあの時代、多くの子どもたちが——それは日本に限らず、世界中でそうだった——思いもかけぬ運命の変転を生きたのだ。

そんな中で希望を失うことなく、懸命に生きた子どもたちの姿を、中脇さんは現代によみがえらせてくれた。繰り返し押し寄せる苦難に打ちひしがれそうになりながらも、彼女たちは前を向いて生きていく。それを支えたのは、他人から受けたやさしさの記憶である。

あの日のおむすびの記憶だけではない。悪意やさげすみをはね返す誇りの源泉は、それぞれが逆境を生き抜く中で受け取ってきた、人が人を思いやる、あたたかな気持ちだった。

こんなふうにまとめてしまうと、何だか道徳の教科書めいてしまうのだが、これはそういう小説では決してない。愛すべき少女たちの個性と、予想のつかない物語の展開に、読み始めたが最後、ページをめくる手が止まらない、第一級のエンターテインメントになっている。

本書は二〇一六年の本屋大賞で第三位を獲得した。それを知ったとき、私は心から嬉しく思った。小説でもノンフィクションでも、戦争の話は敬遠されがちである。ヒロイックな特攻隊の話や、ドラマチックな恋愛がからんだ話であれば別だが、なかなか読者に手に取ってもらえない。だがこの作品は、手練れの読み手である書店員さんたちが、面白いと太鼓判を押してくれたのだ。

それは、物語を紡ぎ、人間を描く中脇さんの、小説家としてのたぐいまれな能力によるものだが、それだけではない。

全体の四分の一くらいまで読み進めたとき、私は気がついた。この作品の背後には、膨大な量の取材がある。きっと中脇さんは、時間と労力をかけて資料を読み込み、当事者の話を聞き、満洲とは何だったのか、あの戦争は何だったのかを考えつくした上で、これを書いたに違いない、と。

この稿の初めの方にも書いたが、私は満洲から引き揚げてきた人たちに取材をしていて、文献もずいぶん読んでいる。だから、本書の歴史に関する記述の正確さ、頭の中で作り出したのではないエピソードのリアリティに、心底感心した。満洲の複雑な歴史は作者によって咀嚼され、ごく自然なかたちで記述の中に溶け込んでいるが、実はそれが作品の基底をなしている。その部分が強固であるからこそ、読者は物語のうねりに安心して身を任せることができるのだ。

作品中の珠子の家族は、「分村」によって開拓移民となった。分村とは、村を二つに分け、片方が移民になり、もう片方が村に残るというやり方である。これは実際になされた政策で、私自身、分村した村のことを取材したことがある。珠子は高知県の出身だが、私が当事者の方たちに話を聞いたのは、日本初の分村を行った長野県の村だった。満洲での入植地は吉林省で、本書の珠子たちと同じである。

かつて村民のおよそ半数を満洲に送り出したその村に実際に行ってみた。そこは谷あいにあって日照時間が短く、ほとんどが傾斜地なので稲作も難しい。当時は炭焼きや養蚕に頼るしかなく、村民はみな貧しかった。

そういう村に、政府は分村を持ちかけたのだった。満洲に行った人たちは広大な土地をもらえるし、残った人たちは、人口が減った分、土地が増える。満洲は天国のような場所だと聞かされ、人々は国策で海を渡ったのである。

私が取材した村では、大学出の有能で若い村長がいて、国策に乗って分村を推進した。これも小説中の珠子の村と同じである。

満洲に渡った農民たちは、開墾だけをすればいいのではなく、銃を持たされた。日本側が「匪賊」と呼んだ人々と戦わされ、また、ソ連との国境を守る役割も担わされた。満洲は日本の傀儡国家であり、移民たちが与えられた土地の多くは、それまで住んでいた現地の人たちから安く買いたたき、あるいは奪った土地だったのだ。

詳しい歴史の本や研究書を読めば、こうしたことは書いてある。どんな背景のもとで移民たちが大陸に出て行き、そこにはどんな問題があったのか。終戦直後、かれらがどのような辛酸をなめたのかも、じっくり読めば理解できる。しかし、本書のように、心が震えるような読書体験はできない。珠子たちの目で世界を見つめ、心の痛みを感じ、人生に立ち向かう勇気を受け取ることはできない。

満洲の話を延々としてきて今更言うのもなんだが、本書は〝満洲の話〟ではない。戦争の時代が描かれているが〝戦争小説〟でもない。

児童虐待をテーマにした『きみはいい子』が、子育て小説でも学校小説でも社会小説でもなく、人と人の間に起こることの残酷さと理不尽さ、あたたかさと希望を描いた作品であったように、本書は、生きることの不条理と悲しみを人はどのように超えていくのか、前に進む力を与えてくれるのは何であるのかを、少女たちのたどった人生を通して問いかける作品である。

　この小説のもうひとつの素晴らしさは、物語を戦争の時代だけで終わらせなかったことだ。戦後、中国では国共内戦が再燃し、共産党政権が確立してからも、大躍進政策の失敗や文化大革命があった。朝鮮半島では戦争が起き、南北に分断された。三人の主人公は、そうした戦争の負の遺産を負う形で生きざるを得なかった。そこまで描いたからこそ、本作は、人間が生きるとはどういうことなのかを読者に深く考えさせる作品になった。

　中脇さんは一九七四年生まれだという。この世代に、歴史と人間を真摯(しんし)に見つめ、それを一級の小説に仕立てることのできる作家が出てきたことを、心から頼もしく、また嬉しく思う。

本書は二〇一五年六月、小社より単行本として刊行されました。

|著者| 中脇初枝　徳島県生まれ、高知県育ち。高校在学中に『魚のように』で第２回坊っちゃん文学賞を受賞し、17歳でデビュー。2013年『きみはいい子』で第28回坪田譲治文学賞を受賞、第１回静岡書店大賞第１位、第10回本屋大賞第４位。2014年『わたしをみつけて』で第27回山本周五郎賞候補。2016年『世界の果てのこどもたち』で第37回吉川英治文学新人賞候補、第13回本屋大賞第３位。『こりゃまてまて』『女の子の昔話』『つるかめつるかめ』など、絵本や昔話の再話も手掛ける。『神の島のこどもたち』、写真集『神の島のうた』（写真／葛西亜理沙）ほか、著書多数。

世界の果てのこどもたち
中脇初枝

2018年６月14日第１刷発行
2025年５月８日第４刷発行
発行者――篠木和久
発行所――株式会社　講談社
東京都文京区音羽2-12-21　〒112-8001
電話　出版（03）5395-3510
　　　販売（03）5395-5817
　　　業務（03）5395-3615
Printed in Japan

定価はカバーに
表示してあります

KODANSHA
デザイン―菊地信義
製版―――株式会社DNP出版プロダクツ
印刷―――株式会社ＫＰＳプロダクツ
製本―――株式会社ＫＰＳプロダクツ

ISBN978-4-06-293902-7

講談社文庫刊行の辞

二十一世紀の到来を目睫に望みながら、われわれはいま、人類史上かつて例を見ない巨大な転換期をむかえようとしている。

世界も、日本も、激動の予兆に対する期待とおののきを内に蔵して、未知の時代に歩み入ろうとしている。このときにあたり、創業の人野間清治の「ナショナル・エデュケイター」への志を現代に甦らせようと意図して、われわれはここに古今の文芸作品はいうまでもなく、ひろく人文・社会・自然の諸科学から東西の名著を網羅する、新しい綜合文庫の発刊を決意した。

激動の転換期はまた断絶の時代である。われわれは戦後二十五年間の出版文化のありかたへの深い反省をこめて、この断絶の時代にあえて人間的な持続を求めようとする。いたずらに浮薄な商業主義のあだ花を追い求めることなく、長期にわたって良書に生命をあたえようとつとめるところにしか、今後の出版文化の真の繁栄はあり得ないと信じるからである。

同時にわれわれはこの綜合文庫の刊行を通じて、人文・社会・自然の諸科学が、結局人間の学にほかならないことを立証しようと願っている。かつて知識とは、「汝自身を知る」ことにつきていた。現代社会の瑣末な情報の氾濫のなかから、力強い知識の源泉を掘り起し、技術文明のただなかに、生きた人間の姿を復活させること。それこそわれわれの切なる希求である。

われわれは権威に盲従せず、俗流に媚びることなく、渾然一体となって日本の「草の根」をかたちづくる若く新しい世代の人々に、心をこめてこの新しい綜合文庫をおくり届けたい。それは知識の泉であるとともに感受性のふるさとであり、もっとも有機的に組織され、社会に開かれた万人のための大学をめざしている。大方の支援と協力を衷心より切望してやまない。

一九七一年七月

野間省一

講談社文庫 目録

鳴海　章　謀略航路
鳴海　章　全能兵器AiCO
中嶋博行　新装版　検察捜査
中村天風　運命を拓く〈天風瞑想録〉
中村天風　叡智のひびき〈天風哲人 箴言註釈〉
中村天風　真理のひびき〈天風哲人 新箴言註釈〉
中山康樹　ジョン・レノンから始まるロック名盤
梨屋アリエ　でりばりぃAge
梨屋アリエ　ピアニッシシモ
中島京子　妻が椎茸だったころ
中島京子　オリーブの実るころ
中島京子ほか　黒い結婚　白い結婚
奈須きのこ　空の境界(上)(中)(下)
中村彰彦　乱世の名将　治世の名臣
長野まゆみ　簞笥のなか
長野まゆみ　レモンタルト
長野まゆみ　チマチマ記
長野まゆみ　冥途あり
長野まゆみ　45°〈ここだけの話〉
長嶋　有　夕子ちゃんの近道
長嶋　有　佐渡の三人
長嶋　有　もう生まれたくない
長嶋　有　ルーティーンズ
永嶋恵美　擬態
永井　均／内田かずひろ　絵　子どものための哲学対話
なかにし礼　戦場のニーナ
なかにし礼　生きる力〈心でがんに克つ〉
なかにし礼　夜の歌(上)(下)
中村文則　最後の命
中村文則　悪と仮面のルール
編／解説中田整一　真珠湾攻撃総隊長の回想〈淵田美津雄自叙伝〉
中田整一　四月七日の桜〈戦艦「大和」と伊藤整一の最期〉
中村江里子　女四世代、ひとつ屋根の下
中野美代子　カスティリオーネの庭
中野孝次　すらすら読める方丈記
中野孝次　すらすら読める徒然草
中山七里　贖罪の奏鳴曲
中山七里　追憶の夜想曲
中山七里　恩讐の鎮魂曲
中山七里　悪徳の輪舞曲
中山七里　復讐の協奏曲
長島有里枝　背中の記憶
長浦　京　赤刃
長浦　京　リボルバー・リリー
長浦　京　マーダーズ
中脇初枝　世界の果てのこどもたち
中脇初枝　神の島のこどもたち
中村ふみ　天空の翼　地上の星
中村ふみ　砂の城　風の姫
中村ふみ　月の都　海の果て
中村ふみ　雪の王　光の剣
中村ふみ　永遠の旅人　天地の理
中村ふみ　大地の宝玉　黒翼の夢
中村ふみ　異邦の使者　南天の神々
夏原エキジ　Cocoon〈修羅の目覚め〉
夏原エキジ　Cocoon2〈蠱惑の焔〉
夏原エキジ　Cocoon3〈幽世の祈り〉

講談社文庫　目録

夏原エヰジ　Ｃｏｃｏｏｎ４〈宿縁の大樹〉
夏原エヰジ　Ｃｏｃｏｏｎ５〈瑠璃の浄土〉
夏原エヰジ　連理の宝〈Ｃｏｃｏｏｎ外伝〉
夏原エヰジ　Ｃｏｃｏｏｎ〈京都・不死篇―蠢―〉
夏原エヰジ　Ｃｏｃｏｏｎ〈京都・不死篇２―疼―〉
夏原エヰジ　Ｃｏｃｏｏｎ〈京都・不死篇３―愁―〉
夏原エヰジ　Ｃｏｃｏｏｎ〈京都・不死篇４―嗄―〉
夏原エヰジ　Ｃｏｃｏｏｎ〈京都・不死篇５―巡―〉
長岡弘樹　夏の終わりの時間割
ナガノ　ちいかわノート
西村京太郎　華麗なる誘拐
西村京太郎　寝台特急「日本海」殺人事件
西村京太郎　十津川警部　帰郷・会津若松
西村京太郎　特急「あずさ」殺人事件
西村京太郎　十津川警部の怒り
西村京太郎　宗谷本線殺人事件
西村京太郎　奥能登に吹く殺意の風
西村京太郎　特急「北斗１号」殺人事件
西村京太郎　十津川警部　湖北の幻想

西村京太郎　九州特急「ソニックにちりん」殺人事件
西村京太郎　東京・松島殺人ルート
西村京太郎　新装版　殺しの双曲線
西村京太郎　新装版　名探偵に乾杯
西村京太郎　南伊豆殺人事件
西村京太郎　十津川警部　青い国から来た殺人者
西村京太郎　新装版　天使の傷痕
西村京太郎　新装版　Ｄ機関情報
西村京太郎　十津川警部　猫と死体はタンゴ鉄道に乗って
西村京太郎　韓国新幹線を追え
西村京太郎　北リアス線の天使
西村京太郎　十津川警部　長野新幹線の奇妙な犯罪
西村京太郎　上野駅殺人事件
西村京太郎　京都駅殺人事件
西村京太郎　沖縄から愛をこめて
西村京太郎　十津川警部「幻覚」
西村京太郎　函館駅殺人事件
西村京太郎　内房線の猫たち〈異説里見八犬伝〉
西村京太郎　東京駅殺人事件

西村京太郎　長崎駅殺人事件
西村京太郎　十津川警部　愛と絶望の台湾新幹線
西村京太郎　西鹿児島駅殺人事件
西村京太郎　札幌駅殺人事件
西村京太郎　十津川警部　山手線の恋人
西村京太郎　仙台駅殺人事件
西村京太郎　七人の証人〈新装版〉
西村京太郎　十津川警部　西国駅３番ホームの怪談
西村京太郎　午後の脅迫者〈新装版〉
西村京太郎　びわ湖環状線に死す
西村京太郎　ゼロ計画を阻止せよ〈左文字進探偵事務所〉
西村京太郎　つばさ111号の殺人
西村京太郎　ＳＬ銀河よ飛べ!!
仁木悦子　猫は知っていた〈新装版〉
新田次郎　新装版　聖職の碑
日本文芸家協会編　愛染夢灯籠〈時代小説傑作選〉
日本推理作家協会編　犯人たちの部屋〈ミステリー傑作選〉
日本推理作家協会編　隠された鍵〈ミステリー傑作選〉
日本推理作家協会編　Ｐｌａｙ推理遊戯〈ミステリー傑作選〉

講談社文庫　目録

日本推理作家協会編　Doubt きりのない疑惑〈ミステリー傑作選〉
日本推理作家協会編　Bluff 騙し合いの夜〈ミステリー傑作選〉
日本推理作家協会編　ベスト8ミステリーズ2015
日本推理作家協会編　ベスト6ミステリーズ2016
日本推理作家協会編　ベスト8ミステリーズ2017
日本推理作家協会編　2019ザ・ベストミステリーズ
日本推理作家協会編　2020ザ・ベストミステリーズ
日本推理作家協会編　2021ザ・ベストミステリーズ
二階堂黎人　ラン迷宮〈二階堂蘭子探偵集〉
二階堂黎人　増加博士の事件簿
二階堂黎人　巨大幽霊マンモス事件
新美敬子　猫のハローワーク
新美敬子　猫のハローワーク2
新美敬子　世界のまどねこ
新美敬子　猫とわたしの東京物語
西澤保彦　新装版 七回死んだ男
西澤保彦　人格転移の殺人
西澤保彦　夢魔の牢獄
西村　健　ビンゴ
西村　健　地の底のヤマ(上)(下)
西村　健　光陰の刃(上)(下)
西村　健　目撃
西村　健　激震
楡　周平　修羅の宴(上)(下)
楡　周平　バルス
楡　周平　サリエルの命題
楡　周平　サンセット・サンライズ
西尾維新　クビキリサイクル〈青色サヴァンと戯言遣い〉
西尾維新　クビシメロマンチスト〈人間失格・零崎人識〉
西尾維新　クビツリハイスクール〈戯言遣いの弟子〉
西尾維新　サイコロジカル(上)〈兎吊木垓輔の戯言殺し〉(下)〈曳かれ者の小唄〉
西尾維新　ヒトクイマジカル〈殺戮奇術の匂宮兄妹〉
西尾維新　ネコソギラジカル(上)〈十三階段〉
西尾維新　ネコソギラジカル(中)〈赤き征裁vs.橙なる種〉
西尾維新　ネコソギラジカル(下)〈青色サヴァンと戯言遣い〉
西尾維新　ダブルダウン勘繰郎　トリプルプレイ助悪郎
西尾維新　零崎双識の人間試験
西尾維新　零崎軋識の人間ノック
西尾維新　零崎曲識の人間人間
西尾維新　零崎人識の人間関係　匂宮出夢との関係
西尾維新　零崎人識の人間関係　無桐伊織との関係
西尾維新　零崎人識の人間関係　零崎双識との関係
西尾維新　零崎人識の人間関係　戯言遣いとの関係
西尾維新　xxxHOLiC アナザーホリック　ランドルト環エアロゾル
西尾維新　難民探偵
西尾維新　少女不十分
西尾維新　本題〈西尾維新対談集〉
西尾維新　掟上今日子の備忘録
西尾維新　掟上今日子の推薦文
西尾維新　掟上今日子の挑戦状
西尾維新　掟上今日子の遺言書
西尾維新　掟上今日子の退職願
西尾維新　掟上今日子の婚姻届
西尾維新　掟上今日子の家計簿
西尾維新　掟上今日子の旅行記
西尾維新　掟上今日子の裏表紙
西尾維新　新本格魔法少女りすか

講談社文庫　目録